KB239206

목마들의 언덕

목마들의 언덕

채영주 장편소설

문학동네

| 차례 |

천사 가출 7

상처 39

염소와 돼지 69

지휘자의 눈물 99

마지막 진실 126

명수 156

유령의 집 187

아름다운 나라 219

결혼, 그리고 이별 249

천사 파이팅! 288

해설 한기(문학평론가)
업둥이와 사생아들의 세계에서
—386세대가 쓴 사회존재론의 연작동화 328

작가의 말 작은 사랑 354

천사 가출

물론 나는 그처럼 바보스러운 짓은 하지 않았을 것이다. 그런 일을 벌이기에는 이미 너무 많은 시간을 살았고 너무 많은 것을 알고 있었으니까. 이를테면 나는 이상은의 〈담다디〉를 들으면서 어깨춤을 출 수도 있었고 시인과촌장의 노래를 들을 적이면 슬픈 표정을 지어야 한다는 것도 알았던 것이다. 뿐만 아니라 내 머리 깊숙한 곳에는 회전목마의 원리라는 게 들어앉아 있어서 나로부터 어리석은 행동을 막아내고 있었다. 그것은 아주 오래 전 내가 몹시 바보 같은 일을 저질렀던 저녁 윤식이 형이 들려준 이야기였다. 그때 형은 타지로 돈벌이를 나갔다가 몸이 상해 집에 돌아와 쉬고 있었다. 형은 어두움 때문인지 담담해 보이는 눈빛으로 그 이야기를 들려주었다.

그러나 성우는 달랐다. 그애는 아직 세상을 조금밖에 살지 않았고 가족에 대한 사랑도 적었으며 회전목마의 원리라는 것도 모르고 있었다. 무엇보다도 그애의 어리석음은 자신의 삶이 장소를 옮김으로써 달라질 수 있다고 믿는 데 있었다. 도대체 그것이 가능하기나 한 일이란 말인가, 한 사람의 삶이 공간좌표의 이동에 의해 달라진다는 것이. 그래서 새로운 운명을 얻게 된다는 것이. 아니, 어쩌면 다른 사람들에게는 그 같은 일이 가능한 것인지도 모르겠다. 그러나 적어도 우리 식구에게 그런 바람은 한낱 우스꽝스런 놀림감이 될 뿐이었다. 윤식이 형의 얘기에 의하면 우리 식구는 모두 태어날 때부터 단단한 쇠파이프 한 가닥씩을 등에다 꽂고 있었다는 것이다.

성우가 말썽을 일으킨 것은 토요일 저녁이었다. 이미 그날 점심시간과 저녁식사 시간에 그의 모습이 보이지 않는 것에 나는 은근히 불안을 품고 있었다. 아홉시 저녁 인원점검시간이 되자 숙희 이모는 성우가 집 안에 없음을 알게 되었다. 우리집에 들어와 몇 달을 넘긴 이모라면 누구나 그렇듯 숙희 이모는 자잘한 일에 신경을 쓰지 않는 편이었고, 그래서 대수롭게 여기지는 않았다. 어느 구석인가에 처박혀서 자그마한 나쁜 일에 열중하고 있을 테지. 그러나 한 시간이 지나도록 나타나지 않자 이모로서도 더이상 내버려둘 수만은 없게 된 모양이었다. 이모는 방송을 크게 틀어 중학교와 고등학교에 다니는 남자아이들을 불러모았다.

"이 녀석이 어느 집 처마 밑에선가 잠이 든 모양이야. 숲 쪽으로 갔다가 길을 잃었을지도 모르고. 두 명씩 짝을 지어 동네를 샅샅이 뒤져보도록 해."

그리고 이모 자신은 성우와 같은 또래인 국민학교 삼학년 아이들을 통해 가까이 지내는 반 친구들의 전화번호를 알아냈다. 하지만 가까스로 통화가 된 서너 명의 집에서도 성우의 소식을 들을 수는 없었다. 수색조의 작업도 아무런 성과를 가져오지 못했다. 시계는 벌써 열한시를 알리고 있었다.

그 무렵 유난히도 초조한 모습으로 사무실과 현관을 기웃거리던 형국이가 눈물을 찔끔거리기 시작했다. 머리가 좀 모자라는 까닭에 사학년이면서도 아직 샛별반에 다니는 아이였다. 그애는 울먹이면서 내 신발, 내 신발, 하고 말했다. 미정이 이모가 차분차분히 형국이를 달래었더니 그는 뜻밖의 이야기를 털어놓았다. 학교에서 돌아오는 길에 성우가 알사탕 하나를 사주며 신발을 잠깐만 바꿔신자고 했다는 것이었다. 그는 며칠 전에 받은 새 신발을 끔찍이도 아꼈지만, 잠깐이라는 말과 알사탕의 유혹에 넘어가 신발을 바꿔신고 말았다. 성우의 운동화는 앞코에 구멍이 뚫려 엄지발가락이 꿈틀 꿈틀 보였다.

"달리기 선수로 뽑혔는데 연습할 때 신을 신발이 없어서 그런다며…… 상을 타면 절반씩 나누기로 했단 말예요."

숙희 이모가 군밤을 쥐어박자 그는 또 울음을 터뜨렸다.

신발만이 아니라 옷까지도 가장 좋은 것으로 골라 입고 갔음이 곧 밝혀졌다. 예감이 이상해진 미정이 이모가 성우들의 방을 뒤져보았더니 후원자들 만날 때 입히려고 넣어둔 옷이 없어졌다는 것이었다. 길을 잃었거나 어딘가에서 잠든 것이리라고 믿고 싶어했던 이모들은 분개해서 욕지거리를 늘어놓았다. 그리고 김집사님에게 전화를 걸어 사실을 알려드려야 했다.

성우가 어딘가에서 길을 잃었으리라고 생각하는 것은 처음부터 말이 되지 않는 소리였다. 그는 우리 식구들 중에서도 모든 방면의 눈치가 가장 빠른 애였다. 민정이나 형국이가 양말 서랍에 감춰둔 오십원짜리 동전은 언제나 그의 것이었고, 자물쇠가 채워진 부엌으로 들어가 형들의 야식을 장만해오는 것도 그의 몫이었다. 심지어 그는 도갑사 쪽으로 삼십 분도 넘게 걸어가야 나오는 과수원에는 몇 개의 비밀통로가 있으며 몇시부터 몇시 사이가 가장 안전한 시간인가도 잘 알고 있었다. 그의 재주에는 형들조차 혀를 내두를 정도였다.

김집사님은 총무님에게 전화를 걸었고 두 분은 엇비슷한 시각에 현관에 들어섰다. 하지만 이미 열두시가 넘어 있었으므로 두 분이 할 수 있는 일은 아무것도 없었다. 원장 아버지가 출장중이라는 사실이 더욱 마음에 걸렸는지 총무님은 안절부절 어쩔 줄 몰라하는 모습이었다.

그 시각 성우는 광주역 건물의 그늘진 구석에 몸을 웅크리고 있었다고 했다.

밤차를 타기 위해 조금씩 붐비던 사람들도 끊어지고, 광장에는 움직이는 것이 거의 없었다. 멀찌감치서 이따금 자동차 불빛이 스쳐갔다.

도시의 밤은 참 이상했다. 아무리 귀를 기울여도 풀벌레 소리는 들리지 않았고 하늘에는 별도 그다지 보이지 않았다.

도시에서는 숨을 쉴 때 아주 조심해야 해. 자동차랑 공장에서 뿜어대는 연기 때문에 공기가 너무 더러워져 있거든. 잘못해서 시커먼 연기 한 덩이를 삼키면 가슴이 까맣게 물들고 말아. 어느 동화책에선가 그런 이야기를 읽은 기억이 났다. 아닌게 아니라 그는 벌써 가슴이 답답해지는 느낌이었다. 하지만 어쩔 수 없는 일이었다. 그는 오늘부터 이 도시에서 살아가게 될 것이며, 그러자면 깨끗하지 못한 공기에도 차츰 길이

들어야 하는 것이다. 그는 가능하면 콧구멍만을 사용하려 애쓰며 조심스럽게 숨을 들이마셨다.

뱃속에서는 자꾸만 물 흐르는 소리가 들렸다. 읍 정류장에서 시외버스를 타면서부터 아무것도 먹지 못했으니 창자가 미끈하게 비어 있을 것이었다. 주머니 속에는 천원짜리 두 장이 네 겹으로 접혀 있었다. 그러나 성우는 입술을 앙다물었다. 무슨 일이 있더라도 그 돈만큼은 쓰지 않으리라 벌써 여러 차례 다짐을 한 터였다. 내일의 계획을 위해 그것은 없어서는 안 될 돈이었다. 광장 끝에서 보았던 포장마차로 가서 우동 국물이라도 구걸해볼까 싶었지만 그는 그 생각에도 고개를 저었다. 역 주변의 포장마차에는 수사기관의 첩보원이 있을지도 모른다. 만일 지금 같은 시각에 자기처럼 어린 꼬마가 나타나 먹을 것을 구걸한다면 그들은 당연히 의심을 할 것이며 경찰서에 알리고 말리라. 그러면 그들은 그의 계획을 알아챌 것이며 그를 다시 천사의 집으로 돌려보내버릴 것 아닌가.

도망 실패자라는 우스갯거리가 되어 실컷 두들겨맞지 않기 위해서라도 그는 배고픔을 참아야 했다. 그만 잠을 청하기로 하고 그는 주머니 속의 돈을 단단히 움켜쥐었다. 혹시 자다가 쓰러져도 옷을 버리지 않도록 주변을 치워두는 것도 잊지 않았다. 두 무릎 사이에 조그만 고개를 얹고 눈을 감았다.

배가 몹시 고팠지만 그래도 그는 금방 잠이 들었다.

이튿날은 일요일이었다. 성우는 새벽부터 일어나 여러 시간을 걸어서 어린이대공원 앞에 이르렀다. 물어 물어 길을 찾아오는 동안에도 그는 되도록이면 바빠 보이는 사람을 붙들고 길을 물었다. 할 일이 없어 보이는 사람, 이를테면 평상에 나와 앉은 가게 주인이라든가 팔리지 않는 물건을 잔뜩 쌓아 둔 리어카 행상 같은 사람에게 말을 붙여서는 안 되었다. 그런 사람들은 많은 일을 오래도록 기억했고, 또한 누구에게건 쉽게 떠들어대는 버릇이 있었다. 불필요한 호기심도 많게 마련이었다. 말하자면 그들은 나중에라도 그가 대공원으로 가는 길을 물어물어 갔다는 불리한 증언을 할 수 있는 사람이었던 것이다.

매표소 앞에 줄을 선 사람은 많지 않았지만 그 너머 대공원 안에는 그가 만족하고도 남을 만큼의 사람들이 북적거리고 있었다. 손에 손에 아이스크림과 솜사탕을 든 아이들이 뛰어다니며 고함을 질러댔다. 민식의 얘기는 그가 여러 번 다짐했던 대로 틀림없는 정보였다. 성우는 배고픔도 피곤도 말끔히 사라지는 기분이었다.

그러나 그는 곧 다시 한 가지 걱정거리에 부닥쳤다. 그것은 아주 현실적이고 긴요한 문제였다. 그의 계획을 위해서 그는 저 복잡한 아이들의 무리 속으로 들어갈 필요가 있었지만 그에게는 그럴 방법이 없었던 것이다. 소인 입장권을 끊으려면 그가 가진 돈의 절반을 희생시켜야 했다. 가장 간단한 생각이 머리를 스쳐갔지만 그는 그것을 지워버렸다. 여기는 도시였고, 도시에서는 누구나 예의를 지키며 살고 있었다.

두번째로 떠오른 생각도 복잡한 것은 아니었다. 표를 끊는 사람들 뒤에 엉거주춤 붙어 서 있다가 그들에게 엉겨붙어 입구를 통과한다는 작전이었다. 그러나 그의 작전은 한 가지 사항을 고려에 넣지 않고 있었다. 입구에서 표를 받는 경비원들은 그런 종류의 얌체 작전에 이골이 난 전문가라는 사실이었다. 그들은 표의 수와 사람 수를 대조했고, 재빨리 차이를 간파한 다음 앞의 어른에게 물었다.

"실례지만 일행이 몇 분입니까?"

여자가 앞뒤를 둘러본 다음 그를 손가락으로 가리켰다.

"저 아이는 우리 애가 아니에요."

경비원 아저씨는 그의 뒷덜미를 붙잡아 돌려세웠다.

두번째에서도 같은 결과가 되풀이되었다. 그는 한 번을 더 시도할까 생각했지만 입구에서부터 두드러지는 인물이 되어버리면 계획에 차질이 생길 것을 우려하여 마음을 돌려먹었다. 자신이 할 수 있는 일은 처음부터 한 가지뿐이었음을 그는 인정해야 했다. 조금은 예의에 어긋나는 일이었지만.

천천히 주변을 돌아보았다. 시멘트로 만든 담장은 도저히 접근할 수 없을 만큼 높고 단단해 보였다. 그러나 어디에건 한두 군데쯤의 결함이 있으리라는 것을 그는 의심하지 않았다. 끈기 있게 담을 따라간 결과, 그는 과연 넘어 들어가기에 적당한 곳을 찾아낼 수 있었다. 제법 울창한 숲에 잇닿아 있어 담장이 여느 곳보다 낮은 지점이었다. 뿐만 아니라 숲은 그의 작은 몸이 담을 타고 넘는 것을 가려주기에 충분해 보였다.

"정말이야. 거기서는 매일처럼 과자랑 아이스크림을 간식으로 준대. 신발도 두 달에 한 켤레씩 나오는데, 나이키 아니면 프로스펙스래. 아피스 같은 고물딱지 신은 돈 주고도 구하기 힘들걸."

민식은 두 눈을 깜박거리며 그렇게 말했었다.

"걔가 정말 그랬단 말이지?"

"정말이라니까. 종석이는 거기서 여섯 달을 살다가 돌아왔어."

"때리는 사람도 없대?"

"그렇대두."

종석이는 광주 사는 민식의 사촌동생이라고 했다. 어린이 대공원에 놀러갔다가 부모를 잃어 근처의 어느 고아원에 맡겨졌는데 여섯 달 만에야 집으로 돌아왔다는 것이었다.

"너 거짓말하면 나중에 죽어!"

성우가 다시 한번 다짐을 주었지만 민식은 꿈쩍도 하지 않았다. 그의 얘기는 아마 모두 사실인 모양이었다.

성우는 신발과 양말을 벗어 주머니 속에 쑤셔넣고 담장에 맞붙은 소나무를 타고 오르기 시작했다.

점심시간이 되어 집으로 돌아왔지만 나는 조금도 식욕을 느낄 수 없었다. 플라스틱 식판에 부스스한 보리알갱이와 단무지, 된장국이 담겨 있었다. 젓가락으로 쌀밥만을 골라 우물거리는데 벌써 그릇을 비워버린 형국이 눈을 동그랗게 뜨고 쳐다보았다.

"동우 성 맛있는 거 많이 먹었나봐."

나는 대답을 하지 않았다. 그러나 그는 집요한 눈길을 떼지 않으며 같은 말을 물었다. 그는 사학년이었지만 아직 왼쪽 가슴에 이름표와 손수건을 붙이고 다녔다. 콧구멍과 입술 사이에는 언제나 기관차가 오르내렸다. 나는 식판을 그에게로 밀어주고 일어섰다. 형국은 자신의 빈 식기를 재빨리 내 자리로 옮겨놓았다. 먹는 일에 있어서만큼은 그도 이제 샛별반을 벗어날 자격이 충분했다.

경우랑 식이 성철이 들이 마당에서 총싸움을 하고 있었다. 널어둔 빨래와 나무둥치 사이를 뛰어다니며 총질을 하고 있었다. 그들에겐 붙잡히는 모든 것이 장난감이 되었다. 경우는 나를 보고도 눈짓 한 번 없이 담요 빨래 뒤로 사라져버렸다. 그애는 나를 좋아하지 않았다. 무엇 하나 제대로 챙겨주지도 못하면서 잔소리만 늘어놓는 것이 싫었을 것이었다. 그래서 나도 그즈음은 입을 다물고 있었다. 화단 저쪽에 김집사님이 앉아 있었다. 나는 무슨 말인가를 해야 할 것만 같아 그리로 다가갔다.

"죄송합니다, 집사님. 자꾸 걱정거리만 만들어드려서……"
고맙게도 김집사님은 빙그레 웃음을 지어주었다.

"누구나 한 번씩 그러는 거 아니겠니. 그래도 요즘은 훨씬 줄어든 편이지. 너두 기억하겠지만 옛날에는 사흘이 멀다 하고 이런 일이 있었으니 말이다."

"성우는 아직 모르는 게 너무 많아요. 산수시간에 이제 겨우 분수를 시작하는 모양이던데요."

그는 고개를 끄덕였다.

"요즘도 아이들이 담다디춤을 추라고 못살게 구니?"

"춤 같은 건 추지 않아요. 올해부터 저는 중학생이 된걸요. 그렇지만 노래는 이따금 불러요."

"다른 사람을 즐겁게 한다는 것은 좋은 일이지. 그런데 어떡하면 좋을까. 총무님이 원장님께 전화를 드렸더니 오늘 저녁에 당장 돌아오시겠다고 했다는구나. 그전에 성우 녀석의 소식을 알아야 할 텐데……"

준석이가 허둥지둥 대문을 들어선 것은 그때였다. 그는 화단가에 집사님이 있는 것을 보고는 숨을 몰아쉬며 쫓아왔다.

"성우가 광주로 갔대요."

그는 다짜고짜 그렇게 내뱉고는 한참 동안 숨을 가다듬었다. 그리고 다시 입을 열었다.

"성우랑 같은 반 친구 중에 민식이라는 애가 있는데 성우가 어저께 개한테 그랬다는 거예요. 광주 어린이대공원에 꼭 한번 가보고 싶다고요."

"갑자기 그게 무슨 소리야."

"개도 그 말밖에 듣지 못했대요. 아무튼 지금쯤 광주 어린이대공원에 있을 거라면서 찾아보라고 했어요."

김집사님은 그렇게 작은 애가 혼자서 광주까지 갈 수 있었을까 미심쩍어했다. 성우는 여섯 살 때 이후로 충분히 자라지를 못했다. 우리집 아이들이 대부분 그렇듯 그도 나이보다 두세 살은 어려 보였다. 그러나 나는 그애가 만일 광주로 나가고자 했다면 틀림없이 그렇게 했으리라는 것을 의심하지 않았다. 집사님도 결국은 고개를 끄덕이며 광주경찰서에 전화나 한번 해보아야겠다고 일어섰다.

"다시 한번 차근차근 말해보아라. 왜 그런 위험한 일을 하려 했는지."

"아버지랑 동생을 잃어버렸어요. 표 파는 데 앞에서요. 거기까지는 같이 왔었는데 갑자기 없어진 거예요…… 아버지는 문경이를 안고 있었는데 내가 한눈을 파는 사이 먼저 들어가신 것 같아요."

성우는 제법 울먹이기까지 하면서 그런 사정을 늘어놓았다. 경찰 아저씨가 답답하다는 듯 소리를 질렀다.

"그런 바보 같은 얘기가 어디 있어. 대공원 안에서도 아니고 입구에서 아버지를 잃어버렸다니."

성우는 아예 눈물을 쏟으며 악을 써대었다. 경찰관은 곧 자신의 실수를 깨달았다. 그는 한참 동안 어르고 달랜 다음에야 성우의 울음을 멈추게 할 수 있었다.

"그런 일이 있었으면 경비원 아저씨에게 말씀드리고 들여보내달라고 하지 그랬니."

"너무 무서워 보였어요."

경찰 아저씨는 차츰 성우의 얘기를 믿게 된 모양이었다. 그는 맞은편의 책상으로 가더니 종이와 볼펜을 들고 돌아왔다.

"이름이 뭐지?"

"박덕진."

"나이는?"

"일곱 살요."

경찰관은 성우의 아래위를 훑어보았다. 새삼스럽게 그가 어리다는 생각이 들었지만 몸집이나 생김새로 보아서 그 나이 이상일 것 같지는 않았다. 더구나 거짓말을 할 아이로는 보이지 않았다. 옷이며 신발도 깨끗하고 생김생김도 단정해 보였다. 게다가 주머니 속에는 저애 자신도 모르는 돈이 이천 원이나 들어 있지 않았던가. 어쩌면 저애의 아버지는 처음부터 저애를 잃어버릴 작정으로 복잡한 곳에 데려온 것은 아니었을까.

"아버지 성함은 어떻게 되지?"

"박……성…… 모르겠어요."

"어머니는?"

성우는 고개를 저었다.

"성함을 모르겠어?"

그는 조그맣게 대답했다.

"우린 엄마가 없어요."

경찰관은 점점 자신의 추리가 사실인지도 모른다고 생각하게 되었다. 그럴수록 성우의 거짓말은 쉬워졌다. 그가 한마디를 하면 경찰관은 세 마디 네 마디를 덧붙여주었고, 친절한 보충설명을 달아주었다. 이를테면 사는 곳에 대한 얘기가 나왔을 때 성우는 다만 커다란 시장 근처였노라며 얘기를 얼버무렸다. 그러자 경찰 아저씨는 운암시장인가, 아니지 거기는 너무 가까워, 그렇게 가까운 곳에서 여기에 데려다 버릴 수는 없겠지, 양동시장쯤이 아닐까, 애야, 혹시 아버지가 고물장수를 하지 않았니, 그것도 아니겠군, 그런 일은 수입이 괜찮을 테니 말이야, 하고 갖가지 추측을 대신해주었다. 성우는 모든 종류의 추측에 대해 그럴 것 같아요, 라든가 아닌 것 같아요, 라고만 말하면 되었다.

대공원 내 미아보호소에 연락하기 위해 전화기를 들면서도 경찰관은 여러 차례를 망설였다. 연락해봐야 별 소용 없을 텐데……

성우는 다시 한번 인상을 찌푸리며 눈물을 흘렸다. 이번에는 얼마 만인지도 기억할 수 없는 진짜 눈물이었다. 경찰 아저씨는 미아보호소에서 방송을 할 테니 곧 연락이 올 거라고 달래려 했다. 그러나 성우는 배를 움켜쥐고 몹시 가련한 표정을 지었다. 그가 울먹였다. 배가 고파요. 경찰 아저씨가 시켜준

자장면을 그는 양파 한 조각 남기지 않고 말끔히 먹어치웠다.

일이 생각보다 잘될 것 같았다. 이런 식으로만 나간다면 그는 어느 누구라도 속여낼 자신이 있었다.

담장 위에서 경찰관의 호각소리를 들었을 때는 정말이지 모든 게 끝나는 줄 알았었다. 그런 곳에도 치사하게 감시하는 사람이 있었다니. 그의 머릿속에 준비된 연극은 대공원 안의 복잡한 인파 속에서 울먹이며 아빠를 찾는 장면부터 시작되고 있었던 것이다.

배가 불러오고 따스한 기운이 온몸으로 퍼져나가자 성우는 나른한 졸음을 느꼈다. 소파 구석에 둥그렇게 몸을 말고 그는 잠이 들었다.

"정성우! 정성우!"

시간이 얼마나 흘렀을까. 그는 누군가가 큰 소리로 자신을 부르는 소리에 놀라 잠이 깨었다. 엉겁결에 대답을 하며 일어나니 경찰 아저씨가 무서운 얼굴로 내려다보고 있었다.

"네놈이 정성우 맞지?"

그는 가까스로 자신의 새 이름을 기억해냈다.

"아니에요. 저는 박덕진이에요. 제 동생은 박문경이구요."

"이 자식이 아직도 거짓말을 하고 있어. 그런데 왜 네가 대답을 하는 거야."

경찰관은 종이쪽지 한 장을 들더니 큰 소리로 읽어나갔다.

"이름 정성우. 나이 십 세. 국민학교 삼학년. 나이에 비해 몹시 작은 체구이며 반곱슬머리임. 왼쪽 목 아래에 큼직한 수두 자국이 있음. 빨간 티셔츠에 청바지를 입었을 것이며 아피스 새 신발을 신고 있음. 위의 어린이는 영암 천사의 집에서 어제(17일) 오후 가출한 소년이니 발견 즉시 연락 바람. 이게 네가 아니고 누구란 말이야, 이 꼬마야. 왼쪽 목 아래 수두 자국은 네가 자는 동안 벌써 확인해두었어."

성우는 갑자기 온몸이 떨려왔다. 있는 기운을 다 짜내어 소리쳤지만 이빨이 딱딱 마주쳤다.

"아니라니까요. 저는 그런 애는 몰라요."

"네가 그런 애를 아는지 모르는지는 조금만 기다리면 알게 될 거다. 너희 고아원 집사님이 곧 도착하실 테니 말이다."

성우는 소파 속으로 파고들어 사라져버리고 싶은 기분이었다. 또다시 그곳으로 돌아가야 한단 말인가. 지옥 같은 악마의 집으로. 아이스크림이랑 생과자 같은 건 꿈속에서도 타 먹을 수 없는 곳. 이모들이랑 형들이 반죽음이 되도록 몽둥이질을 할 테지. 화장실 청소를 한 달쯤 해야 할 거야. 명호 형은 신문지 쌀 띠지를 산더미처럼 주면서 풀칠해서 붙이라고 할 거고, 조금만 게으름을 부리면 사정없이 발길질을 해댈 거고.

집을 나와버리기로 결심하기까지 그는 많은 망설임을 겪었었다. 하지만 무엇보다도 견딜 수 없었던 것은 툭하면 쏟아지는 형들의 주먹질 발길질이었다. 그는 그런 것이 싫었고, 그래서 달려들다가는 더욱 늘씬하게 두들겨맞게 마련이었다. 그는 그곳이 자신에게 어울리는 집이 아니라고 결정하지 않을 수 없었던 것이다.

집사님이 성우를 데리고 돌아온 것은 저녁식사 시간이었다. 배식이 끝나고 막 숟가락을 들려고 하는데 누군가가 소리쳤다. 성우가 왔다! 아이들은 우르르 창문 앞으로 달려가 서로 고개를 내밀려고 다투어댔다. 광준 형이 식탁을 내리치며 자리로 돌아갈 것을 명령했다. 우리집에서는 제일 높은 고등학교 삼학년 형이었다. 아이들은 발끝으로 걸어 각자의 자리로 돌아가 앉았고 곧 시끌벅적한 식사가 시작되었다.

식탁마다 라면스프 봉지가 굴러다녔다. 오늘 오후에 생라면 간식이 있었으므로 대다수의 아이들은 스프 한 봉지씩을 갖고 있었다. 라면을 잘게 부숴 스프와 섞어 먹어버린 아이들은 다른 아이가 버리는 빈 스프 봉지를 거꾸로 뒤집어 탈탈 털었다. 나는 주머니 속의 스프를 만지작거리다가 도로 넣고 맨밥을 먹었다. 형국이가 자기 밥을 비비다가 스프가 많은 쪽으로 한 숟갈을 떠서 주었다. 스프 다 먹었어요? 코를 훌쩍 빨아들이며 물었다. 욕심에 비해서, 그래도 그애는 엉뚱한 정이 많았다.

"네가 박덕진이야? 국민학교도 안 들어간 일곱 살 애기란 말이야?"

사무실에서는 한 시간이 넘도록 총무님의 역정이 들려나왔다. 그건 정말 이해할 수 없는 일이었다. 원장아버지가 자리를 비우시기만 하면 총무님의 말씀이 왜 그렇게 길어지는지. 숙희 이모 말에 따르면 총무님도 원래는 말씀이 많은 편이지만 원장님 계실 때는 말수를 줄이고 지내기 때문이라고 했다. 하지만 그건 또 무슨 까닭에서란 말인가.

총무님은 하루 종일을 염소와 아이들 속에서 보내셨다. 아침 일찍 일어나 염소 젖을 짜서는 깨끗이 말려둔 베지밀 병에 담아 동네를 한 바퀴 도셨다. 사십 년이 넘도록 하루도 거른 적이 없었다고 했다. 그 수입으로 그는 세 명의 딸을 출가시키고 두 명의 아들에게 대학 교육을 시키고 있었다. 그리고는 우리집으로 와서 해질녘까지 구석구석을 기웃거렸다. 돌아가는 길에는 하수구 옆의 잔밥통에 담긴 음식 찌꺼기를 거두어가는데, 그건 내일 아침 다시 젖을 짜야 할 염소들을 위한 것이었다. 그러나 총무님의 생활이 그것만으로 이루어지는 것은 아니었다. 주일 아침이면 총무님은 읍 교회의 어엿한 장로님이 되어 검정색 가운을 입으셨다. 교회 강당의 제일 뒤쪽 구석진 자리에서도 총무님의 커다란 귀를 볼 수 있었다. 그런 까닭인지 총무님은 곧잘 감동적인 설교를 하셨다. 사실은 지금도 총무님의 말씀은 설교조로 변하고 있었다.

"주님! 참으로 놀라운 일입니다. 이 작은 아이 속에 악마의 혼이 깃들이려 하고 있습니다. 이 아이의 영혼이 악마의 부름에 솔깃해 흔들리고 있습니다. 거룩하고 거룩하옵신 주님! 이 모든 잘못은 저의 신앙 없음에서 비롯된 것이오나 이 아이를 이대로 내버려둘 수는 없사옵니다. 주님께서 이 아이 속으로 들어가 따끔하게 벌하옵고 올바른 길로 인도하여 주시옵소서. 그리하여 이 아이가 다시 밝은 빛의 세계에서 우리와 함께 생활하며 주님의 높으신 사랑을 찬양할 수 있도록 허락하여주시옵소서……"

창문 아래 기대어앉아 나는 사무실로부터 흘러나오는 소리를 엿듣고 있었다. 성우가 들어야 할 말을 뺏어듣는 것 같기도 했지만 어차피 그애는 다른 생각을 하고 있을 테니 상관없는 일이었다.

우리 세 형제가 처음 이곳으로 들어올 적에도 총무님은 오랜 시간에 걸쳐 설교를 늘어놓으셨더랬다. 나는 누비이불 조각으로 경우를 둘러업고 있었고 성우는 고무신짝을 찌익찍 소리나게 끌며 따라왔었다. 우리를 데리고 온 사람은 군청 사회과의 사회계장이었다. 그때는 그저 안경을 낀 무뚝뚝한 아줌마로 알았을 뿐이지만.

"형아, 새로 가는 집에서는 먹을 것 많이 줄까?"

성우는 돌멩이를 걷어차며 기대 어린 목소리로 물었다. 할아버지마저 돌아가셨으므로 다른 곳으로 옮겨야 한다는 것을 알았을 뿐 우리는 어디로 가는지도 모르고 있었다. 커다란 대문을 들어서자 흘끔거리는 아이들의 눈길이 긴장을 느끼게 했다. 사무실에서 우리를 맞이한 총무님은 내게 이불포대기를 풀어 경우를 내려놓을 시간도 주지 않고 기도를 시작하셨다. 이처럼 맑고 밝고 귀여운 아기 천사들을 저희와 함께 생활할 수 있도록 인도하여주심에 아버지 하느님 진정으로 감사드립니다…… 하염없이 긴 기도가 이어지는 동안 나는 척척해진 등에 경우를 얹고 있어야 했다. 성우는 고무신짝을 발가락으로 뜯으면서 배가 고프다고 징징거렸다. 그때도 그는 설교 따위에는 관심이 없었는데, 그건 우리가 꼬박 네 끼째를 굶어온 까닭이기도 했다.

마침내 설교가 끝난 모양이었다. 몇 명이 함께 기도문을 외는 소리가 들리고 김집사님의 목소리가 들렸다. 원장님이 곧

오실 텐데 그 사이에 저녁이나 먹이도록 하죠. 그들은 성우를 식당으로 보냈다. 아주머니들이 또 한 차례 그에게 타박을 줄 것이었다.

잠시 후 나는 창문 밖에서 식당을 들여다보고 있었다. 주방 쪽에서 성우가 식판 하나를 들고 나오더니 텅 빈 식당 한가운데 자리를 잡고 앉았다. 생각보다 천연덕스런 모습이었지만 나는 이제부터 그가 당해야 할 일들을 알고 있었다. 나는 손가락 끝으로 창유리를 두드렸다. 그가 다가왔다. 입이 잘 떨어지지 않았다. 나는 가까스로 주머니 속의 라면스프를 꺼내어 건네주었고 그는 그것을 받아들고 식판 앞으로 되돌아갔다. 된장국에 밥을 말고 스프를 뿌리더니 정신없이 먹기 시작했다.

앞마당이나 뒤운동장에는 경우 또래의 꼬마들밖에 보이지 않았다. 나는 이제 이층으로 올라가야 할 시간이라는 것을 알았다.

늘씬한 승용차가 마당으로 미끄러져들어온 것은 성우가 밥을 채 다 먹기도 전이었다. 사무실에서 대기중이던 총무님과 집사님, 이모들이 쪼로미 나와 늘어섰다. 해자 이모의 손에는 원장아버지가 갈아신으실 실내화가 들려 있었다. 성우

는 남아 있던 밥을 급히 퍼넣었지만 그렇게까지 서두를 필요
는 없었다. 그를 부르기 전에 원장실에서 한 차례 홍역이 치
러져야 했다.

"도대체 창피해서 고개를 들고 다닐 수가 있어야죠. 며칠
자리만 비웠다 하면 꼭 한 가지씩 말썽이 생기니……"

호통 소리는 원장실과 복도 하나를 마주 보고 있는 정결방
여학생들이 충분히 들을 수 있을 정도였다. 온유방에서도 큼
직한 소리는 거의 알아들을 수 있었다. 호통을 받고 있는 총
무님 집사님 이모들의 입장에서는 가장 못마땅한 점이 바로
그것이었다. 조용히 야단을 쳐도 충분히 이해할 수 있는 사람
들인데 꼭 그렇게 핏대를 올려가며 아이들의 웃음거리로 만
들어야만 하는 것인가. 아이들이 엿들으며 그들을 얼마나 우
습게 여길 것인가. 그러나 원장아버지는 아랑곳없이 자신의
호통을 마무리지었다. 그런 다음에야 사정이 어떻게 되었는
가를 듣고자 했다.

총무님이 볼멘소리로 설명을 했다. 그놈이 어디서 무슨 소
리를 들었는지 혼자서 차를 타고 광주까지 나갔더라, 수소문
을 해본즉 어린이대공원 앞 파출소에 보호되어 있다길래 김
집사를 보내어 데리고 왔다, 대공원 담을 넘다가 잡힌 모양이
더라. 그러나 총무님은 성우가 나이를 속이고 박덕진이라는

엉뚱한 이름을 썼으며 마치 그곳에서 부모를 잃은 미아처럼 행동했다는 사실은 말하지 않았다. 그런 얘기까지 원장의 귀에 들어간다면 뒤치다꺼리가 훨씬 복잡해지리라는 생각 때문이었다. 언제나 밖으로 나돌기만 하는 원장은 아이들의 세계가 얼마나 무섭고 끔찍한가를 이해하지 못했다. 원장아버지는 고개를 끄덕이고 성우를 들여보내라고 말했다. 모두 다 일어서서 나오고 성우가 들여보내어졌다. 물론 그에 앞서, 나이와 이름 건은 얘기하지 말라는 주의가 주어졌다.

원장아버지는 성우가 들어서자 싱글싱글 웃었다. 그를 무릎 앞으로 불러세우고는 엉덩이를 투덕거렸다.

"허허, 이눔아 대공원이 그렇게 가보고 싶더냐."

성우는 어차피 어른들과의 관계는 신경도 쓰지 않고 있었다. 기껏해야 몇 시간쯤 벌을 서거나 귀에 솜을 막고 잔소리를 들으면 될 터였다. 그의 생각은 끊임없이 이층 충성방을 더듬고 있었다. 명호 형 광준 형 은구 형 들의 얼굴이 어른거렸다.

"집에 있는 사람들 생각은 나지 않던? 아버지가 얼마나 걱정하고 있을지도 생각나지 않고? ……성우는 아버지 걱정 안 했어?"

그는 마지못해 입을 열었다.

"걱정했어요."

원장아버지는 몹시 기쁜 표정이 되어 이 애기 저 애기를 물어보았다. 왜 갑자기 대공원이 보고 싶어졌으며 돈을 어떻게 구해서 차표를 샀고 어떻게 물어 물어 대공원까지 갈 수 있었던가 따위를. 성우는 그런 애기들에 대답하지 않고 입술만을 부루퉁히 내밀었다. 그러자 원장아버지는 모든 것을 이해한다는 듯 너그러운 태도를 취했다. 그는 다시 집 식구들이 성우의 행방불명을 얼마나 걱정했던가를 알려주고자 했다. 아버지는 중요한 출장까지 중간에 그만두고 돌아왔다. 총무님과 집사님은 어젯밤 한숨도 못 주무신 모양이더라. 그리고 그는 성우에게 다시는 이런 일을 하지 않겠다는 다짐을 받으려했다. 그런 정도의 다짐이야 조금도 어려운 일이 아니었다.

"아버지랑 약속한다. 이제 다시는 이런 일 없기다?"

"예."

성우는 손가락을 걸었다.

"아이구 내 아들, 다 키웠구나. 혼자서 그 먼 길을 다 찾아가고."

그는 또 한 차례 성우의 엉덩이를 두드리며 이제 돌아가도 좋다고 말했다. 성우는 꾸벅 인사를 하고 문 쪽으로 걸어갔다. 한 가지 생각이 그의 걸음을 잡아당겼다. 차라리 원장아버지께 모두 말씀드려버릴까. 지금 위에선 어떤 일이 준비되고 있는가를. 그는 단지 대공원이 보고 싶었던 것이 아니라 지긋지긋한 매질로부터 달아나고 싶었다는 것을. 그는 몸을 돌렸다. 원장아버지가 고개를 들었다.

"얘기할 게 아직 남았어?"

그는 다시 한번 인사를 꾸벅 했다.

"안녕히 주무세요."

어른들이 이해할 수 있는 일이 아니었다. 도와줄 수 있는 일은 더더욱 아니었다.

형국이가 몸을 비틀었다. 그러자 여지없이 발길질이 날아왔다. 그는 어깨로 내 팔을 들이받았고 나는 다시 준석의 어깨에 부딪혔다. 움직이지 않고 가만히 있으면 그런대로 견딜 만했지만 이렇게 한번 흔들려서 다시 자세를 잡고 꿇어앉으려면 무릎뼈가 바스러지는 듯했다. 여느때는 국민학교 오학년 이상이 집합 대상이었지만 오늘은 삼학년부터였다.

방문이 비직이 열리고 윤철이가 얼굴을 들이밀었다.

"성우 형 왔어요."

"들어오라고 해."

아이들은 들리지 않게 안도의 한숨을 내쉬었다. 그래봤자 좋은 일이 일어날 턱이 없었지만 어쨌건 빨리 끝장을 보고 싶

은 게 모두의 바람이었다. 성우는 고개를 푸욱 수그리고 걸어
들어왔다. 명호 형이 뺨을 갈기고는 구석자리를 가리켰다. 광
준 형이 일어나더니 천천히 입을 열었다.

"이런 구린내 나는 집에 있고 싶어서 있는 사람은 아무도
없다. 도망 가고 싶은 사람은 누구든지 그래도 좋다. 하지만,
반드시 성공해야 한다. 도망 가다가 붙잡히거나 숨을 곳이 없
어서 돌아오는 사람은 다리몽둥이가 분질러지도록 맞는다.
알겠나!"

"네!"

아이들은 무겁게 대답을 했다.

광준 형은 내가 가장 좋아하는 형이었다. 형도 나를 좋아했
고 성우와 경우 또한 귀여워했다. 신문 배달을 해서 월급을
받는 날이면 백원짜리 동전 두세 개쯤은 꼭 나누어주었다. 하
지만 오늘로서 우리 사이의 신뢰는 모조리 깨어진 모양이었
다. 나는 열심히 형의 눈치를 살폈지만 단 한 번도 다정한 눈
길을 받을 수 없었다.

의식이 시작되었다. 고등학교 삼학년 형들이 먼저 서로에
게 빠따를 돌렸다. 열 대씩이었는데, 몸을 빼거나 신음 소리
한 번 내는 형이 없었다. 우리집에서 형이 된다는 것은 바로

저런 것을 의미했다. 야구방망이 앞에서도 늠름하게 몸을 버텨낸다는 것. 말은 없었지만 아이들은 저같은 형들의 모습을 존경했고 흉내내려고 노력했다. 개중에 조금이라도 몸을 비틀거나 다리를 구부리는 형이 있으면 아이들은 존경의 대상에서 제외시켰다. 그런 형에게는 말도 고분고분 듣지 않았고 심부름도 제대로 해주지 않았다. 빠따는 차례차례 아래로 내려왔고, 내 순서도 가까워지고 있었다.

한 달에 한 차례 정도는 이런 의식이 있었다. 특별히 금기시되는 일이 몇 가지 있었는데 그것이 깨뜨려질 때였다. 형들에게 대든다거나 밖에 나가서 맞고 들어온다거나 혹은 오늘처럼 도망 가다가 붙들린다거나 하는 일들이었다. 특히 밖에 나가서 누군가에게 맞고 들어온 애가 있을 경우에는 일이 커졌다. 맞고 들어온 애가 먼저 자체 징계를 당했고, 만일 곁에서 보았으면서도 돕지 않은 애가 있다면 두 배로 늘씬하게 두들겨맞았다. 그리고 식구들 모두가 동원되어 때린 애를 찾았다. 물론 그애에게는 그날이 무덤으로 운반되는 날이었다.

명식이가 소리를 질러댔다. 명호 형의 동생이었다. 나랑 같이 중학교 일학년이었지만 그애는 형국이처럼 샛별반 출신이었다. 두 대를 맞더니 쓰러져서 일어나지 않으려고 바둥거렸다. 명호 형이 다가가서 가슴을 걷어찼다. 광준 형이 그애를 성우 옆에 꿇어앉혔다. 형국이는 벌써 기가 질려 바들바들 떨고 있었다.

내가 일어나 책상 모서리를 잡고 서자 광준 형이 말했다.

"정동우, 너는 특별히 스무 대다."

나는 입술을 깨물고 숫자를 헤아려나갔다. 다섯, 여섯, 일곱…… 다리가 점점 주저앉으려 했다. 허벅지에 불이 붙고 있는 느낌이었다. 열셋, 열넷, 목소리가 나도 모르게 커졌다. 눈살 한 번 찌푸리지 않고 당당하게 맞던 형들의 모습을 생각하려 했지만 잘 되지 않았다. 나는 소리를 지르고 싶었고 터져버리고 싶었고 어딘가로 뛰쳐나가고 싶었다. 우리 반에는 가끔이라도 나처럼 다리를 저는 애가 아무도 없었다. 열여덟, 열아홉에서는 손톱이 책상을 긁으며 찢어졌다. 그러나 스물이 되자 이상하게도 모든 느낌이 사라져버렸다. 내게는 아무런 통증도 남아 있지 않았다. 다만 허벅지가 조금 척척했고, 마치 경우가 내 등에서 쉬를 했을 때처럼, 다리가 절룩거려졌을 뿐이었다.

빠따가 차례를 마치자 광준 형이 다시 앞으로 나왔다. 아이들은 성우 쪽을 보며 지레 겁을 먹었다. 형은 야구방망이로 바닥을 두어 번 찍은 다음 말했다.

"아마 지금쯤 성우의 엉덩이에서는 피가 줄줄 흐르리라고 생각한다. 그렇지 않나, 정성우?"

성우는 대답 대신 고개를 더욱 깊게 숙였다. 아이들은 뜻밖이라는 표정을 지었다. 광준 형은 한참 동안 침묵을 지키더니 입을 열었다.

"앞으로 도망 실패자에 대한 처벌은 이런 식으로 한다. 일주일간 내가 모르는 집합이 있을 때는 용서하지 않겠다."

밤이 되자 나는 살그머니 성우를 불러내었다. 그애는 별로 내켜하지 않았지만 그래도 형을 따라나왔다. 우리는 뒤운동장 구석의 놀이터로 갔다. 닳을 대로 닳아 칠이 벗겨진 철봉 로켓과 삐걱거리는 회전지구가 놀이기구의 전부였다. 지구를 우리는 거창하게도 회전목마라 부르기로 했다. 그애에게 사과를 받겠다거나 하는 뜻에서가 아니었다. 나는 그 옛날 윤식이 형을 흉내내며 천천히 회전목마를 돌렸다.

"애, 너는 이따금 등이 아프지 않니?"

성우는 눈을 깜박거렸다. 그애의 눈빛은 철봉에 부딪혀 반짝이는 달빛 조각과 비슷했다.

"어떤 형이 그러는데 우리 등에는 단단한 쇠파이프가 하나씩 박혀 있대."

그애는 여전히 알아들을 수 없는 모양이었다. 이야기를 시작은 했지만 나로서도 마찬가지로 막막한 일이었다. 그 복잡한 사정을 어떻게 이애에게 이해시킬 수 있을까. 적당한 낱말들이 찾아지지 않았다. 그때 문득 한 가지 좋은 생각이 떠올랐다.

"『달려라 번개』라는 그림책 생각나지?"

성우가 고개를 끄덕였다.

"비바람 치는 들판이 싫어서 번개는 자꾸만 앞으로 달리지. 아버지 어머니도 보고 싶고 따뜻한 집도 그립고 맛있는 것도 먹고 싶고…… 하지만 언제나 제자리를 맴돌 뿐이야. 번개는 단단한 쇠파이프에 등이 찔린 회전목마거든…… 그래서 내 말은…… 우리도 번개처럼 어디로도 달아날 수 없는 목마라는 거야."

어렴풋이나마 성우는 이해를 하는 듯했다. 그의 눈동자에 맺힌 달빛이 유난히 커졌다. 그러나 그는 곧 눈길을 돌리고 말았다.

나는 가슴이 몹시 답답했다. 허벅지의 통증이 차츰 등으로 옮겨가는 듯했고 어깨가 좁게 좁게 움츠러드는 느낌이었다. 해야 할 말이 더 있을 것 같았지만 사실은 나 역시도 모르는 일이 많음을 새삼스레 깨닫고 있었다. 이를테면, 가도 가도 조그만 동그라미를 벗어나지 못하는 번개가 왜 힘겹게 달리기를 멈추지 않는지도 나는 모르고 있었다. 혹은 그것이 멈추지 않는 것인지, 아니면 자신의 힘으로는 멈출 수 없는 것인지 따위도.

"난 다른 아이가 되고 싶었어."

성우의 중얼거림이 조그맣게 귓전으로 흘러들었다.

상처

　우리집에는 형국이가 좋아하는 사람이 많았다. 그러나 그를 좋아하는 사람은 아무도 없었다. 사소한 음모라도 꾸미기 위해 둘러 앉았을 때 형국이 나타나면 아이들은 감추지 않고 눈살을 찌푸렸다. 더러는 드러나게 냉대를 하여 그를 쫓아보내려고 하기도 했다.

　"국민학교 사학년이나 되면서 아직 제 코도 못 닦는 얼간이가 누구게?"

　그러면 아이들은 약속이나 한 듯 웃음을 터뜨렸다. 그건 그가 사학년임에도 불구하고 샛별반에 다니고 있다는 이유 때문만은 아니었다. 그에게는 접근을 유쾌하지 않게 만드는 몇 가지 요소가 있었다. 잇몸이 드러나도록 벌어진 입술과 누렇게 썩은 이빨, 언제나 코 아래를 왕복중인 기관차 따위가 그랬다. 형국은 박대마저 느끼지 못할 만큼 눈치가 없지는 않았지만 쉽사리 자리를 뜨지는 않았다. 그는 끈기 있게 자신의 탐색작업을 계속했다. 스며들었던 것처럼 슬그머니 자리를 빠져나가는 것은 그 모임이 군것질감과는 거리가 멀다는 사실을 확인한 다음이었다.

이제 막 종종걸음을 시작한 경우나 식이 같은 애들도 형국이 나타나면 질겁을 했다. 아이들은 자기네끼리 놀 때보다 두 배는 큰 비명을 울리며 창고건물 뒤로 달아났다. 하지만 그들 모두가 형국의 손길을 피할 수는 없었다. 일진이 사나운 아이 하나가, 대개는 성철이 그러했지만, 그의 상대역이 되어주어야 했다. 형국은 그 아이를 붙잡아 어르고 달래고 부둥켜안고 그가 할 수 있는 모든 일을 했다. 뽀뽀를 하기도 했고 억지로 무동을 태우려다가는 하수구 속으로 처박기도 했다. 쓰레기통 근처에서 주워온 반쯤 먹다 남은 복숭아씨를 주머니에 쑤셔넣기도 했다. 그로서는 최대한의 호의를 베푸는 일들이었지만, 일련의 절차가 끝나면 아이에게 남는 것은 서너 군데의 상처와 좀처럼 지워지지 않는 얼룩들이었다. 밤늦은 시각 잠자리에 들 무렵이면 우리는 곧잘 숙희 이모의 고함 소리와 성철의 울음소리를 들을 수 있었다. 그 시간까지 용케 피해다녔던 성철이 마침내 상처와 얼룩을 들켜버린 것이었다.

"어떻게 된 애가 주머니 속까지 엉망을 만들어 다니니. 세탁기나 제대로 돌아가면 느들한테 이런 소리 하지도 않아. 제발……"

형국에게 매질이 별 무소용이라는 것은 누구나 알고 있는 사실이었다. 물론 당장은 큰 효과가 있었지만 돌아서는 순간 그는 모든 기억을 재래식 변기에다 떨어뜨렸다.

후원자와의 만남이 있었던 날도 그랬다. 분위기가 깨질 것을 염려한 집사님과 이모들은 아예 형국을 그 자리에 참석시키지 않으려고 했다. 그러나 원장아버지는 그들의 걱정을 이해하기에는 너무 단호한 관용을 지니고 있었다. 그는 열외자가 한 명도 없어야 한다고 선언했고, 언제나처럼 자신의 말을 번복하려고 하지 않았다. 집사님과 이모들이 할 수 있는 일은 예방 조치를 단단히 하는 것뿐이었다.

숙희 이모는 형국에게 미리 약간의 체벌을 준 다음 밤늦도록 타이르고 겁을 주었다. 상견례 자리에서 또 이상한 짓을 하면 내일은 밤새 볼기를 때릴 테다, 알겠니? 형국은 다짐보다도 수십 배가 넘게 고개를 끄덕였다.

이튿날의 상견례에서 그러나 형국은 예정되었던 주인공의 역할을 훌륭히 연출해내었다. 처음에는 분위기에 주눅이 든 탓인지 그는 다소곳하고 얌전한 아이였다. 윗입술과 콧구멍 사이를 잇는 기관차도 다른 사람들의 시선을 끌지는 않았다. 오히려 식이와 경우가 지나치게 뛰어다닌다고 주의를 들었다. 형국이 서서히 주역으로서의 면모를 드러내기 시작한 것은 과자와 환타 한 잔씩이 탁자 위에 놓이면서부터였다. 과자는 그로부터 밤을 새울 볼기의 공포를 앗아가기에 충분했다. 그는 두 주머니 가득 과자를 담고 입이 터져나가라 쑤셔넣은 다음 우물거렸다. 이따금씩 흘려넣는 환타가 죽이 되어 새어나왔다. 고등학교 교감이라던 그의 후원자는 어정쩡한 미소를 띠며 자신의 환타잔마저 형국에게 밀어주었다.

점심식사로 잡채밥이 나오자 형국의 눈은 하얗게 뒤집어졌다. 그는 손과 얼굴로 밥을 먹었다. 교감은 그 모습을 보고 참을 수가 없었던지 껄껄 웃음을 터뜨리고 말았다. 그때부터 진짜 사건이 시작되었다. 형국은 자기를 보고 웃는 사람은 자기를 좋아하는 사람이라고 믿고 있었다. 그는 탁자를 넘어 건너가 교감에게 엉겨붙었다. 집사님과 숙희, 해자 이모 들이 기겁을 하고 뜯어내었지만 이미 그의 후원자는 처참한 몰골로 변해 있었다. 과자 반죽과 잡채, 짜장들이 고스란히 옮겨져 있었다. 형국은 끌려가면서도 후원자의 팔소매에 얼굴을 비벼댔다.

"하지만 그건 그 아이의 책임이 아니야."

힘든 일이 생기면 종종 그러듯 집사님은 성경에 이마를 문질렀다.

"고등학교 교감이라는 그 후원자는 글쎄 자신의 담당 아동을 바꿔달라는 구나. 도대체 정이 가지 않는다나."

마땅히 대꾸할 말이 없어 나는 고개를 끄덕거렸다.

"그러면 그건 누구의 책임이죠?"

"형국이가 광주 형제원으로 들어간 건 80년 5월이었단다. 이애는 어느 젊은 부부의 시체 사이에서 젖가슴에 흐르는 피를 핥고 있었지. 그때 이애 나이가 만 네 살이었으니 충격이 어지간했겠니. 참 너는 그때 무슨 일이 있었는지를 아직 모르겠구나."

나는 80년 5월이라는 게 어떤 특별한 의미를 갖는지 알지 못했다.

"하지만 그 후원자는 알고 있어. 그때 무슨 일이 있었는지를 말이다. 그런데도 담당 아동을 바꿔달라고 말하니, 그래 너는 그런 일이 있을 수 있다고 생각하니?"

집사님은 곧잘 내게 그런 말씀들을 하셨다. 그는 아마 내가 충분히 자랐으며 그의 말을 이해할 수 있으리라 생각하는 모양이었다. 우리 형제들에 대해서 골치 아픈 일이 생기면 그는 언제나 나를 불렀던 것이다. 그러나 만일 내가 그의 말에 고개를 끄덕거린다면 그건 단순히 그를 위로하기 위한 시늉에 불과할 따름이었다. 실질적으로 우리집의 살림을 도맡고 있었던 집사님의 머릿속에는 답답한 일들이 가득 차 있었기 때문이다. 그는 큰 기대를 걸지 않으면서도 이렇게 마무리를 짓곤 했다.

"네가 잘 좀 보살펴주도록 해라. 그래도 그애가 제일 따르는 게 너잖니. 그애는 자기가 하는 일 중에 무엇이 잘되고 무엇이 잘못되었는지도 모르는 아이란다."

복도에는 형국이 사형을 언도받는 죄수처럼 꿇어앉아 있었다.

형국에게도 화려한 날들이 없었던 것은 아니었다. 그가 어깨를 펴고 고개를 젖히고 마치 읍내 장터에 나온 군수님의 아들처럼 거드름을 피운 적이 있었다면 사람들은 휘파람을 불겠지만, 단언하건대 그에게도 분명히 그런 날들이 있었다. 우리집 보모들 중 막내인 미정이 이모가 처음 들어온 몇 달 동안이었다.

"이것 봐, 이모 치마에 그렇게 얼굴을 문지르지 마. 네 코가 온통 묻잖아."

중학생 아이들이 멀찌감치서 야단을 쳤지만 그는 언제나 미정이 이모 곁을 맴돌았다. 첫날부터 그랬다. 미정이 이모는 잎 사이에 수줍게 달린 복숭아처럼 고운 얼굴이었으나 이상하게도 코흘리개 형국이를 밀쳐내지 않았다. 형국이는 이모의 고운 얼굴에서 거절당하지 않으리라는 확신을 느끼는지도 몰랐다.

"이모에게는 누구나 똑같아요. 이모는 여러분 모두를 사랑하거든요. 거짓말하지 않고 착한 사람이면 더 좋죠."

미정이 이모는 고등학교를 졸업한 지 일 년이 채 못 되었고, 고아원이라고는 우리집이 처음인 초보자였다. 다만 석 달이 지나면 그녀 역시 다른 이모들과 마찬가지로 목청 걸고 눈가에 주름살 지워지지 않는 폭군이 되리라는 사실을 나는 번연히 알고 있었다. 형국의 봄날도 그때까지가 아닐까. 그러나 아무튼 이모는 형국에게 각별한 정을 베푸는 듯했다. 그녀의 말대로, 거짓말 안 하고 착하기라면 형국을 따라갈 아이가 없었으니까.

이모의 후광이 있는 한 형국이는 더이상 외롭지 않았다. 아이들은 그가 와도, 그는 이제 예전처럼 슬며시 끼어들지 않았다, 눈살을 찌푸리거나 조롱하지 않았다. 사학년이면서도 코고 제대로 못 닦는 애가 누구게, 하고 놀려대던 아이는 주머니에서 종이 조각을 꺼내어 형국의 코밑을 닦아주었고, 신문지를 깔고 앉아 있던 아이는 반쪽을 찢어 그에게 건네주었다. 미정이 이모가 자기 방 아이들의 간식을 형국을 통해서 나누어준다는 사실을 알기 때문이었다.

아이들의 대화도 형국의 구미에 맞게 바뀌어야 했다. 그들이 하는 얘기는 대부분이 먹는 것을 중심으로 이루어졌다. 입으로 들어가는 것치고 형국이 좋아하지 않는 게 없기는 했지만, 그래도 그가 가장 좋아하는 것은 아이스바 종류였다. 신문지를 찢어 건네주었던 준석이 입 언저리에 혀를 내둘렀다.

"명절날 대통령 하사품보다 맛있는 건 수박바야. 어저께 내 친구가 사먹는 걸 조금 얻어먹어봤는데 진짜 수박보다 열 배는 맛있었어."

그는 마치 진짜 수박을 먹어보기나 한 것처럼 말했다. 그러자 다른 아이가 따라붙었다.

"내 친구도 수박바가 제일 맛있대. 걔는 매일 점심시간이면 그걸 하나씩 사먹는데, 앞으로는 나한테 꼭 한 입씩 나눠주기로 했어. 문방구까지 달려갔다오는 건 우리 반에서 내가 제일 빠르거든."

형국은 눈동자를 두리번거리며 침을 삼켰다. 그는 자신이 맛본 몇 안 되는 아이스바의 이름을 기억해내어 대화에 끼어들고 싶었지만 쉬운 일이 아니었다. 이름들은 칠판에 적힌 글씨처럼 흐릿하고 미심쩍었다. 조시바였던가, 주스바였던가. 결국 그는 그런 노력을 포기하고 잇따라 나오는 아이스바 이름들에 가슴만 두근거리기로 작정했다.

그런 이야기에 정신이 팔려 있을 동안에도 미정이 이모에 대한 형국의 후각은 몹시 예민했다. 그가 갑자기 일어나 뒤도 돌아보지 않고 뛰어간다면 그곳에는 미정이 이모가 있었다. 이모는 고무장갑을 낀 손으로 빨래를 널거나 마른 빨래들을 걷어들이곤 했다. 형국은 시키지 않아도 무거운 빨래통을 들고 이리저리 쫓아다녔다. 이모가 충분히 빈 빨랫줄을 찾을 때까지. 어느 날인가 형국이 빨래통을 뒤집어엎는 바람에 두 시간분의 땀이 허사로 돌아가고부터 이모는 그다지 달가워하지 않는 눈치였다. 하지만 형국에게 그가 하고 싶은 일을 막는 것은 웃는 얼굴로는 불가능했다. 아이들은 빨래통을 들고 기우뚱거리는 형국 곁으로 다가가며 은근히 물었다. 애, 오늘은 간식 안 준다니?

본격적인 가을의 느낌은 우리집에서는 감나무를 통하여 시작되었다. 찬바람이 불고 학교 가는 아이들 어깨 위로 낡은 외투가 걸쳐지면 감나무는 탐스러운 열매를 주렁주렁 늘어뜨렸다. 그러나 그것은 아직 그림 속의 감에 불과했다. 색깔만 그럴듯했을 뿐 감은 돌덩이처럼 단단하고 떫었던 것이다. 세 그루의 홍시감나무 외에 단감나무도 한 그루 있었지만 형편은 마찬가지였다.

총무님이 아침저녁으로 감나무에 손대지 말라는 잔소리를 하게 되면 그때부터 아이들은 슬슬 빗자루를 던지기 시작했다. 말하자면 그 잔소리는 이제 감이 어느 만큼 익었으니 먹을 만하리라는 신호와도 같았던 것이다. 꼬마들은 신발을 던졌고 중학교 고등학교 형들은 커다란 싸리비나 나무막대기를 구해서 던졌다. 하지만 마당에는 곧 한 입씩 베어먹은 감알들이 수두룩이 흩어졌다. 총무님의 조바심은 언제나 지나치게 빨랐고, 감은 아직 조금도 맛이 들지 않았던 것이다.

"조금만 더 뒀다가 홍시를 만들어서 모두 여러분에게 나눠 드릴 겁니다. 제발 먹지도 못하는 감 떨어뜨려서 버리지 말고 기다리세요……"

총무님은 항상 진지했고 기도문을 욀 때처럼 절실한 표정이 되셨다.

"정 먹고 싶거든 식당 아주머니한테 된장을 달래서 찍어 먹으세요. 아무리 떫은 감이라도 된장을 바르면 다 먹을 수 있습니다."

그러면 아이들은 히죽거리며 장난을 쳤다.

"너, 된장 발라버린대. 총무님이 너 된장 발라버린대."

된장 바른다는 소리는 경운기를 모는 규호 아저씨가 지나가는 개를 보면 항상 하는 말이었다. 보신탕을 해먹겠다는 건지 구워 먹겠다는 건지, 아무튼 그런 이야기였다.

그래도 아이들은 감을 향한 팔매질을 멈추지 않았다.

여느 해 같으면 형국이는 먹을 만한 감 한 알을 얻기 위해 반나절은 고생을 해야 했다. 그의 어줍잖은 신발 던지기로는 좀처럼 감을 명중시킬 수 없었던 것이다. 전해 가을에 나무막대기를 던졌다가 뒤통수를 얻어맞고는 누가 나무막대기를 들기만 해도 창고 앞으로 달아나곤 하던 터였다. 하지만 올해는 사정이 달랐다. 그의 뒤에는 미정이 이모가 있었으므로 아이들은 서로 그럴듯한 감을 형국에게 가져다주었다. 그는 마당 한쪽 구석에서 잠시 동안 구경만 하면 되었다.

하루에 한 차례씩, 그는 한 아름의 감을 놓고 고민했다. 가장 먹음직스러운 것을 고르기 위해서였다. 몹시 엄숙한 절차를 거쳐 네개의 감을 고른 다음 그는 그것들을 한 입씩 맛보았다. 그중에서도 가장 맛이 잘 든 감을 미정이 이모에게 선물하려는 것이었다.

"왜 안 먹어요? 한 입만 먹어보세요."

형국은 빨래를 두들기는 이모 앞에서 칭얼댔다. 자기의 선물을 자기가 보는 앞에서 먹어주기를. 형국의 생활이 온통 먹는 것과 누군가를 좋아하는 것으로 이루어져 있음을 생각한다면 그의 간절한 바람을 이해할 수 있으리라. 그런 모습을 볼 때면 나는 왠지 불안해지곤 했다. 형국에 대한 이모의 참을성은 얼마나 더 길게 이어질까. 그러나 다행히도 이모는 형국의 바람을 거절하지 않았다. 이모는 비눗물을 대충 문질러 닦고 형국의 이빨 자국이 나 있는 쪽으로 한 입을 베어물었다. 형국은 만세를 부르며 다시 마당으로 쫓아나갔다. 그러면 이모는 입 속에 든 것을 뱉아내고 몇 번이고 양치질을 했다.

형국이 두 손과 두 주머니에 한 입 물려나간 감을 들고 다니는 것은 자신의 승리에 대한 당당한 과시이기도 했다. 그는 그것들을 밤이 늦도록 들고 다녔지만 다음날 아침이면 빈손이 되어 있었다.

그가 공부를 시작했다는 소문은 순식간에 온 집안의 놀라움이 되었다.

소문의 발생은 이러했다. 어느 날 저녁 모든 아이들이 충성방에 모여 텔레비전을 보고 있을 때 준석은 라면스프 반 봉지를 흘린 것을 깨닫고 믿음방으로 돌아갔다. 아무도 없을 줄 알았던 그 방에는 뜻밖에도 형국과 미정이 이모가 있었다. 이모는 전구를 끼워 해진 양말을 꿰매고 있었고 형국은 국어책을 펴들고 있었다. 준석은 자기 방으로 돌아간 이유도 잊고 충성방으로 뛰어가 소리를 질렀다. 형국이 책을 읽고 있어. 정말이야, 책을 읽고 있다니까.

아이들은 〈맥가이버〉조차 팽개치고 우르를 몰려와 문틈으로 들여다보았다. 과연 방 안의 모습은 준석이 얘기한 것과 다르지 않았다.

십 분이 지나지 않아 소문은 온유방과 정결방 누나들 귀에까지 들어갔다. 다음날 아침 쓰레기 수거용 경운기를 몰고 온 규호 아저씨는 명식에게 이런 얘기를 들을 수 있었다.

"글쎄 형국이가 무얼 시작했는지 아세요? 공부를 시작했어요. 국어책 읽는 걸 제가 똑똑히 봤어요."

아저씨는 눈이 둥그레져서 휘파람을 불었다.

"그런 쓸데없는 건 무엇 때문에 시작하려는 거지? 얘야, 공부라는 건 큰 도시에 사는 부잣집 아이들이나 하는 거란다."

하지만 아저씨는 형국에게는 그렇게 말하지 않았다.

"너 공부를 시작하기로 했다면서? 그게 정말이니?"

형국인 가슴을 삐죽이 내밀었다. 몹시 중요한 비밀이지만 이미 들켜버렸으니 어쩔 수 없다는 듯 그가 말했다.

"사람은 배우지 않으면 아무런 쓸모가 없대요."

그는 매일 저녁 아이들이 텔레비전을 볼 시간에도 믿음방에서 책을 펴들고 앉아 있었다. 그의 곁에는 양말을 꿰매거나 뜨개질감을 붙든 미정이 이모가 있었다.

그러나 그의 공부는 소문만큼 알맹이가 찬 것은 아니었다. 내가 조사해본 바에 의하면 그는 아직 국민학교 일학년 과정도 제대로 이해하지 못하고 있었다. 그의 공부는 철저히 기억에, 그것도 불확실하고 일회적인 기억에 의존하고 있었다. 이를테면 '철수'라는 글자를 읽을 때 그는 '철'자가 'ㅊ'과 'ㅓ'라는 모음과 ㄹ 받침으로 이루어져 있음을 알지 못했다. 미정이 이모가 읽어주는 소리를 귀담아들었다가 비슷하게 흉내를 낼 뿐이었다. 절소, 찰수, 칠수 따위를 거쳐서 마침내 철수라고 읽기는 하지만 다음날이면 다시 처음부터 시작해야 했다.

미정이 이모의 눈가에 잔주름이 떠나지 않게 된 것도 그 무렵과 때를 같이해서였다. 이모는 곧잘 코를 킁킁거리며 말했다.

"이게 무슨 냄새지? 무언가가 상해가고 있어."

하지만 이모는 방 안 어느 구석에서도 혐의점을 찾지 못했다. 그녀가 할 수 있는 일은 저녁마다 아이들을 발가벗겨 세면장으로 내모는 것이었다. 꼬마아이들은 고추도 가리지 않고 우르르 몰려가 물싸움을 했다. 이모에게는 그만큼 빨랫감이 늘어날 뿐이었다.

그러던 어느 날, 이모에게 눈가의 잔주름이 울상으로 바뀌어버린 일이 생겼다. 믿음방 캐비닛 속에 넣어둔 돈이 없어진 것이었다. 그것도 자그마치 십만원이나 되는 돈이.

"왜 나한테는 얘기도 하지 않았어. 바보같이 캐비닛 속에다 그런 큰돈을 넣어두다니……"

숙희 이모가 걱정 반 나무람 반으로 말했다. 미정이 이모는 그 돈을 거기 둔 것이 하루밖에 되지 않았으며 그날로 당장 치우려던 참이었다고 했다. 광주의 간호전문학원에 등록하기 위해 가까스로 빌려온 돈이라는 것이었다. 한 주일에 이틀씩 저녁시간만 다녀오겠다고 했지만 원장님이 허락하지 않았으므로 몰래 등록만이라도 하려고. 학원과정을 거치지 않고는 시험 자격도 주어지지 않기 때문이었다.

"아무리 그렇더라도 나한테까지 얘기 못 할 건 뭐야. 캐비닛 속이 애들한테는 자기 손바닥보다 훤하다는 거 몰라?"

숙희 이모는 자기가 초기에 당했던 일들을 하나하나 늘어놓았다.

돈이 없어지는 줄도 모르고 순진하게 넣어두기만 하던 시절, 갖가지 방법을 써서 감추어도 눈만 감았다 뜨면 사라지고 없던 이야기들을. 그래서 이제는 아예 돈을 한푼도 안 지니고 다닌다고 말했다. 이모들이나 집사님 사이에서 이런 얘기가 오갈 적이면 나는 몹시 서글퍼졌다. 왜 우리는 틈만 보이면 돈을 훔쳐야 하는 것일까.

학교 앞에는 과자랑 아이스크림을 잔뜩 쌓아둔 문방구가 셋 있었다. 점심시간이나 하교길이면 거기에는 아이들이 바글거렸다. 또뽑기를 하는 아이들, 쥐포를 굽는 아이들, 아이스바를 쭐쭐 빠는 아이들. 우리집 형제들은 언제나 멀찌감치서 손가락만 빨고 있었다. 선영이 누나는 언젠가 학교 앞에 늘어선 튀김집들을 모조리 불질러버렸으면 좋겠다고 얘기한 적도 있었다. 그 아이들은 가슴을 졸이며 돈을 훔치지 않아도 문방구며 튀김집을 드나들 수 있었다.

아무튼 돈은 없어진 다음이었다. 우리집에서는 누구든 일단 돈을 잃어버리면 그것으로 그만이었다. 그 돈은 마치 닭장 속으로 던져넣은 한 알의 좁쌀과 같아서 어느 순간 누구의 입으로 삼켜졌는지 알아낼 길이 없었다. 그러나 미정이 이모는 쉽사리 단념하려 하지 않았다. 사실 그러기에는 너무 큰 돈이기도 했다. 사정을 전해들은 김집사님은 일단 집사님의 선에서 조사를 해보기로 했다. 더 위로 올라가봐야 번거로워지기만 할 뿐 도움이 될 일은 없었다.

"한푼도 안 남기고 가져간 것으로 보아 큰 애의 소행이 분명해. 꼬마들이라면 기껏해야 일, 이만원쯤 집어갔을 테니 말이야."

그는 도난사건 전문가다운 추리를 했다. 그러나 그는 곧 자신의 단정에 대해서 이맛살을 찌푸렸다.

"그렇다면 더 큰일인데. 큰 아이들은 하나같이 능구렁이라서 도무지 꼬리를 잡을 수가 없거든."

아이들이 차례차례 불려갔다. 꼬마아이들부터 고등학교 형들에 이르기까지. 집사님은 하루 종일 끈기 있게 심문을 했다. 하지만 그런 방법으로 실마리를 잡는다는 것은 애당초 불가능한 일이었다. 그것은 이러했다. 작은 아이들의 자그마한 도둑질은 면담만으로 간혹 발견되는 경우가 있었다. 형들 중에는 꼬마들의 소행을 고자질함으로써 평상시 자신의 결백을 알리려는 수가 있기 때문이었다. 그러나 만일 밑의 아이가 형들에 대해 조금이라도 미심쩍은 이야기를 한다면 그는 그날부터 잠자기를 포기해야 했다. 자정만 되면 자동적으로 뒤뜰로 나가는 날이 며칠이고 계속되었다.

"이렇게 해서는 어려워요."

집사님은 내 말에 고개를 끄덕였다. 하지만 다른 방법을 생각해낼 수 없기는 마찬가지였다. 나 역시 그랬다. 나는 이미 형들 중 누가 수상쩍은가를 눈치채고 있었던 것이다.

마침내 미정이 이모가 눈물을 흘리기 시작했다. 이모는 방으로 들어가 문을 잠그고 훌쩍거렸다. 간간이 엄마, 하며 울먹이는 소리가 들렸다. 숙희 이모와 해자 이모는 속이 상해 어쩔 줄 몰라했다.

형국이 집사님의 책상 앞으로 불려간 것은 마지막 차례였다. 집사님은 그에게는 아예 아무 기대도 하지 않고 있었다. 그러나 일단 마주 앉게 되자 집사님은 오히려 뜻밖의 결과가 나올지도 모른다고 생각했다. 집사님은 그에게 사정을 차근차근 설명했다. 그가 가장 좋아하는 미정이 이모가 지금 곤란한 입장에 빠져 있으며 그걸 풀어줄 수 있는 사람은 형국이밖에 남지 않았다고. 그리고 그에게 물었다.

"혹시 오늘 학교 앞에서 돈을 많이 쓰는 애가 없었니? 그러니까, 또뽑기 앞에 오랫동안 매달려 있었거나 조스바를 몇 개씩 사먹은 애가 없었느냔 말이야. 잘 생각해봐."

고개를 젓기만 하던 형국이 나중에야 더듬거리며 입을 열었다.

"명식이 성이 애들한테 수박바를 하나씩 사줬어요."

집사님은 우선 명식이라는 이름에 실망을 느꼈다. 그애는 형국이와 같은 샛별반 출신이었고 아직도 여전히 흐리멍텅

한 상태에 있었다. 그런 아이가 십만원이나 되는 돈을 훔쳤을 리가 만무한 것이었다. 그러나 다음 순간 집사님은 한 가닥 실마리를 움켜쥐었다. 명식이가 도대체 무슨 돈이 있어서 애들에게 아이스바를 하나씩 사주었을까. 그는 곧 명식을 불러들였고, 십 분 후에는 그의 형 명호를 불렀다. 우리 모두는 연극이 끝났음을 알았다. 명호 형은 명식의 하나밖에 없는 피붙이였다.

명호 형은 순순히 사실을 인정했고 남은 돈 칠만사천원을 내놓았다.

형국은 다시 한번 우리집의 스타가 되었다. 집사님은 그를 무동을 태우고 마당을 몇 바퀴나 돌았으며, 미정이 이모는 그의 볼에 뽀뽀를 해주고 수박바를 다섯 개씩이나 사주었다. 그는 더욱 의기양양하게 국어책을 펴들고 칠수와 찰소를 읽어나갔다. 찰소가 말하읍니다. 영호야…… 미정이 이모는 그에게 2더하기 3이 얼마인지도 가르쳐주었고 초록색과 노랑색이 어떻게 다른지도 알려주었다. 물론 형국은 번번이 엉뚱한 소리를 했지만, 그의 주머니에는 라면스프가 떨어질 날이 없었다.

그러나 그 모든 것은 표면적인 승리에 지나지 않았다.

며칠 후 어느 아침 형국은 아이들과 함께 이층 계단을 내려오고 있었다. 그는 아직 눈곱이 덜 떨어진 상태였고 입가에는 침이 말라붙어 있었다. 바로 뒤에서 내려오던 준석이가 슬그 머니 발을 헛디디며 형국의 등에 부딪친 것은 몹시 우연스러 운 일로 보였다. 마침 그 순간 인철의 뒤꿈치가 형국의 발등 에 부딪친 것도 우연이었을 것이다. 형국은 손쓸 겨를도 없이 계단 아래로 곤두박질치고 말았다.

이모들이 달려왔을 때는 이미 아무도 남아 있지 않았다. 형 국만이 비명을 지르며 울고 있었다. 형국은 자음과 모음이 제 대로 구분되지 않는 소리로 누군가가 자기를 떠밀었다고 했 지만 그의 주장을 뒷받침해줄 만한 사람이 없었다. 그제서야 식당에서 기어나온 아이들은 형국의 비명일 울렸을 때 자기 들은 모두 식당에 앉아 있었노라고 말했다. 집사님이 이층으 로 올라가 충성방의 문을 여니 이부자리에는 명호 형만이 엎 드려 누워 있었다. 명호 형은 팬티 바람으로 고개를 돌렸다.

"어쩐 일이세요, 이렇게 일찍?"

진상을 밝혀내기는 불가능한 일이었다. 미심쩍은 점이 없 지 않았으나 형국의 낙상은 잠이 덜 깬 그가 발을 헛디딘 까 닭이었다고 처리되었다. 형국은 병원으로 옮겨졌고 다리에 깁스를 한 채 열흘 동안 누워 있어야 했다. 자진해서 그의 병 문안을 가려는 아이는 아무도 없었다. 숙희 이모와 미정이 이모가 누구든 다섯 명만 함께 그를 찾아가보자고 말했을 때도 아이들은 서로 눈치만 살필 뿐이었다.

미정이 이모의 눈가에 자리잡은 주름은 좀처럼 지워질 기미를 보이지 않았다. 그녀에게는 잇따라 불행한 사태가 벌어진 셈이었다. 형국에 대한 이모의 애착은 도무지 우리로서는 이해하기 힘들 정도였으니까. 게다가 미정이 이모가 담당으로 있는 믿음방에서는 끊이지 않고 퀴퀴한 냄새가 배어나왔다.

"아무래도 우리 방에 냄새 때문에 죽은 귀신이 붙은 모양이야. 천장에서 쥐나 고양이가 썩고 있는 건 아닐까."

이모는 코를 찡그리며 고개를 갸웃거렸다. 이른 새벽 들판에는 벌써 하얗게 서리가 깔리고 있었지만 냄새는 점점 심해질 따름이었다. 저녁마다 믿음방 아이들은 발가벗겨져 세면장으로 내몰렸다. 처음에는 시시덕거리며 재미있어했지만 이즈음엔 두 팔로 어깨를 감싸안고 발을 동동거렸다. 감기가 걸려 제법 크게 기침을 해대는 아이도 있었다. 눈치껏 시간을 때우다가 그들은 팔다리에 몇 방울의 물을 뿌리고 방으로 들어왔다. 이모는 방으로 돌아오는 아이들의 몸에 코를 갖다댔지만 수상한 냄새는 나지 않았다.

아직 붕대를 풀지 않은 형국은 거의 종일을 방바닥을 뒹굴며 보냈다. 일부러 다가가서 말을 거는 아이도 없었고 형국이 자신도 예전처럼 아무에게나 엉겨붙으려 하지 않았다. 어렴풋이나마 그는 자신이 모든 아이들로부터 미움을 받게 되었음을 느낀 모양이었다. 가끔 나는 아무도 없는 틈을 타서 말을 붙여보았다.

"냄새나는 방에 오래 누워 있으면 어지럽지 않니? 바깥바람이라도 좀 쐬고 텔레비전도 보고 그러렴."

그러면 형국은 몹시도 수줍은 미소를 머금었다.

"괜찮아요."

"뭐가 괜찮다는 거니. 이렇게 방바닥만 뒹굴면 몸에 좋지 않대도."

"괜찮아요."

그는 내가 무슨 말을 물어도 한결같이 괜찮아요, 만 되풀이했다. 그런데 사실은 그가 바깥바람을 쐬고자 한다고 하여도 간단한 문제가 아니었다. 깁스한 다리를 끌고 아래층으로 내려가 다시 현관을 나선다는 것은 다른 누군가의 부축이 없이는 불가능한 일이었다. 하지만 우리는 누구도 형국을 도와줄 수 없는 입장이었던 것이다.

"어떤 놈이든지 형국이 자식한테 말 한마디만 붙였단 봐라. 이빨을 줄줄이 뽑아 짤짤이를 해버릴 테다."

명호 형의 말이 아니더라도 아이들은 누구나 적개심을 품고 있었다. 형국이가 불지 않았더라면 그들은 명식이를 통해서 몇 개의 수박바를 더 얻어먹을 수 있었던 까닭이었다.

형국에게 가장 성가신 문제는 하루에 한두 차례 화장실을 가야 한다는 것이었다. 소변이야 우유통에 받았다가 비우면 되지만 대변은 그렇지가 못했다. 미정이 이모가 그를 화장실로 데려가 일을 보는 동안 계속 손을 잡고 있어야 했다. 그런데 설상가상으로 형국에게 배앓이가 시작되었다. 그는 별안간 소리를 질러대다가 화장실로 쫓아가서는 물감처럼 노란 물똥을 쏟아내곤 했다. 때맞춰 미정이 이모가 곁에 없으면 바지와 방바닥을 버리곤 했으므로 이모는 잠시도 근처를 떠날 수 없었다. 이모는 형국이를 다른 방으로 옮겨 누이려고 했다.

"방 안 공기가 나빠서 그럴 거야. 나도 이 방에 오래 있으면 골치가 지끈거리거든."

그러나 그는 기겁을 하고 발버둥을 쳤다. 무슨 일이 있어도 자기 방을 떠나지 않겠다는 것이었다. 이모는 어떻게든 그를 달래보려 했지만 결국 손을 들고 물러나고 말았다.

"그애는 믿음방을 떠나면 죽는 줄로 알고 있어."

그 무렵부터 형국은 저녁시간의 공부에도 시들한 기색을 보이게 되었다. 병원에 있는 동안도 그는 줄곧 찰소와 칠수를 읽었고 2 더하기 3은 7을 외웠다고 했다. 하지만 이제는 이모가 책을 들이밀어도 슬며시 고개를 돌렸다. 잠시 신경을 쓰지 않으면 그는 손가락에 침을 묻혀 소리나지 않게 책장을 찢었다. 비행기를 접으려다가 결국 아무것도 만들지 못하고 구겨버렸다. 이모는 버려진 책장을 하나하나 펼치며 한숨을 내쉬었다.

형국이 관심을 보인 것이 있다면 그것은 배앓이를 고치기 위해 먹어야 했던 하얀 알약이었다.

"약을 너무 자주 먹어도 좋지 않아요. 식사 후에만 한 알씩 타가도록 하세요."

숙희 이모는 다리를 절룩거리며 찾아오는 형국에게 하루에도 몇 차례씩 같은 소리를 해야 했다. 그는 아무 때고 불쑥불쑥 나타나 배를 움켜쥐고 약을 달라고 했던 것이다. 그러나 이상한 일은 약을 아무리 먹어도 그의 배앓이가 조금도 나아지지 않는다는 사실이었다. 며칠이 넘도록 그는 여전히 팬티에다 노란 물감을 적셔내었다. 빨랫줄에는 언제나 대여섯 장씩 그의 팬티가 널려 있었다.

아이들이 다소나마 형국에게 관심을 보이게 된 것은 그 팬티들의 행진과 함께였다. 아이들은 서로 눈치를 살피며 조심스럽게 형국을 놀려대었다. 똥쟁이, 똥쟁이 행국이, 오늘은 노란 물감으로 어느 나라 지도를 그려주시겠습니까. 그러면 형국은 빙그레 미소를 지을 따름이었다. 그는 마치 그들의 놀림을 반가워하는 듯했고 그의 얼굴에는 분홍빛 생기가 피어올랐다. 그리고 다음날 빨랫줄에는 두세 장의 팬티가 더 널리곤 했다.

"단단히 뒷조사를 해봐야겠어. 약을 그렇게 먹으면 오히려 변비가 생길 텐데 아직도 설사를 하고 있으니!"

숙희 이모의 이야기를 듣고서야 미정이 이모는 의심스러운 점을 깨달았다. 설사가 시작되고부터 형국은 거의 밥을 먹지 않고 있었다. 달리 먹을 게 있을 리도 없었다. 그런데도 그는 끊임없이 설사를 쏟아내고 있었다. 결코 적지 않은 양으로. 그렇다면 그는 자신의 눈을 피해 늘 무언가를 먹어왔다는 얘기일까. 형국의 입가가 이따금 주홍빛으로 물들어 있었음을 그녀는 떠올렸다.

그날 미정이 이모는 빨랫감을 잔뜩 짊어지고 믿음방을 나왔다.

"이모 빨래하고 올 테니까 말썽부리지 말고 가만히 누워 있어."

형국은 고개를 끄덕였다. 그는 이불 위를 뒹굴면서 무슨 노래인가를 흥얼거렸다.

이모는 잠시 후 살그머니 방 앞으로 돌아와 열쇠구멍으로 들여다보았다. 아니나 다를까, 형국은 두 손으로 주홍색 공 같은 것을 들고 열심히 베어먹고 있었다. 열쇠구멍을 통하여 풍겨나오는 퀴퀴한 냄새는 한결 역하게 느껴졌다. 이모는 다짜고짜 문짝을 열어젖히며 방으로 들어갔다. 형국은 급히 두 손을 뒤로 감췄지만 이미 그가 숨기기에는 너무 늦은 상황이었다. 이모는 코를 감싸쥐고 비명을 질렀는데, 마침 우리는 점심식사를 위해서 잠시 돌아와 있었다.

형국은 커다란 장롱의 밑바닥 가림목을 교묘하게 뜯어낸 다음 그 속에다 비닐자루 하나를 넣어두고 있었다. 수십 개도 넘게 구멍이 뚫린 그 자루 속에는 곰팡이에 허옇게 뒤덮인 감이 십여 개 들어 있었다. 그 밖에도 별의별 게 다 있었다. 바퀴벌레, 귀뚜라미, 죽은 지네, 산 지네, 라면스프 먹다 남은 것, 그리고 하얀 알약 열두어 알도 보였다. 알약들을 그는 부지런히 모으기만 했을 뿐 정해진 목적대로 사용하지는 않은 것이었다. 그 자루부대로부터 뿜어져나오는 악취는 감히 가까이 다가갈 용기를 내지 못하게 했다.

형국이만이 태연스러이, 그러나 비밀이 탄로난 게 조금은 아쉽다는 듯, 홍시 홍시, 하며 손가락질하고 있었다.

미정이 이모는 몽둥이를 집어들고 형국을 타작하기 시작

했다. 우리에게도 뜻밖의 일이었지만 그것은 형국에게는 참으로 놀라운 일이 아닐 수 없었다. 몇 차례 몽둥이가 어깨와 엉덩이를 지나간 다음에야 형국은 누가 누구를 때리고 있는가를 깨달았고, 비로소 숨넘어가는 소리를 질러대었다. 그는 붕대를 풀지 않아 불편한 다리를 끌며 방 안 구석구석을 도망다녔다. 썩은 감이 으깨어지고 바퀴벌레와 귀뚜라미가 사방으로 튀어 달아났다. 미정이 이모가 씨근거리며 말했다. 내가 미쳤지, 너 같은 놈을 사람을 만들어보려고 헛고생을 하고 있었으니…… 형국은 마침내 방 밖으로 기어나갔고 이모는 몽둥이를 휘두르며 뒤쫓아나갔다.

그건 정말 대단한 구경거리였다. 한 사람은 절름거리며 도망 가고 한 사람은 몽둥이를 휘두르며 쫓아다니는 광경은. 그러나 그들이 이층의 여덟 개 방을 거의 한 번씩 휘젓고 다시 믿음방 쪽으로 돌아왔을 때 나는 더이상 참을 수 없어 이모에게 소리쳤다.

"그러지 말아요. 그건 형국이의 책임이 아니에요."

이모는 주춤하더니 나를 돌아보았다.

"형국이가 광주 형제원으로 들어간 건 80년 5월이었대요. 이애는 어느 젊은 부부의 시체 사이에서 젖가슴에 흐르는 피를 핥고 있었구요. 그때 이애 나이가 만 네 살이었으니 충격이 어지간했겠어요."

　나는 내가 지껄여댄 말의 정확한 뜻을 모르고 있었다. 따라서 그 말이 어떤 효과를 발휘하게 될지도 알지 못했다. 다만 그 순간 우연히도 집사님이 들려주신 이야기가 떠올랐을 뿐이었다.

　그러나 그 말의 효력은 엄청나고도 즉각적인 것이었다. 미정이 이모는 몽둥이를 집어던졌고 두 손바닥 사이에 얼굴을 파묻었다. 그리곤 소리나게 몇 번을 울먹이더니 아래층으로 내려가버렸다. 이모는 식당 일을 보시는 석규 어머니네로 뛰어가 한나절을 더 운 모양이었다.

　집사님은 사정 얘기를 들으시고도 내게 꾸지람을 내리지는 않으셨다. 그는 그저 천천히 고개를 끄덕거리더니 이렇게 말했다.

　"서미정 선생도 80년 5월에 아버지를 잃어버렸다더구나. 그때 아마 무슨 특수부대 하사관으로 근무중이었다지. 서선생이 형국이한테 특별히 잘해주고 싶었던 것도 아마 그런 이유 때문이었을 게다."

　나는 모든 것을 이해한다는 듯 지그시 입술을 깨물었다.

　그날 저녁 형국이는 숙희 이모의 방으로 이사를 했다. 미정이 이모를 더이상 힘들게 하지 않으려는 집사님의 배려였다.

거창하게도 이사라는 말를 썼지만 형국이가 자신의 몸뚱이
와 함께 옮겨간 것은 쥐방울만한 베개 하나였다.

숙희 이모의 엄한 눈초리 밑에서 형국은 금세 배앓이를 나
았고 며칠 뒤에는 다리의 깁스도 풀게 되었다. 아직 조금씩은
절룩거렸지만 그는 학교를 갈 수 있다는 게 몹시 기쁜 듯했
다. 미정이 이모도 이제는 그를 여느 아이와 똑같이 대했다.

아이들이 모여 있을 때 그가 슬그머니 끼어들면 준석이는
눈에 띄게 인상을 찌푸렸다. 준석은 아이들을 돌아보며 입을
삐죽삐죽 내밀었다.

"국민학교 사학년이나 되면서 제 코도 못 닦는 얼간이가
누구게?"

그러면 아이들은 와 하고 웃음을 터뜨렸다. 하지만 형국이
는 그런 일에 신경을 쓰지 않았다. 그는 열심히 눈동자를 굴
리며 혹시 누구의 주머니 속에 먹을 것이 감추어져 있지 않나
를 살폈다. 경운기를 몰고 가던 규호 아저씨가 형국이를 발견
하고는 소리쳤다.

"다리가 다 나은 모양이구나. 그래 요즘도 공부를 열심히
하고 있니?"

준석이가 형국이를 대신해서 대답했다.

"형국인 이제 공부 같은 것 하지 않아요. 그딴 건 큰 도시의

부잣집 아이들이나 하는 거래요."

규호 아저씨는 준석의 대답이 몹시 만족스러운 듯 크게 고개를 끄덕이셨다. 그는 손을 흔들고 경운기 엔진 소리를 높였다. 형국이는 이미 그 자리를 빠져나가고 없었다. 그가 관찰한 바에 의하면 거기 모인 아이들 중에는 누구도 군것질거리를 갖고 있지 않았던 것이다.

염소와 돼지

내가 기억하기로는 총무님은 언제나 총무님이었고 원장님은 언제나 원장님이었다. 그것은 하루 세 번씩 마주 대하는 식판 위의 퍼석한 밥알갱이들만큼이나 당연한 사실이었다. 나는 그 사실에 한 번도 의문을 가져본 적이 없었다. 그러나 어느 날 민정이 대문을 빠져나가는 원장님의 자동차를 지켜보다가 이렇게 물었을 때, 나는 그만 말문이 막힘을 느꼈다.

"원장님은 자가용을 타고 다니는데 총무님은 왜 자전거를 타고 다니시는 걸까?"

"그거야…… 원장님은 원장님이고 총무님은 총무님이니까 그렇지."

한참 만에 생각해낸 내 대답에 민정은 혀를 내밀었다.

"아니야 오빠. 그건 원장님이 총무님보다 돈이 많기 때문이야."

민정인 이제 겨우 국민학교 삼학년이었다. 나는 내 바보 같은 대답에 화가 났다. 하지만 동생 앞에서 창피한 꼴을 보일 수는 없었으므로 말머리를 돌렸다.

"너, 총무님 별명이 왜 열쇠장이가 되었는지 아니?"

민정은 고개를 저었다. 그리고 재미있을 법한 이야기가 시작되면 언제나 그러듯이 내 눈을 뚫어져라 쳐다보았다. 나는 영진이 어머니에게서 들었던 이야기를 민정에게 들려주었다. 총무님 허리띠에는 늘 큼직한 열쇠꾸러미가 붙어다닌다. 그 속에는 우리집의 세 군데 창고 열쇠와 연탄광 열쇠, 총무님의 자전거 열쇠 등이 있다. 총무님은 그 열쇠꾸러미를 결코 다른 사람에게 맡기는 법이 없다. 심지어는 집사님에게까지도. 누군가가 총무님이 없을 동안 창고를 써야 할 필요가 있어서 열쇠를 부탁하면 그는 곤란한 표정을 지으며 이렇게 말하는 것이었다.

"나도 주고 싶지만 자전거 열쇠랑 붙어 있어서 말이야."

창고 열쇠만 빼어주면 되지 않느냐고 물으면 그는 또 이렇게 대답하곤 했다.

"그건 안 되지. 열쇠를 자꾸 끼웠다 뺐다 하면 잃어버리기

십상이거든……"

그러나 사람들은 총무님이 왜 그렇게 열쇠에 연연해하는지를 잘 알고 있었다. 창고 속에는 위문품으로 들어온 라면 몇 상자와 쌀이며 소금 따위가 들어 있었고, 총무님은 자신이 없는 동안 혹시 그것들의 수량이 줄어들지나 않을까 걱정하기 때문이라는 것을. 몇 해 전의 겨울을 우리가 허여멀건 김장으로 지내야 했던 일도 사실은 총무님 때문이었음도 나는 이야기해주었다. 영진이 어머니는 그때 일을 생각하면 아직도 피가 끓는다는 듯 굵은 침방울을 튀기며 말했었다. 글쎄 그 영감이 김장날 맞춰 출장을 가게 되었으면 창고 열쇠를 맡기고 가는 게 도리잖아. 그래서 열쇠를 달라고 했더니 고개를 끄덕이면서 다음날 아침 일찍 들러 주고 가겠다고 그러더구먼. 그런데 웬걸, 아침 설거지를 끝내도록 꼬랑지도 보이지 않아 창고 앞에 나가봤더니, 나 원 기가 막혀, 고춧가루 다섯 근이랑 소금 반 푸대를 자물통 밑에 내다놓고 가버린 거야. 우리집 식구들 입이 몇인데 그래 그것 갖구 한철 김장을 다 담그라는 게 말이나 돼?

"영진이 어머니도 어지간히 화가 났는지 그것만 가지고 배추 삼백 포기랑 무 이백 포기를 다 담가버리셨대. 그런데 더 놀라운 건 총무님이 돌아와서도 눈도 깜짝 않더라는 거야. 맵고 짠 음식은 좋지 않아, 그러더라나. 그뒤로 영진이 어머니랑 재희 어머니는 총무님을 열쇠장이라 불렀지만 총무님의 버릇은 조금도 고쳐지지 않았대."

내 얘기가 생각처럼 재미있지 않았는지 민정은 시들한 표정을 지었다. 그애는 건성으로 한마디 맞장구를 치고는 은아와 해정이 인형놀이를 하고 있는 곳으로 쫓아가버렸다.

"그래, 총무님은 잔소리가 너무 많아."

나는 아직 아무에게도 이야기하지 않은 비밀 한 가지가 더 있었지만 민정이를 불러세우지는 않았다. 그건 나로서도 정확히 판단을 내리기가 어려운 일이었고, 어쩌면 지나친 짐작에 불과할지도 모르는 까닭이었다. 하지만 그것이 잘못된 짐작이 아니라면 조만간 우리집에는 제법 큰일이 벌어질지도 모르는 일이었다.

그런 걱정을 갖게 된 것은 이틀 전의 저녁이었다. 광준 형, 은구 형 들이랑 나는 어둑어둑해지는 담장에 기대어앉아 이런저런 얘기를 나누고 있었다. 옆에서는 경우랑 식이 성철이 들이 며칠 전에 받은 새 신발로 신발차기를 하며 놀고 있었다. 우리의 이야기는 몇 가지를 돌다가 열흘쯤 후로 다가온 규호 아저씨의 생일 문제에 이르렀다. 규호 아저씨는 우리집의 대선배로 이십 년 전에 자립을 했지만 사 년 전인가 다시 돌아와 근처를 맴도는 터였다. 어른들은 그가 술로 인생을 망쳤다고 했는데, 집사님이 낡은 경운기 한 대를 주선해주어서 동네의 쓰레기를 치우게 되면서부터는 착실한 새출발을 시작하고 있었다. 더이상 술주정도 하지 않았다.

"마음이야 나도 굴뚝같지만 우리가 무슨 돈이 있어 그런 일을 한다는 거야? 일, 이천원으로 되는 일도 아닐 텐데."

"꼭 그렇게 많은 돈이 필요한 건 아니야. 형편 되는 대로 하는 거지 뭐. 며칠 전에 월급 받은 거 아직 남지 않았니?"

광준 형의 얘기는 규호 아저씨의 생일이 정확히 마흔번째인 만큼 그냥 넘길 수는 없지 않느냐는 것이었다. 그러나 명호 형은 그저 건성으로 고개를 저었다.

"신문 배달해서 받은 게 몇 푼이나 된다고 여태 남아 있겠어. 빚 갚고 바지 한 벌 사고 끝났지. 글쎄 명식이한테 용돈도 못 줬다니까."

총무님의 자전거가 비틀거리며 다가오는 것을 본 것은 그때였다. 저녁 햇살에 젖어서인지 표정이며 어깨가 힘이 없어 보였다. 총무님은 묵묵히 우리 앞을 지나쳐 현관으로 갔고, 자전거에 자물쇠를 채우고는 들어가버렸다. 혼자 남은 자전거를 쳐다보던 나는 문득 이상한 사실을 깨달았다. 총무님은 아무것도 보지 못했던 것일까. 아이들은 여전히 신발차기를 하며 뛰어다니고 있었고 윤이 반질거리던 새 신발은 흙덩어리가 되어가고 있었다. 게다가 현관 앞에는 운동화며 고무신짝 들이 엉망으로 헝클어져 뒹굴고 있었다. 여느때의 총무님 같으면 그건 십오 분간의 잔소리감은 충분히 되었던 것이다. 총무님의 잔소리 습성을 이골이 날 정도로 지켜보아온 나에게 그것은 참으로 놀라운 일이 아닐 수 없었다.

집사님과 규호 아저씨가 커다란 목재 몇 개를 들고 오는 것을 보았을 때 나는 아이들 무리에서 슬그머니 빠져나와 광으로 따라 들어갔다. 한때는 낡은 탁구대가 있기도 했지만 요즘은 겨울철의 김장독 보관소로나 쓰이는 곳이었다. 국민학교 아이들이 몰래 김치를 꺼내먹다가 형들한테 기합을 받는 곳이기도 했다. 규호 아저씨는 나무를 길게 톱질하려고 했으나 집사님이 고개를 저었다.

"아직 그렇게 크게 만들 필요는 없을 거요. 갓난 새끼로 들여올 테니까."

잠시 후 나는 그들이 작은 울을 만든다는 것을 알았다.

규호 아저씨가 담배 한 개비를 꺼내물며 바닥의 돌 위에 주저앉자 나는 덜 만들어진 울 가까이로 다가갔다. 집사님은 목덜미의 땀을 문지르며 나를 쳐다보았다. 나는 무엇을 만드느냐고 먼저 묻지 않았다. 새로운 일을 벌일 적이면 집사님은 누가 묻지 않아도 즐겨 설명을 들려주곤 했던 것이다. 그러나 그날은 아무리 기다려도 집사님의 유쾌한 설명이 들려오지 않았다.

"무얼 만드시는 거예요?"

집사님은 손바닥으로 이마를 쓸어 뿌린 다음 말했다.

"새끼돼지를 한 마리 들여오기로 했다. 지난 월요일 회의 때 원장님이 지시하셨거든."

나는 제법 어른스럽게 고개를 갸웃거렸다.

"갑자기 무슨 바람이 불었죠?"

집사님은 내 말투에 미소를 지었다. 그러나 곧 다시 힘없는 표정이 되어 손가락을 마주 두드렸다.

"식사 때마다 나오는 밥찌꺼기를 그냥 버리지 말고 돼지라도 한 마리 키우라는구나. 아마 그날 아침에 주방을 둘러보다가 생각한 모양이야."

"하지만 그건 그냥 버리는 게 아니라 총무님이 염소 먹이로 가져가시잖아요?"

"그걸 알고는 더욱 그런 생각을 하신 것 같아. 원장님은 언제나 공과 사를 엄격히 구분하는 분이잖니. 우리집의 물건과 개인의 물건이 같을 수는 없다는 걸 강조하시거든. 그래서……"

집사님은 자신도 믿지 못하는 일을 설명하기 위해 무척 애를 먹는 듯했다.

나는 해자 이모를 꼬드겨서 월요일의 회의 때 있었던 일을 알아낼 수 있었다. 처음에 원장님의 이야기는 조용하게 시작되었다고 했다. 하느님의 성스러움을 믿는 사람들이 밥알 하나라도 소홀히 한다는 것은 부끄러운 일입니다. 돼지 한 마리를 사서 기르도록 합시다. 이모들은 말은 하지 않았지만 모두 눈살들을 찌푸렸다. 총무님이 약간은 상기된 모습으로 나섰다. 쓰레기 위에 밥알이 덮여서 많아 보였지 사실은 얼마 되지 않는다. 돼지를 키우게 되면 처음에야 감당할 수 있겠지만 한두 달 지나지 않아 그 먹이로는 어림없게 될 것이며 사료비가 더 들게 될 것이다. 그러면 주방 아주머니들은 돼지 먹이를 남기기 위해 아이들의 밥을 적게 퍼야 할 것이다. 원장님은 기분이 상한 듯했지만 한 걸음 양보를 했다. 그렇다면 돼지는 그만두고 개를 키우도록 합시다. 개 먹이 정도로야 충분하지 않겠소. 이번에는 집사님이 총무님을 거들고 나섰다. 우리집에서 개를 키우는 건 기껏해야 동네 사람들 좋은 일 시키는 것밖에 안 됩니다. 문단속이 제대로 안 되기 때문에 개가클 만하면 어딘가로 사라져버리거든요. 지난번 원장님 때도 개를 키운 적이 있었지만 마찬가지였습니다. 원장님은 마침내 화가 나서 소리를 벌컥 질렀다. 원장은 나고 여러분은 부하직원입니다. 지시가 떨어지면 그대로 실행하면 되는 게 여러분의 일이란 말입니다. 군소리 다 그만두고 돼지를 한 마리 사도록 하세요.

"원장님 뜻을 모르는 건 아니지만 분명히 지나친 처사야. 삼십 년 넘게 살림을 보시면서도 총무님이 가져간 거라곤 그 밥찌꺼기뿐인데 말이야."

해자 이모는 입술을 삐죽이 내밀었다.

나는 며칠 전 해질 무렵의 총무님 모습을 떠올려야 했다. 그리고 그날 이후로 집 안에서 총무님의 활기찬 잔소리를 들을 수 없었던 까닭을 이해할 수 있을 것 같았다.

마을 사람들 중 누가 총무님이랑 싸움을 하고 싶다면 염소 우리 속으로 돌멩이 하나를 던져넣기만 하면 될 것이었다. 그러면 염소는 비명을 지르며 그 사람을 노려볼 것이고 총무님은 신발을 거꾸로 신고 쫓아나와 가뜩이나 붉은 얼굴을 더 빨갛게 달구며 삿대질하게 될 것이었다. 염소들은 총무님이 자기를 사랑하고 있다는 것은 물론 자기들에게 그런 사랑을 받을 충분한 자격이 있음도 알고 있었다. 지난 삼십여 년간 그들은 가슴의 젖을 짜서 총무님의 다섯 자녀에게 학비를 지불

해왔던 것이다.

"내 얼굴 혈색이 이렇게 좋은 것도 아침마다 양유를 마시고 자전거로 마을을 한 바퀴 돌기 때문이라오."

잔소리할 게 별로 없는 날이면 총무님은 마을 사람들을 상대로 그런 자랑을 하고 다녔다. 그러면서 은근히 양유를 받아 마실 것을 권하곤 했다. 아닌게 아니라 총무님의 안색은 환갑이 다 된 나이에 비해서 몹시 건강해 보였다. 그러나 그가 지나가고 나면 사람들은 혀를 끌끌거렸다. 이제 양유 배달은 그만둘 때가 되었을 텐데.

염소와 함께 살아온 총무님의 인생에서는 두 차례의 커다란 시련이 있었다고 했다. 그때마다 사람들은 그가 더이상 염소치기를 계속하지 못하리라고 수군거렸더란다. 혹은 적어도 양유 배달만큼은 그만두어야 하리라고. 읍내 장터에서 소문을 듣고 염소 상인이 찾아온 적도 있었다고 했다. 그러나 총무님은 염소를 팔아버리라는 주위 사람들의 충고에 한사코 두 손을 내저었다. 콜라집 아줌마는 그때를 기억하면서 총무님이 염소를 팔면 세상이 망하기라도 하는 줄 아는 모양이더라고 했다.

첫번째 시련은 마을에 포장된 우유가 들어오면서 시작되었다.

그게 정확히 언제였느냐고 물어보면 이모들은 한 십 년 전이라고 말하고 집사님은 이십 년은 족히 되었을 거라고 대답한다. 그러나 아무튼 중요한 것은 포장된 우유가 각 가정에 배달이 가능하게 되었다는 사실이었다. 마을 사람들 중에서도 특히 교회에 나가지 않는 사람들은 갑작스레 위생관념을 갖게 되었고, 매일처럼 돌고 도는 병으로 염소 젖을 받아 마신다는 게 얼마나 끔찍한 불결인가를 깨닫게 된 것이었다. 총무님은 성서에 손을 얹고 자신의 끓는 물 소독법이 완벽함을 맹세했지만 별 소용이 없었다. 아침마다 자전거에 쟁여지는 양유병의 수는 육십에서 사십으로 줄어들었다. 그 무렵의 총무님은 하루 종일 거의 제정신이 아니었다고 했다. 종이와 연필을 들고 다니며 한 시간에도 몇 번씩 산수를 셈했다. 줄어든 수입을 계산하고 남은 수입을 따져보고 앞으로 또 줄어들 가능성이 얼마일까를 고민하곤 했다. 그러다가는 자전거를 타고 불쑥불쑥 우유 대리점 앞을 지나가는 것이었다.

다행히도 사십 병의 배달량이 더 밑으로 떨어지지는 않아서 총무님은 안정을 취할 수 있었다. 마을 사람들 중 교회의 여신도들이 발벗고 나서 양유 계속 마시기 운동을 벌였다는 말도 있었다. 그러나 몇 년 지나지 않아 총무님의 염소들은 두번째 시련을 겪게 되었다. 염소들에게는 치명적이라고 할 수 있는 전염성 폐렴이 돌았던 것이다. 콧물을 흘리고 재채기를 해대던 염소들이 콧구멍으로 누런 고름을 흘리며 드러누웠다. 특히 새끼염소들은 체온이 사십일 도까지 올라서는 부들부들 떨었다. 총무님이 몹시 아끼고 귀여워했던 수돌이라는 꼬마 염소가 죽은 것도 그때였다. 그날부터 총무님은 잠자리를 아예 염소 축사로 옮겼다. 똥이며 고름이며 가래 따위를 닦아서는 불에 태우고 다섯 시간마다 한 번씩 정맥주사를 놔주었다. 잠을 자다가도 기침 소리 하나만 들리면 일어나서 체온을 재어보곤 했다.

병세가 어느 만큼 가라앉고 한시름 놓게 되었을 때 총무님은 또 한 가지 한탄할 일이 있음을 알게 되었다. 염소들의 병으로 양유를 돌리지 못했던 열흘 남짓 동안 또다시 많은 고객이 우유 대리점의 장부에 올라가 있었던 것이다. 억지로 참아왔던 위생관념이 다시 그들을 들쑤신 모양이었다. 더구나 염소들이 코에서 고름을 흘리며 쓰러지는 것을 보고서는 이제 더이상 망설일 여지가 없다고 판단했을 것이었다.

"자전거가 낡아가니까 사람들이 무게를 자꾸 줄여주는구나."

그나마 총무님이 그런 농담이라도 할 수 있었던 것은 마침 그 무렵 대학을 다니던 큰아들이 군입대를 한 덕분이었다.

이제 자전거는 매일 이십 병의 양유와 총무님의 작은 엉덩이만 실으면 되었다. 그리고 그 양은 오늘까지 달라지지 않고 있었다.

　새끼돼지는 학교 앞 문방구에 걸려 있는 돼지저금통처럼 빨갛고 통통했다. 분홍빛 솜털이 보드랍게 돋아나려는 참이었다. 집사님은 새끼돼지가 태어난 지 겨우 이 개월밖에 안 된 것이라고 했는데, 그렇게 어린 것이 엄마도 없이 잠을 잘 수 있겠느냐느 내 물음에 마찬가지로 자신 없는 표정을 지었다. 글쎄다, 원장님이 결정하신 금액으로는 저놈밖에 살 수가 없겠더구나. 하지만 성철이도 두 달 때부터 형제원에서 혼자 잠을 잤다고 하지 않니.
　예전 같으면 학교에서 돌아오는 아이들이 가장 먼저 들르는 곳은 주방이었다. 식당 쪽으로 난 창문을 통해 들여다보고는 재희 어머니나 영진이 어머니에게 저녁 반찬이 무엇인가를 묻곤 했다. 운 좋게도 주방에 사람이 없는 것을 확인할 때면 도둑고양이처럼 재빨리 넘어들어가 계란이며 미역 부스러기를 집어내왔다. 그러나 이제 아이들이 가장 먼저 찾는 곳은 새끼돼지가 웅크리고 있는 자그만 우리가 되었다. 우리 앞에 내던져진 책가방들은 저녁식사 시간이 될 때까지 그대로 이기 일쑤였다. 우리 속은 아이들이 던져넣은 잡동사니들로 가득해지곤 했다. 아이스케키를 꽂았던 나무막대기, 또뽑기의 플라스틱 뚜껑, 찢어진 풍선 조각, 쓰레기통을 뒤져 주워 온 사과껍질 등등. 새로운 것이 던져질 때마다 새끼돼지는 코를 벌름거리며 다가와 주둥이를 비벼보았다. 그리곤 씹어 삼키기에는 너무 딱딱하다는 것을 알게 되면 울상을 지으며 뒷걸음질쳤다. 그러나 조금이라도 먹을 만한 것이라는 판단이 서면 내버려두는 법이 없었다.

은구 형이 새끼돼지의 이름을 지으라고 하자 아이들은 저마다 머리를 싸매고 고민들을 했다. 먹충이, 퉁퉁이 등의 이름이 나왔지만 결국 아이들은 준석이가 생각해낸 먹보라는 이름에 동의를 했다. 그러나 그 이름을 들은 은구 형은 고개를 저었다. 형은 이미 생각해둔 이름이 있었다며, 새끼돼지를 먹국이라 부르도록 하라고 했다.

"우리집에서 먹는 걸 제일 좋아하는 애는 형국이니까 새끼돼지를 형국이 동생으로 하자 이 말이야."

아이들은 당장에 박수를 치고 환호성을 올렸다. 준석이는 돼지 우리 너머로 코를 들이밀었다가 인상을 찌푸리며 말했다.

"어쩐지 먹국이 냄새가 형국이 궁둥이에서 나는 냄새랑 비슷하더라니까."

형국이는 동생이 생겼다니까 무조건 좋아했다.

먹국이는 곧 우리집에서 가장 인기 있는 스타가 되었다. 밥을 날라다줄 때마다 영진이 어머니는 우리 속에서 한 양동이씩의 잡동사니를 쓸어내야 했다.

광 구석을 뒹굴어다니는 책가방이나 우리 속에 쌓이는 잡동사니들에 대해 잔소리를 하는 사람이 아무도 없다는 것은 놀라운 일이었다. 영진이 어머니가 쓰레기를 치워 나가며 이따금 야단을 쳤지만 그 정도 소리에는 아이들은 꿈쩍도 하지 않았다. 총무님이 나서서 본격적인 잔소리를 하지 않는 한 아이들에게는 겁낼 일이 없었던 것이다. 나무우리를 만들고 새끼돼지를 가져다넣은 다음부터는 집사님조차도 좀처럼 광 출입을 하지 않았다. 집안의 큰 일 작은 일에 언제나 가장 많은 조바심으로 참견해왔던 두 분이 아니었던가.

이유를 짐작하는 사람은 나와 광호 형, 그리고 몇 명의 다른 형들 뿐이었다. 그러나 얼마 지나지 않아, 울타리에 쪼로미 기대어선 꼬마들 사이에서도 수군거리는 뒷소문이 오가게 되었다. 눈치보기로 말하자면 올림픽 금메달쯤은 문제가 없는 아이들이었다.

"너 콜라집 아줌마가 하는 이야기 들었니?"

"몰라, 못 들었어. 무슨 얘기를 했는데?"

그런 소식을 알아내어오는 것은 주로 성우나 준석이 같은 애들의 담당이었다.

"글쎄 오전에 총무님이 평상에 앉아서 콜라 한 병을 마시고 갔대. 얼마나 속이 탔는지 한 방울도 안 남기고 말끔히 비웠다는 거야."

윤철이가 옆에서 몸을 비틀었다.

"나도 속이 몹시 타는데……"

"그래 무슨 일로 총무님이 콜라를 다 마셨대?"

"아줌마한테 이런 얘기를 하더래. 십 년만 젊었어도 이까짓 고아원 당장 때려치우고 나오는 건데. 벌써 환갑이 다 되어 머리카락은 허옇게 셌지, 해놓은 건 없지. 그러면서 한숨을 푹푹 쉬더라는 거야."

아이들은 성우의 이야기에 고개를 갸웃거렸다. 총무님의 입에서 그런 말이 나왔다는 것을 믿어야 될지 말아야 될지 난감하다는 표정들이었다. 그러나 곧이어 성우의 얘기를 뒷받침할 만한 정보들이 속속 보고되었다. 도랑가에서 개구리를 잡던 아이 하나가 총무님 집에서 읍내의 염소 상인을 보았다고 했다. 허리에는 새끼줄뭉치를 두르고 손바닥에 기다란 나무막대를 들고 있었는데 한눈에 보아도 염소 상인이 틀림없었다고 주장했다. 반나절 후에는 총무님이 읍내로 나가는 것을 보았다는 아이가 나타났다. 장날도 아닌데 읍내로 가는 이유가 무엇일지를 점치는 것은 어려운 일이 아니었다. 요즘 염소 값이 얼마나 되는지를 알아보기 위해서가 아니겠는가. 그러자 어떤 아이는, 엉터리 거짓말임이 뻔해 보였지만, 자기가 읍내에서 달려오는 길인데 그곳에서 염소 상인을 만나는 총무님을 보았노라고 떠들기도 했다.

아이들은 자기네 나름으로 정보를 분석하고 결론을 내렸다. 총무님이 이제 곧 염소를 팔고 이 마을을 떠날 것이다. 염소도 키울 수 없는데 이런 곳에 처박혀 있을 이유가 어디 있겠는가. 다른 마을로 가거나 읍내나 도회지로 나가서 장사를 하게 될 것이다. 우유 대리점을 하게 될지도 모른다. 아이들은 자기네가 만들어낸 괴상한 결론에 놀라서 어쩔 줄을 몰라 했다. 만일 그렇게 된다면 어떤 사람이 새로운 총무님으로 오게 될까?

"준석이 넌 좋겠다. 총무님한테 제일 야단을 많이 맞은 게 너잖아."

"좋아할 사람은 내가 아니고 너야. 난 너처럼 매일 벌을 서고 화장실 청소나 하지는 않았다고."

아이들은 쓸데없이 언성을 높이기까지 했다. 하지만 그것도 잠깐이었고 그들은 곧 풀이 죽어버렸다.

매일처럼 잔소리에 야단만 늘어놓을 뿐이었지만 아이들은 총무님을 사랑하고 있었다. 지난 며칠 동안 아무 잔소리도 듣지 못한 것만으로도 벌써 모든 일에 싫증이 느껴질 지경이었다. 신발차기를 하는 것도, 먹국이 우리에 돌멩이를 던져넣는 것도 말리는 사람이 없으면 하나도 재미가 없었다. 경우나 식이는 총무님이 지나가면 일부러 더 크게 소리를 지르고 더 높이 신발을 차올리고 했지만 총무님의 눈길을 끌지 못했다. 이미 그 무렵에는 새끼돼지 먹국이가 우리집으로 들어오게 된 사정을 아이들도 모두 알고 있었고, 그래서 원장님을 비난하는 소리도 심심찮게 들리곤 했다.

그 의견을 제일 먼저 꺼낸 사람은 아마 명호 형이었을 것이다. 우리 모두를 깜짝 놀라게 만들었던 그 기발한 의견을 말이다. 규호 아저씨의 생일이 벌써 이틀 후로 다가와 있었을 때였다.

"어때, 근사하지 않아? 총무님 염소가 먹어야 될 음식을 아구아구 먹어대는 그 돼지새끼를 우리가 먹어치우는 거야. 그러면 총무님이 염소를 팔아야 할 이유도 없어질 테지. 마침 규호 아저씨 생일이 모레니까 한판 멋들어지게 잔치를 벌이자구."

그 자리에는 주로 고등학교 다니는 형들과 중학생 두어 명이 있었다. 의견은 대번에 두 쪽으로 갈라졌다. 멋진 생각이라고 박수를 치는 형들이 있었고 어림없는 일이라고 고개를 젓는 형들도 있었다.

"생각해봐. 만에 하나라도 탄로가 난다면 학교에서 가는 소풍도 따라가지 못하게 할 거야. 형편없는 아이들이라고 소문이 나면 집사님이 후원자를 구하기도 훨씬 힘들어질걸."

"시작도 하기 전부터 들킬 걱정을 하니…… 문제없어. 우리 아이들이 어떤 애들인지는 너도 잘 알잖아. 또 설사 들키더라도 그렇지, 우리가 겁낼 게 뭐가 있느냔 말이야."

조심스러워하는 쪽보다는 밀어붙이자는 사람이 많았다. 그러나 실질적인 결정권은 고등학교 삼학년의 세 형들에게 있었다. 명호 형의 제의에 대하여 은구 형은 미적지근하나마 찬성의 뜻을 보였지만 광준 형은 동의할 수 없다는 태도를 분명히 했다.

"총무님이 이런 소리를 들으면 난리를 칠 거야. 아마 두 시간쯤은 쉬지 않고 잔소리를 늘어놓을걸? 고등학교 삼학년이 되었으면 적어도 우리가 우리집 물건을 훔치는 일은 없도록 해야 돼."

형들 사이에서 오간 이야기를 전해들은 아이들은 끔찍한

표정이 되어 눈을 끔벅거렸다.

형국이 동생 먹국이를 먹잔 말이야?

먹는 것이라면 오히려 형들보다 먼저 쫓아갈 아이들이었지만 먹국이를 잡아먹자는 발상에 대해서는 혀를 내둘렀다. 아이들은 총무님을 좋아했고 총무님의 염소들을 좋아했지만 그렇다고 해서 먹국이를 미워할 수는 없었다. 먹국이는 작고 보송보송한 솜털덩어리였고 자신이 먹고 있는 것이 무엇인지도 모르는 새끼돼지였다. 그리고 아이들은 벌써 정이 들고 있었다.

꼬마아이들의 태도를 보고 광준 형은 자신의 뜻을 더욱 단단히 했다. 무슨 일이 있어도 먹국이를 잡아먹을 수는 없다고. 그러나 명호 형의 고집도 우리집에서는 알아주는 소뿔이었다. 명호 형은 다른 형들을 모두 설득한 다음 광준 형을 쫓아다니며 괴롭혔다.

"규호 아저씨 마흔번째 생일 그냥 보낼 수 없다고 한 게 누구야. 바로 너잖아. 그런데 이제 와서 발뺌을 하겠다는 거니. 다른 방법은 없어. 은구 동규 다 물어봐. 돈 남은 애가 있는지. 너 왜, 우리가 국민학교 코흘리개였을 때 생각 안 나니? 윤식이 형이 주동이 되어가지고 칠복이네 닭 서리를 한 적이 있었지. 두 마리씩이나 말이야. 그때 어디 털끝만큼이라도 문제된

게 있었니. 눈 딱 감고 해치우면 그냥 끝나는 거라구.”

이튿날인 일요일 아침까지도 광준 형은 결코 그렇게는 할 수 없다고 고집했다. 그러나 점심식사 시간이 되었을 때 형에게는 제법 충격적인 소식이 전해졌다. 교회에 갔다 온 꼬마들이 신바람이 나서 떠들어대었다. 읍내 교회의 여섯 분 장로 중의 한 분인 총무님이 대표 기도 차례가 되어서 단상에 올라갔는데, 기도를 하다 말고 엉뚱한 소리를 하더라는 것이었다. 사랑의 아버지 하느님, 저의 어린 염소들을 불쌍히 여기사 그들에게 일용할 양식을 주옵시고 그들이 언제까지나 제 집의 편안한 울타리 속에서…… 맨 앞줄에 앉아 있던 어린애가 웃음을 터뜨리는 바람에 기도는 엉망이 되어버린 모양이었다. 염소도 따지고 보면 양의 일종이니까 총무님의 기도가 완전히 틀린 것은 아니었지만 하여간 그렇게 우스갯감이 되었다고 했다.

광준 형은 오후 내내 고민을 하더니 명호 형 은구 형이랑 한참 동안 비밀 얘기를 했다. 마침내 저녁 늦게, 우리는 충성방으로 집합 명령을 받았다. 형들의 결정사항은 다음과 같았다.

먹국이를 잡아먹지는 않는다. 그러나 그 대신 먹국이를 어미돼지가 있는 다른 집으로 몰래 팔아버린다. 그 문제는 형들이 알아서 처리할 것이다. 이미 적당한 집을 봐두었다. 그렇게 하는 편이 총무님에게나 먹국이에게나 모두 도움이 될 것이다. 그리고 받은 돈으로는 과자와 음료수를 사서 규호 아저씨의 생일 축하파티를 열도록 하겠다. 규호 아저씨의 명예를 위해 모두 절대 비밀을 지켜주기 바란다, 이상.

먹국이를 훔쳐내어 파는 일은 명호 형이 직접 하겠다고 떠맡고 나섰다. 근래 들어 골치 아픈 일을 형이 하겠다고 나선 것은 처음 있는 일이었다. 그러나 우리는 모두 들떠 있었고 형은 특히 유쾌하게 흥분되어 있었다. 동작 빠른 아이 두 명을 데리고 명호 형이 일을 벌이는 동안 우리는 규호 아저씨의 초가집으로 몰려갔다. 우리가 들어서자 아저씨는 무슨 까닭인지를 몰라 두 눈을 둥그렇게 떴다. 막걸리병과 고추장을 급히 등뒤로 감추며 그는 말했다.

"날마다 술을 마시는 건 아니야. 애들아, 오늘은 공연히 심사가 사나워져서 그러니 집사님한테는 아무 얘기 말아주렴."

조금 멋쩍기는 했지만 우리는 그럭저럭 소리를 맞춰 시작할 수 있었다.

"생일 축하합니다! 생일 축하합니다! 아저씨의 생일을 축하합니다!……"

규호 아저씨는 신문지를 구겨 코를 풀기 시작했는데, 마침내 명호 형들이 과자상자를 안고 들어왔을 때는 좁은 방 안이 구겨진 신문지로 가득 차 있었다.

과자봉지를 뜯으면서 아이들은 흥분을 감추려고 발버둥치는 표정들이 역력했다. 방 가운데 신문지를 펼쳐두고 쏟아부으니 과자는 거대한 산처럼 솟아올랐다. 무엇부터 먹어야 할지를 알 수 없는 것은 나도 마찬가지였다. 그러나 우리는 광준 형의 얘기를 잊지 않고 있었다.

"과자를 먹을 때 오른손을 쓰는 놈은 뼈다귀를 추려주겠어. 길수랑 성진이는 오른손만 써. 허겁지겁 먹는 꼴을 규호 아저씨가 보신다면 얼마나 가슴이 아프겠느냔 말이야."

물론 길수와 성진이는 왼손잡이였다.

아저씨는 어떻게 돈을 마련해서 이런 것을 샀느냐며 걱정했지만 형들이 요번 달 신문 배달 월급을 모은 것이라고 말하니 겨우 안심을 했다. 그리고 그제서야 종이컵을 들어 명호 형이 따라주는 포도주를 받았다. 술기운이 돌면서 차츰 아저씨는 말이 많아지고 웃음도 헤퍼졌다. 평소에는 원장님이 지나가도 인사도 제대로 못 하는 말주변이었지만 술에 취하면 누가 빌려주는지 우스갯소리들이 술술 새어나왔다.

"내가 너희만했을 때는 말이다."

아저씨는 은구 형에게 술잔을 건네며 호기롭게 말했다.

"동네 가게에 술이 남아나는 날이 없었어. 무슨 일이 있더라도 하루에 막걸리 세 통은 마셔야 잠을 잤거든. 게다가 그게 어디 나 혼자였겠니. 진철이, 상민이, 그놈의 자식들은 모두 어디서 접시물에 코를 박고 있는지, 걔네 주량도 나 못지 않았어. 콜라집 아줌마가 읍내로 술 사러 나가기가 바빴지. 그때는 아직 파릇파릇한 새댁이었지만…… 이날 이때까지 내가 마신 막걸리통만 모아도 여의도 백사장에다 육삼빌딩을 서너 채는 올릴 게다."

우리가 특히 아저씨에게서 듣기 좋아했던 이야기는 그 무렵 곧잘 우리집 주위를 맴돌곤 했다는 읍내의 불량 청년들에 대한 것이었다. 이모들이 읍내 청년들에게 인기가 좋아 거의 매일 밤 귀찮은 일을 당하곤 했다는 것이었다.

"혜숙이 이모라고 아주 예쁜 이모가 들어왔었다는 얘기는 지난번에 했었지? 그래, 미정이 이모보다 더 예뻤지. 암, 더 예뻤고말고. 그런데 그 이모가 들어오고부터 밤마다 시끄러워서 잠을 잘 수가 없게 되었어. 불한당 같은 놈들이 집 뒤로 와서는, 그때는 담장도 없었어, 혜숙아 혜숙아 하고 불러대는 거야. 술에 좀 취한 날에는 이놈들이 겁도 없이 마당으로 들어와 창문을 기웃거리기도 했어."

"그래 그놈들을 가만 내버려뒀어요?"

명호 형이 발끈해서 한마디를 거들자 아저씨는 손을 내저었다.

"어떻게 내버려뒀겠니. 상민이랑 진철이랑 또 누구였더라, 하여간 그렇게 네댓 명이서 작당을 했지. 돌멩이를 잔뜩 모아두고 기다렸는데 밤이 깊어지니까 또 그놈들이 나타나더구나. 우리는 몸을 숨기고 마구 돌팔매질을 했어. 얼마나 신이 났는지 모른단다. 술에 취해 비틀거리면서 그놈들은 어디로 달아나야 할지 몰라 쩔쩔매었으니 말이다."

아저씨는 기분이 좋은 눈빛으로 포도주잔을 바라보다가 단숨에 쭈욱 들이켰다. 나도 이 다음에 술을 마시게 된다면 저렇게 마셔야지, 싶을 정도로 멋진 표정이었다. 그리고는 팔팔담배 한 개비를 뽑아 향기를 맡은 다음 손등에다 대고 톡톡 두들겼다. 명호 형이 특별히 두 갑을 사온 것이었다. 환희를 피울 적에는 아저씨는 그렇게 요란스러운 절차를 밟지 않았다.

"하지만 우리는 너무 신바람을 내다가 그만 실수를 하고 말았지. 모아두었던 돌을 한꺼번에 다 던져버리고 만 거야. 그러자 그놈들이 눈치를 채고 우리를 찾기 시작했어. 우리는 뿔뿔이 튀어 달아났는데 상민이가 혼자 화장실 뒤에 숨어 있다가 붙들리게 되었어."

"붙들렸다구요? 저런! 그래서 어떻게 되었죠?"

"다행히 상민이는 우리 중에서도 제일 작은 애였단다. 그러니 그놈들한테는 어린애처럼 보였을 테지. 상민이는 재치 있게 울먹이면서 이렇게 말했어. 자다가 오줌이 마려워서 나왔는데요, 돌멩이가 날아다니고 싸우는 소리가 나길래 무서워서 숨어 있었어요. 놈들은 상민이한테 우리 이름을 물었어. 상민이는 모른다고 잡아떼려다가 재미있는 생각을 했어. 주배 형 말이에요? 그랬더니 놈들은 성까지 얘기하라고 했지. 상민이는 말할 수 없다고 고개를 젓다가 못 이기는 척, 나씨예요, 나주배예요, 하고 대답했어. 그리고 두 개의 이름을 더 가르쳐주었단다. 김감귤이랑 구능금이랑 말이다. 어때, 재미있지 않니? 상민이는 마침 그때 마당에 쌓여 있던 과일상자를 보고 그놈들을 더 골려줄 생각을 했던 거야. 그때도 연말에는 눈곱만큼씩 위문품이 들어왔었거든."

"들키지 않았어요? 조금만 주의해서 들었다면 금방 눈치챘을 텐데."

우리 아이들의 식욕이란 정말 엄청난 것이었다. 산더미 같던 과자가 어느 사이 야트막한 구릉으로 변하고 있었다. 그리고 그 표정들은 이제 곧 죽어도 여한이 없다고 말하는 듯했다. 아이들을 지켜보는 형들의 눈길도 부드러워져 있었다.

"글세 말이다. 하지만 그놈들은 아마 위문품을 상자째 받아본 적이 없는 모양이더구나. 다음날 낮에 여러 명이 몰려와서는, 나주배 김감귤 구능금 모두 나와, 하고 소리치는데, 우리는 배를 잡고 낄낄거렸어. 그때는 집사님이었던 총무님이 어슬렁어슬렁 마당으로 나가면서, 벌써 우리한테 귀띔을 받고 있었지, 고물장수가 떼거지로 몰려왔나 왜 빈 박스를 내놓으라고 난리야, 하셨어. 하하하, 재밌지 않니? 그렇게 멍청한 놈들이었다니까."

"그래서요? 그래서 어떻게 되었어요?"

아이들의 호기심은 끝이 없었다.

밤이 늦어 아저씨의 집을 나오면서 우리는 과자봉지랑 음료수 빈 병들을 쓸어모아 도랑가에 숨겨놓았다. 아저씨에게는 이 일을 아무한테도 말하지 않겠다는 약속을 받았다. 집으로 돌아와 살그머니 잠자리에 기어든 다음에야 나는 몸을 움직이지 못할 만큼 많이 먹었음을 알았다. 명식이나 상구도 마찬가지였다. 어둠 속에서 서로의 배를 주먹질하며 우리는 입술을 틀어막고 웃었다.

이튿날은 아침부터 수색작업이 시작되었다. 먹국이가 없어졌다는 보고를 받은 집사님이 우리를 불러모은 것이었다. 집사님은 간밤에 어떤 놈이 기어들어와 먹국이를 훔쳐간 모

양이라며 마을 구석구석을 샅샅이 뒤져보라고 했다. 우리는
제법 흥분해서 열심히 뒤지는 척했지만 소득이 있을 리 만무
했다. 범인들에게 수사를 명령했으니 말이다. 오히려 우리는
구석구석을 살피며 지난밤의 흔적이 될 만한 것들을 모두 없
애버렸다.

한 시간가량의 수색작업을 마치고 다시 모였을 때 집사님
은 길수와 준석이가 빠진 것을 알았다. 그애들의 행방을 물으
니 윤철이가 어물어물 대답했다.

"화장실에 있어요. 배탈이 났대나봐요."

수색작업을 하는 동안에도 여러 명이 교대로 화장실을 드
나들던 것을 집사님은 알고 있었다. 미심쩍은 표정을 짓더니
집사님은 우리더러 들어가서 씻고 아침을 먹으라고 했다.

씹히지도 않는 밥알을 억지로 퍼넣고 있는데 집사님이 커
다란 비닐봉지 몇 개를 들고 식당으로 들어왔다. 간밤의 파티
를 마치면서 도랑가에 숨겨둔 쓰레기 뭉치였다. 표시나게 달
라지는 아이들의 얼굴색을 집사님은 놓치지 않았다.

"누가 이런 걸 길가에 버려두었나."

아무도 대답을 못 했다. 집사님의 시선을 마주 볼 수 있는
아이도 하나 없었다. 그렇게 답답한 순간이 얼마나 이어졌을
까, 집사님은 천천히 한숨을 내쉬며 광준 형에게 말했다.

"유리병은 규호 아저씨 경운기에 실어보내고, 나머지는 모두 태우도록 해라."

그로부터 며칠간 우리집 사정은 말이 아니었다. 아침부터 밤까지 원장님의 호통 소리가 끊이지 않았고 총무님 이하 집사님과 이모들은 석고상 같은 표정들을 하고 다녔다. 우리는 곧잘 소득 없는 수색작업에 동원되어 몇 시간씩 마을을 돌아다니곤 했다. 형들에게는 읍내의 장터를 뒤지라는 명령이 떨어지기도 했다. 셋 이상만 모이면 우리는 원장님에 대한 불만을 감추지 못했다.

"원장님은 고집이 너무 세어서 탈이야. 자기 고집 때문에 다른 사람들이 겪는 불편도 생각할 줄 알아야 한다구. 그랬더라면 애당초 돼지새끼를 들여오는 일 따위도 없었을 것 아니야."

그러나 그 사건은, 모든 소란스러운 일들이 그러했듯이, 시간이 지남에 따라 흐지부지 흐려지게 되었다. 새끼돼지를 훔쳐간 자를 잡아야 한다는 원장님의 역정이 가장 마지막까지 남았지만 원장님을 제외하고는 누구도 범인을 잡고 싶은 생각이 없었다. 그저 더이상은 시끄러워지지 않기만을 바랄 뿐이었다. 그리고 다시 며칠이 지나자 우리집은 예전과 다름없는 모습으로 돌아오게 되었다. 집사님은 규호 아저씨를 불러 두 분이 함께 만들었던 먹국이의 집을 뜯어내었고, 총무님은 집 안 구석구석을 헤집고 다니며 잔소리를 늘어놓기 시작했다.

"이놈들아, 석 달 동안 신으라고 사준 신발을 벌써 그렇게 흙탕칠을 해버리면 어떡하자는 거냐! 다른 집 아이들은 신발 한 켤레 사주면 일 년이고 이 년이고 신는다는데…… 경우랑 성철이, 신발 깨끗하게 빨아서 검사 맡으러 와!"

"다른 집 아이들은 아피스 같은 고물딱지 신은 쳐다도 안 본대요."

아이들이 혀를 내밀고 뒷마당으로 달아나자 총무님은 몹시 못마땅한 듯 입맛을 다셨다. 어떻게 된 게 요즘 애들은 돈 귀한 줄을 모른단 말이야. 그러다가 총무님은 주머니 속의 열쇠를 만지작거리며 창고 쪽으로 걸어갔다. 벌써 열흘이 넘도록 창고 속을 들여다보지 못한 게 생각난 모양이었다. 여느때 같으면 사흘이 멀다 하고 속속들이 챙겨보던 소중한 재산이었는데. 열쇠를 찔러넣고 행여 누가 지켜보지는 않나 주위를 살핀 다음 총무님은 재빨리 창고 속으로 들어갔다.

염소 상인이 마을을 드나든다는 따위의 소문은 이제는 누구도 믿지 않게 되었다.

지휘자의 눈물

우리 마을에서 집사님은 거의 모든 문제의 해결사라고 할 수 있었다. 경운기가 간단한 고장을 일으켰을 때 손을 봐주는 것도 집사님이었고, 칠복이네 암캐가 느닷없이 새끼를 배었을 때 그것이 누구네 수캐의 소행인가를 밝혀내어 새끼 수를 나누는 것도 집사님이었다. 양푼 밑바닥에 조그만 구멍이 뚫려도 사람들은 우리집으로 가져왔다. 그러면 집사님은 납땜질을 예쁘게 해서 성우나 준석이 편에 돌려보내는 것이었다.

그러나 집사님은 정작 자기 자신의 문제에 대해서는 결코 훌륭한 해결사라는 말을 들을 자격이 없었다. 벌써 서른하고도 다섯이라는 나이가 되었지만 그는 아직 결혼을 않고 있었던 것이다.

"어서 여편네도 얻고 자기 새끼도 낳고 해야 단단하게 뿌리를 내릴 텐데……"

집사님의 뒷모습을 바라볼 때면 총무님은 늘 그렇게 한숨을 내쉬곤 했다. 요즘 처녀들 눈이 잘못 박혔지. 저 훌륭한 신랑감을 그냥 내버려두고 있으니.

하지만 숙희 이모의 생각은 총무님과는 달랐다. 이모는 집사님이 여태 결혼하지 못한 이유가 처녀들에게 있는 것이 아니라 집사님 자신에게 있다고 믿었다.

"집사님은 아직 결혼할 준비가 되지 않았어. 그건 집사님이 불행했던 날들의 기억을 떨쳐버리지 못하기 때문이야."

이모가 말한 그 불행했던 날들의 기억이 무엇을 얘기하는가를 나는 어렴풋이 들은 적이 있었다. 집사님에게도 아주 어렸을 무렵에는 부모님이 있었다고 했다. 어머니는 세상 사람들이 알아주는 유명한 가수였다. 광주에서도 가장 번화한 골목의 요릿집에서 한복을 곱게 차려입고 노래를 불렀다. 물론 집사님의 아버지를 만나서 나주로 들어오면서는 손을 씻었고, 알뜰한 주부가 되었다. 그러나 집사님을 낳고 몇 해가 지나면서 어머니는 불평을 늘어놓기 시작했다. 씀씀이가 너무 잘아서 살림할 재미가 나지 않는다. 당신도 어디 가서 돈을 좀 큼직하게 벌어올 수 없느냐. 사랑하는 아내의 화려했던 생활을 잘 알고 있었던 터라 아버지는 큰돈을 벌어올 결심을 했다. 목포로 가서는 배를 탔다. 그러나 얼마나 큰돈을 벌려는 것이었는지 아버지는 다시 몇 해가 지나도록 아무런 소식이 없었다. 어머니는 집사님을 영암의 친가에 맡기고 사라져버렸다. 시댁 식구들 볼 낮이 없어서 달아났다는 말도 있었고 요릿집 가수 시절 사귀었던 돈 많은 사내를 따라갔다는 말도 있었다. 그리고 그때부터 집사님은 돌아오지 않는 부모를 기다리며 억지고아가 되어야 했던 것이다.

"집사님 같은 분이 그런 기억을 가져야 했던 것은 안타까운 일이야. 그때부터 집사님은 여자를 믿을 수 없게 된 거지. 여자에 대해서는 스스로 체념하시게 된 거야."

그런 까닭인지 숙희 이모는 집사님에게 각별히 신경을 쓰는 듯했다. 빨랫감이 나오면 거의 이모가 도맡아서 했고, 식사시간에 집사님 자리 앞으로 김이며 계란부침 따위를 밀어두는 것도 숙희 이모였다. 오죽했으면 준석이는 집사가 되는 게 자신의 평생 소원이라고까지 떠들고 다녔을까.

그런데 나는 이모의 말 중에서 이해할 수 없는 것이 하나 있었다. 체념이라는 고상한 낱말의 뜻이었다. 이모는 나를 이해시키기 위해 애썼다.

"그건 말이다…… 아주 좋은 것을 보더라도 자기한테는

불필요한 물건이라고 생각하는 거란다."

나는 여전히 그 뜻을 알 수 없어 고개를 갸웃거렸다.

"하지만 집사님은 예쁜 책받침이랑 필통을 꼭꼭 잠근 캐비닛 속에 넣고 다니잖아요."

이모는 더이상의 설명이 곤란하다고 느꼈는지 이렇게 얼버무렸다.

"물론 지금은 이해하기 힘들 테지. 네가 좀더 크면 그게 무슨 말인지는 저절로 알게 된단다."

그러나 나는 일단 궁금해진 일을 나의 성장에다 맡겨버릴 만큼 느긋한 성격은 되지 못했다. 나는 다시 몇 사람에게 그 말의 뜻을 물어보았다. 광준 형은 체념이 한마디로 집어치우는 것이라고 한다. 좀더 구체적으로 설명해달래도 집어치우는 것은 집어치우는 것 이외 아무것도 아니라고만 되풀이했다. 수필집을 즐겨 읽었던 영진이 어머니는 훨씬 달콤한 말로 설명했다. 체념이란, 사랑하는 사람을 잃었을 때 이제 다시는 그 사람을 만날 수 없다는 사실을 인정하는 거란다. 하지만 그들 두 사람의 설명은 내게 큰 도움이 되지 않았다. 해자 이모의 마지막 대답이 조금은 더 알듯한 풀이였다.

"이솝우화 중에 「여우와 포도」라는 이야기가 있지. 그 이야기에서 여우가 포도를 따먹으려다 실패하고 하던 이야기 기억나니? 저 포도는 아주 시다구. 그럴 때 사람들은 여우가 체념했다고 그러는 거야."

나는 아이들에게 슬픈 목소리로 가르쳐주어야 했다.

"너희들 집사님이 왜 아직 결혼도 안 하고 별로 웃지도 않고 언제나 기도문만 외시는지 아니? 그건 말이야, 집사님이 모든 것을 체념하셨기 때문이야."

아이들은 당연히 체념이라는 게 무슨 말인가를 물어보았다. 나는 어깨를 으쓱거리며 대수롭지 않은 투로 말했다.

"그건 여우가 높은 가지에 매달린 포도를 보면서 시다고 말하는 것과 같아. 하지만 너희는 아직 이해하기 힘들 거야. 조금 더 크면 저절로 알게 되겠지."

집사님에 대한 숙희 이모와 나의 판단은 그러나 정확한 것은 아닌 모양이었다. 어느 날 갑자기 집사님은 우리가 아직 본 적이 없는 기쁜 얼굴이 되어 스마일 운동 포스터처럼 나타난 것이었다. 사정을 알고 본즉, 집사님은 그날로 읍 교회 성가대의 지휘자가 되었다고 했다. 역시 성가대의 단원이었던 해자 이모가 그 사실을 알려주었다.

"오늘 장로회의에서 새로운 지휘자로 집사님을 결정하셨대. 전임 지휘자였던 임선생님이 추천하셨거든. 이제부터 집사님은 검정색 가운 대신 붉은색과 노란색이 섞인 가운에 술이 달린 모자를 쓰시게 될 거야."

숙희 이모는 집사님이 입으시게 될 새 가운을 정성껏 빨아야 했다.

기쁨을 감추지 못하는 집사님을 보면서 나는 조금 섭섭함을 느꼈다. 그 모습은 내가 그처럼 어렵게 알아낸 체념이라는 낱말의 뜻과는 어울리지 않았던 것이다. 그러나 인정해야 할 사실은 웃는 얼굴의 집사님이 훨씬 더 보기 좋다는 점이었다. 숙희 이모 역시 그 점에 대해서는 반대가 없었다.

원래 성가대의 지휘자는 영암여자중학교의 음악교사인 임 선생님이었다. 그는 트럼펫을 아주 잘 불어서 삘리리 마술피리라는 별명을 갖고 있었다. 그런데 임선생님은 집안 사정 때문에 남원으로 전근을 가게 되었고 그래서 후임자로 집사님이 추천을 받게 된 것이었다.

집사님에게는 무척 많은 것이 변했다. 늘 눈가를 드리웠던 주름들이 활짝 펴졌고 목소리도 훨씬 기운차게 들렸다. 어쩐지 쓸쓸해 보이던 걸음걸이조차 멋져 보였다. 집사님의 왼손에 붙어다니던 성경은 어느새 찬송가책으로 바뀌어져 있었는데, 그는 틈만 나면 사무실의 풍금 앞에 앉아서 노래를 흥얼거렸다. 예수는 나의 힘이요 내 생명 되시니 구주 예수 떠나가면 죄중에 빠지리. 눈물이 앞을 가리고 내 맘에 근심 쌓일 때 위로하고 힘 주실 이 주예수……

그러나 집사님이 지휘자가 된 것은 조금 빠른 느낌이 있었다. 혹은 조금 늦은 것일지도 몰랐다. 불과 며칠이 지나지 않아 교회는 전남지역 장로교 총회로부터 한 장의 공문을 받았다. 그런데 그것은 한 달 후 광주에서 성가경연대회가 있을 예정임을 알리고 있었다.

해자 이모는 아쉬운 일이기는 하지만 우리 성가대가 이번 대회에 참가하기는 힘들 것이라고 말했다. 그러나 집사님의 생각은 달랐다.

"사람들은 우리가 이번 경연대회에 나갈 수 없게 되었다고들 하지만 내 생각은 그렇지 않아. 나는 우리가 참가 못 할 이유가 없다고 봐."

집사님은 단원들을 한 사람 한 사람 설득하기 시작했다. 그들은 한결같이 이렇게 말했다. 글쎄요, 합창을 집사님이랑 나랑 둘이서 하는 거라면 어떻게 해보겠지만 다른 단원들이 모두 어렵다고들 생각하고 있으니…… 집사님은 그들의 발뺌을 붙들기 위해 말했다고 한다. 하느님 찬양을 위한 일인데 잘하고 못하고가 중요한 문제겠습니까. 할 수 있는 데까지 모든 노력을 기울여봐야죠. 마침내 집사님은 단원들 모두를 한 자리에 불러모으는 데 성공했다. 참가곡으로 결정한 것은 〈엘리야의 하느님〉이었다.

연습이 시작되자마자 그러나 다시 갖가지 불평과 잔소리들이 쏟아져나왔다. 사람들은 이 곡이 너무 어렵다고 투덜거렸으며 더구나 곡 해석이 엉망으로 되고 있다고 불만들을 늘어놓았다.

"지난번 교회의 성가대에서도 이 노래를 연습한 적이 있었지. 하지만 그때는 이런 식으로 부르지 않았어. 이 템포는 작곡자의 의도에 비해서 너무 느리단 말이야."

"자네가 다녔던 교회 사람들은 시간들이 넉넉하지 못했나보군. 이 노래는 두 배쯤 더 느리게 불러야 제 맛이 난다는 걸 알아두게."

아무렇게나 던져놓은 서른 개의 화살들처럼 그들은 서로 다른 방향을 주장했다. 별수 없이 집사님이 절충안을 내놓으려 하면 그들은 그가 독단적으로 곡을 몰고 가려 한다고 불평했다.

"저 사람은 바로 엊그제까지만 해도 우리와 같이 이 줄에서 있었다는 사실을 잊은 모양이야. 자기가 하루아침에 음악박사라도 된 줄 아는 모양이지. 하지만 내가 보기에 저이의 손동작은 더 많이 부드러워져야 할 필요가 있어."

　연습은 한마디로 지지부진이었다. 그렇게 며칠이 지나자 집사님은 다른 방법을 찾아야 한다고 생각했다. 그는 이미 남원으로 간 임선생님에게 전화를 걸었다. 임선생님은 집사님의 고충을 듣더니 껄껄 웃었다. "내가 있을 때도 그런 사람은 없지 않았어요. 그렇게 똑똑한 단원들을 둔 것은 지휘자의 복이기도 하다오." 그리고 그는 집사님에게 광주에 있는 후배를 소개해주겠다고 했다. 성악을 전공했지만 작곡과 지휘에도 재주가 있으니 여러모로 도움이 되리라고.

　원장님의 허락을 얻어 집사님은 사흘에 한 번씩 광주에 다녀오게 되었다. 물론 임선생님의 후배인 정선생님에게 지휘를 배우기 위해서였다.

　그 일이 알려지게 되자 사람들의 태도는 많이 달라졌다. 이제는 뒷자리에서도 집사님이 들을 만큼 큰 소리로 불평을 말하는 일은 없게 되었다. 오히려 이윽고는 이런 소리가 들렸다. "젊은 사람이 참 열심이야. 저런 성의로 찬송가를 부른다면 하느님께서도 고개를 끄덕이고 귀를 기울이시겠지."

　성가연습이 끝나고 돌아오면 해자 이모는 숙희 이모에게 소곤거렸다.

　"집사님이 어떤 부분을 어떻게 노래하라고 해도 이제 사람들은 그 말을 따를 준비가 되어 있어."

맨 처음 광주로 가던 날 집사님은 늘 걸치고 있던 헐렁한 잠바를 입은 채였다. 나는 좀더 좋은 옷을 입고 가라고 했다. 그래도 광주엘 나가는 길인데. 집사님은 빙그레 웃었다. 무얼 입은들 어떠니. 난 이 옷을 입고 있는 게 가장 편하단다.

그러나 두번째 날에는 낡은 양복을 꺼내들고 열심히 먼지를 털었다. 코가 납작해진 구두도 정성껏 솔질을 해서 신었다. 세번째로 광주에 나가던 날 아침에는 면도를 말끔히 했으며 그 위에 향긋한 로션까지 발랐다. 멀찌감치서 마주친다면 아무도 집사님을 이 마을 사람이라고 생각할 수 없었을 것이다. 뿐만 아니라 광주에 다녀오신 저녁이면 나는 집사님의 콧노랫소리가 유난히 들떠 있다는 것을 알 수 있었다.

"좋은 일이 있으셨나봐요."

눈치 빠른 숙희 이모가 집사님의 표정을 살피며 물었다. 집사님은 콧노래를 멈추고 어색하게 고개를 저었다.

"좋은 일이 뭐가 있었겠어. 음악공부를 마치고는 곧바로 돌아오는 길인걸."

하지만 집사님은 나중에 나를 조용한 곳으로 불렀다.

"네가 보기에도 내게 무슨 좋은 일이 있는 것 같니?"

나는 그렇다고 했다.

"형국이가 영진이 어머니께 누룽지 한 조각을 얻으면 아이들은 모두 그걸 알 수 있어요. 그애 눈동자만으로도 말예요."

"하지만 나는 광주에서 아무것도 먹지 않은걸."

"그거야 당연하죠. 집사님은 형국이가 아니니까요."

그는 웃음을 터뜨렸다.

"사실은 말이다. 나는 광주에서 무척 예쁜 여선생님께 지휘수업을 받는단다."

어쩐지 그럴 것 같은 예감이 들었었지만 정작 집사님께 애기를 듣고 보니 나는 몹시 놀라웠다. 숙희 이모는 그가 여자에 대해서는 스스로 체념하신 분이라고 애기했었잖은가. 집사님은 아직 벗지 않은 양복을 만지작거리며 말했다.

"정선생님은 내게 음악을 배우는 사람은 먼저 옷차림부터 단정해야 한다고 했어. 그래야 경건한 마음으로 음악에 귀를 기울일 수 있는 법이라고."

"그 밖에 또 무엇을 가르쳤어요?"

"많은 것을 배웠지. 왼쪽 손으로 가로선을 그으면서 오른손으로는 세로선을 긋는 법, 왼쪽 손으로 동그라미를 그리면서 오른손으로는 세모를 그리는 법, 지휘석에 섰을 때는 단 한 사람의 눈동자도 놓치지 말아야 한다는 것 등등. 하지만 역시 가장 중요한 것은 음악이란 무엇인가 하는 거란다. 음악이라는 것은 감미로운 꿈과 같은 것이지……"

나는 집사님의 말씀대로 왼손으로 동그라미를 그리면서 오른손으로는 세모를 그리려 해보았다. 그러나 그것은 돌멩이를 던져 영덕이네 사과나무의 사과를 떨어뜨리는 것만큼이나 힘든 일이었다. 아무리 애를 써도 감미로운 꿈 같은 건 붙잡히지 않았다.

"음악이란 무척 어려운 것이군요."

집사님은 두 눈을 어슴푸레 감고 있었다.

"정선생님도 그런 말을 했지. 음악이란 가깝고도 먼 곳에 있는 것이라고 말이다. 그게 곧 음악은 아주 어려운 거라는 얘기 아니겠니. 하지만 음악이라는 건 그렇게 어렵기만 한 것도 아니야. 네게 그걸 어떻게 설명해야 할지 모르겠구나. 너도 그 노래를 들어야 했는데. 정선생님이 나를 위해 특별히 가곡 한 절을 불러주었거든. 마치 바람이 꽃잎을 어루만지다가 거대한 폭포로 부딪혀가는 듯한 그런 느낌이었단다."

성가대의 실력은 하루가 다르게 늘어간다고 했다. 광주의 음악선생님께 배워온다는 것을 아는 이상 사람들에게는 집사님의 방식에 제동을 걸 이유가 없었다. 그들은 집사님이 눈을 부릅뜨면 함께 눈꺼풀에 힘을 주었고 팔을 커다랗게 휘저으면 가장 커다란 소리를 질렀다. 집사님의 지휘봉이 조그맣게 모여들면 입술을 오물거렸다.

　이십 일 가량의 연습을 하고 주일 예배날 그 곡을 선보였을 때 사람들은 손바닥이 따갑도록 박수를 쳐대었다. 장로석에 앉아 있던 총무님께서는 기쁜 나머지 옆의 장로에게 속삭였다고 했다. "김집사가 신심이 곧아서 맡은 일은 무어든 저렇게 잘해낸다오." 청년회 사람들도 우리 교회가 일등상을 받는 건 따놓은 당상이라고 기뻐했다. 개중에 나이가 지긋한 어른들은 이런 말을 조용히 수군거리기도 했다.

　"나주댁 말이오, 그 여자가 노래 하나는 참 잘 불렀지요."

　"그럼요, 그 여편네 핏줄을 타고났으니 김집사도 보통내기는 아닐 테죠."

　경연대회가 일 주일 앞으로 다가온 일요일, 성가대는 광주의 정선생님을 직접 초빙하여 마지막 손질을 부탁하기로 했다. 물론 그것은 집사님의 생각이었다. 집사님께 그 소식을 듣고 나는 가슴이 설레었다. 도시에서 오는 예쁜 선생님을 볼 수 있다니. 나는 준석이랑 성우 들에게 그 이야기를 했다.

　"아주 곱고 착한 선생님이래. 그런데 이번만큼은 너희가 말썽을 부리지 말았으면 좋겠어. 집사님이 몹시 속상해하실 테니 말이야."

소문은 순식간에 모든 아이들에게 퍼졌다. 잠시 후에는 명호 형이 나를 불러 직접 그 소문을 확인했다.

"여선생님이 오신다는 게 사실이니?"

"성가 연습 때문에 하루만 왔다 가실 모양이야."

"응, 난 또 뭐라고."

명호 형은 잠시 고개를 갸웃거리더니 손바닥을 마주쳤다.

"그렇다면 내가 이러고 있을 때가 아니지. 아이들을 풀어서 뱀을 잡아야지."

명호 형은 어릴 때부터 짓궂은 장난을 좋아했다. 뱀이랑 도마뱀 개구리 같은 것들을 잡아다 여자아이들이 자는 방에 집어넣어 한밤의 소동을 일으키게 한 적이 한두 번이 아니었다. 지난번에는 해자 이모의 친구가 끔찍하게 당했었다. 명호 형은 껍질 벗긴 뱀을 바삭바삭하게 구워 토막을 낸 다음 예쁜 접시에 담아 이모의 친구에게 보냈다. 친구는 두 마리분을 말끔히 먹어치운 다음 이게 도대체 무슨 과자냐고 물었다. 명호 형은 과자가 되기 전 단계인 살아 있는 뱀을 그녀에게 보여주었다. 피투성이의 뱀은 고통스럽게 몸을 비틀며 혀를 낼름거렸다. 자기가 먹은 것이 두 마리의 뱀이었다는 것을 안 그녀는 사색이 되어 화장실로 달려갔다. 그때부터 명호 형은 여자들에겐 구운 뱀고기가 최고라고 믿게 되었다.

"안 돼, 형. 이번에는 그러지 마."

나는 형에게 집사님이 정선생님을 어떻게 생각하고 있는 가를 자세히 설명해야 했다. 얘기가 끝나자 명호 형은 아이들에게 다른 종류의 지시를 내렸다.

"정선생님 다녀가실 때까지 형국이가 방에서 못 나오게 해."

정선생님은 집사님께 들었던 것보다 훨씬 더 예뻤다. 정윤희나 장미희처럼 곱게 차려입고 굽 높은 뾰족구두를 신고 있었다. 시외버스 정류장 구석에 숨어서 지켜보던 아이들은 모두 한마디씩 감탄사를 늘어놓았다. 영화배우 같아! 아니야, 미스코리아보다 더 예뻐!

집사님과 정선생님은 먼저 교회로 향했다. 그곳에는 아침 일찍부터 모인 성가대 단원들이 연습을 하고 있었다. 정선생님은 고개를 끄덕였다.

"짧은 시간 동안 연습들을 많이 하셨군요. 화음이 퍽 안정되게 들렸어요."

그리고 몇 군데만 강약을 조절하면 더 바랄 나위가 없겠다고 말했다.

"이를테면 이 부분 말예요. 엘리야의 하느님은 나의 하느님. 여기서는 좀더 강한 악센트를 주어야 해요. 앞의 두 소절은 힘차게 끊어서 발음하고 두번째 하느님은 아이스크림처럼 부드럽게 풀어주는 거예요."

창틀에 턱을 매달고 보고 있던 준석이 그 말을 듣고는 키득 거렸다. 아이스크림처럼 노래하래.

정선생님은 또 집사님을 대신하여 지휘를 해보이기도 했는데, 그 모습에는 확실히 대가다운 멋이 있었다. 몸짓이며 표정이며 지휘봉을 휘두르는 움직임이 훨씬 더 화려하고 우아해 보였다. 사람들은 땀을 줄줄 흘리며 노래를 불렀다. 연습을 마치고 나오면서 정선생님은 말했다.

"이런 정도로 꾸준히 연습하면 좋은 결과도 기대할 수 있겠어요."

그들의 다음 행선지는 우리집일 것이었다. 집사님은 정선생님을 집으로 초대하겠다고 말했던 것이다. 우리집은 읍내에서 약간 떨어진 곳이어서 차를 타면 십 분쯤이 걸렸다. 지름길로 뛰어가면 이십 분이면 갈 수 있었다.

우리가 숨을 헐떡거리며 들어섰을 때 집사님과 정선생님은 뒤운동장을 둘러보고 있었다. 아이들은 눈에 띄지 않았지만 풀더미 속과 나무 뒤 여기저기서 바스락거리는 소리가 들렸다. 집사님이 한마디 한마디 할 때마다 숨을 죽여 킥킥거리는 소리도 들렸다. 두 사람은 미끄럼틀 옆의 나무의자에 나란히 앉았다.

"참 좋으시겠어요. 이렇게 공기 맑고 평화로운 곳에서 아이들과 함께 지내신다는 게 말예요. 저도 학생들을 가르치는 입장이긴 하지만 도시의 아이들은 순수한 부분을 점점 잃어가고 있다는 생각이 들어요."

집사님은 고개를 끄덕거렸다.

"그렇습니다."

"하지만 아이들의 세계를 이해한다는 것도 쉬운 일만은 아닐 테죠. 순수한 아이들일수록 오히려 섣불리 다가가기 힘든 측면도 있을 테니까요. 그렇지 않나요?"

"그렇습니다. 그렇구말구요."

"도시 아이들에겐 이런 면이 있어요. 무엇이 자기네한테 이로운가를 계산할 수 있을 만큼 영악하다는 거죠. 그래서 그 애들을 대할 땐 우리도 적당히 타산적이 되어야 해요. 그렇지만 그런 건 정말 질색이에요. 언제나 저도 골치 아픈 일들을 잊고 이렇게 평화로운 곳에서 지낼 수 있을까요."

집사님은 또 고개를 끄덕거리기만 했다. 그는 무슨 말인가를 하기 위하여 열심히 생각하는 표정이었지만 아무런 말도 떠올릴 수 없는 것 같았다.

숙희 이모가 차쟁반을 받쳐들고 나타난 것은 바로 그때였다. 이모는 도시로 영화구경을 갈 때나 입곤 하던 옷차림을 하고 있었다. 언젠가 이모는 말했었다. 그 옷을 입고 도시로 나가면 사방에서 남자들이 불어대는 휘파람 소리에 정신을 차릴 수가 없다고. 하지만 오늘 이모의 목적지는 도시의 영화관이 아니라 바로 그 좁은 나무의자인 모양이었다. 숙희 이모는 집사님과 정선생님 틈새를 비집고 앉아서는 천연덕스럽게 수다를 늘어놓기 시작했다. 나와 함께 덤불 뒤에 숨어 있었던 명호 형이 눈을 비비며 신음했다.

"으음! 오늘 방 안에 가둬야 했을 사람은 형국이가 아니라 숙희 이모였어!"

물론 나 역시 명호 형과 다르지 않은 생각을 하고 있었다.

정선생님이 돌아간 다음 읍내에는 놀라운 소문이 나돌기 시작했다. 그녀와 우리 읍내의 어떤 사람 사이에 혼담이 오가고 있으며 어쩌면 머지않아 결혼을 하게 될지도 모른다는 것이었다. 그런데 그 소문은 결코 근거 없는 헛소문이 아니었다. 임선생님과 가까운 친구였던 영암여중의 한 선생님이 그 소문의 시발점이었는데, 그는 남원으로 임선생님과 전화 통화를 하다가 그런 이야기를 들었다는 것이었다. 더구나 그 '어떤 사람'은 임선생님이 직접 소개한 것이라고도 했다.

사람들은 당연히 그 소문의 주인공으로 집사님을 꼽았다.

그리고 그의 어깨를 두드리며 기뻐했다.

"이 사람 내숭을 잘 떤다는 건 알고 있었지만 좀 심하네. 어느새 그렇게까지 이야기를 만들었나."

정작 집사님 자신은 그 소문에 대해 어리둥절해했다.

"글쎄, 나는 왜 그런 소문이 퍼지게 되었는지 이유를 모르겠는걸."

그러면서도 내심은 싫지 않은 모양이었다. 우리 읍내에 정 선생님이 아는 사람이라곤 자기뿐이라고 집사님은 믿고 있었던 것이다.

소문에 대해서 거부감을 보이거나 시큰둥한 반응을 나타낸 사람은 모두 두 명이었다. 첫번째는 물론 숙희 이모였다. 이모는 이미 집사님의 광주행이 세 번 네 번 이어질 때부터 좋지 않은 안색으로 변해 있었다. 거기다 정체불명의 소문까지 곁들이게 되자 여간 화가 난 모습이 아니었다. 이모는 아무나 닥치는 대로 볼기짝을 때리고 야단을 쳤다. 이 옷 빨아준 게 사흘 전인데 벌써 이 꼴을 만들면 어떡하자는 거야! 네 눈엔 이모가 세탁기로밖에 안 보여? 눈치 없는 형국이 명식이나 식이 성철이 같은 꼬마들이 화풀이의 주요 고객이 되었다. 이모는 그러고도 화가 풀리지 않는지 빨래 한 통씩을 개울가로 가져가 방망이로 탕탕 두들겼다.

두번째 인물은 뜻밖에도 총무님이었다. 집사님의 결혼을 가장 진심으로 원했던 사람이 바로 총무님이었지만, 그는 정 선생님이 성악을 공부했다는 사실에 대해 설레설레 고개를 저었다.

"김집사 아버지 말이야, 그 사람이 나주댁을 여편네로 맞겠다고 했을 때도 나는 처음부터 반대였어. 도시 사람이고 또 창을 하는 사람이면 우리하고는 생각부터가 많이 다르거든. 그래 결국 그런 꼴을 보고 말지 않았나."

성악과 창은 아주 다른 거라고 설명해도 총무님은 태도를 바꾸지 않았다. 창이건 가곡이건 노래는 모두 한 가지라고. 하지만 그는 집사님 앞에서 직접 그런 이야기를 하지는 않았다.

성가경연대회가 있는 날 아침 집사님은 유난히 오랜 시간을 거울 앞에서 보내었다. 전날 해자 이모가 깨끗하게 빨아서 다림질해둔 양복을 입고 몇 번이고 이곳 저곳을 비춰보았다. 와이셔츠 깃은 빳빳하게 세워져 있었고 턱수염은 말끔히 밀어져 있었다. 나는 양복을 숙희 이모 아닌 해자 이모가 빨고 손질했다는 사실이 왠지 섭섭했다. 그즈음 숙희 이모는 집사님의 빨랫감을 본 척도 안 했던 것이다. 그러나 집사님에게는 그런 생각이 떠오르지 않는 모양이었다. 집사님은 머릿기름을 듬뿍 발라서 머리를 빗어넘기며 말했다.

"양복이 너무 낡아서 사람들이 웃지 않을지 모르겠구나."

"그래도 아직 한 군데도 해진 곳은 없는걸요."

내가 비교할 수 있는 옷이라고는 군데군데가 기워진 우리 집 아이들의 스웨터뿐이었다.

"그래, 팔 년 전에 산 거다만 그 동안 거의 입지 않았으니 해진 곳은 없을 거야."

집사님은 또 거울을 들여다보며 흘러내린 몇 가닥의 머리카락을 쓸어넘겼다.

"그런데 말이다…… 너는 어떻게 생각하니? 그러니까, 내가……"

"정선생님 말씀이세요?"

"그래, 도시 사람치고는 이해심이 무척 많은 것 같지 않니?"

나는 어쩐지 정선생님이 너무 화려하다는 생각을 하고 있었지만 솔직히 얘기할 수는 없었다.

"맞아요, 이해심이 무척 많은 분 같았어요."

집사님은 만족스럽게 눈을 껌벅였다.

"오늘 대회장에 오신댔어요?"

"글쎄다. 오겠다고 말은 했지만 사정이 어떨지 모르겠구나."

성가경연대회의 소식은 가장 먼저 광주에서의 전화로 전

해졌다. 놀랍게도 우리 교회가 일등상을 땄다고 했다. 성가단이 광주로 떠나자 식사도 않고 기도문만을 외던 총무님의 바람을 하느님이 들어주신 것이었을까. 총무님은 눈이 빨개져서 중얼거렸다. "아버지 하느님, 감사합니다. 김집사의 깊은 신심이 노력의 결실을 맺게 해주실 줄 믿고 있었습니다. 그렇지만 정말 감사합니다, 아버지 하느님……"

그런 소식을 퍼뜨리는 데는 우리집 아이들이 적격이었다. 마을 사람들은 물론 읍내 모든 사람들이 순식간에 그 소식을 알게 되었다. 사람들은 교회로 모여들어 환영 준비를 해야 한다고 떠들어대었다. 그러자 우리 교회 장로 중의 한 분이며 이십 년째 읍 소방대를 이끌어온 박병구씨가 앞으로 나섰다. 그는 아주 좋은 제안이 있다고 했다.

"마침 우리 소방대는 내일 있을 소방의 날 기념행사 연습을 할 계획입니다. 쉰 대의 오토바이로 읍내를 한 바퀴 도는 거지요. 제 생각에는 광주에서 돌아오는 성가대원들을 그 오토바이에 태워 퍼레이드를 벌이는 게 어떨까 싶습니다."

사람들은 대찬성이라고 박수를 쳤다.

두 시간 후 시외버스 정류장에서는 성가대원들을 태운 오토바이 행렬이 출발되었다. 앞뒤에서는 행진곡풍으로 편곡된 〈아리랑〉이 꽝꽝 울렸고 큰북이 쿵쾅쿵쾅 두드려졌다. 황

소걸음처럼 느릿느릿 움직이는 오토바이 위로는 성가대의 검정색 가운 자락이 휘날렸다. 집사님의 가운은 붉은색과 노란색이 어울려 훨씬 멋지게 보였다. 그들은 오토바이 위에서 손을 흔들었고 구경 나온 사람들은 박수를 쳤다. 읍내의 모든 아이들이 뛰어나와 거리를 이쪽 저쪽으로 달음박질쳤다. 나는 내가 매주 교회를 거르지 않는 신자라는 점과 집사님의 가까운 친구라는 사실 때문에 더욱 뿌듯한 자랑을 느꼈다.

퍼레이드가 끝났을 때 사람들은 집사님의 눈에서 눈물이 흐르고 있음을 알았다.

"이 사람 보기보다 여리구만. 기쁘기야 하겠지만, 그래 이만한 일로 눈물까지 흘린대서야 어디 쓰겠나."

박병구씨가 핀잔을 주자 사람들은 또 떠들썩히 웃었다. 집사님은 눈물을 감추기 위해 고개를 숙였다. 그런데 내게는 집사님의 눈물이 기쁨 때문만은 아닌 것처럼 보였다.

집사님은 저녁내 숨 돌릴 틈이 없었다. 교회에서 축하파티가 있었고 우리집에서도 그 비슷한 것이 열렸다. 그는 가는 곳마다 단상으로 나가서 한마디씩 해야 했다. 총무님은 특별히 창고를 열어 아이들에게 생라면 하나씩을 나눠주었다. 해자 이모는 신이 잔뜩 나서 그날의 대회 이야기를 늘어놓았다.

"좀 떨리기는 했어. 우리 앞의 성가대들이 모두 잘 부른 편

이었거든. 하지만 우리가 자신을 잃을 정도는 아니었어. 우리
도 열심히 연습을 했고 그 정도는 해낼 수 있다고 생각했으니
까. 더구나 그 동안 수고하신 집사님을 생각해서라도……"

그날 밤 나는 뒤운동장의 나무의자에서 집사님을 발견할
수 있었다. 그는 지친 표정으로 물끄러미 회전목마를 바라보
고 있었다. 나는 조심스럽게 말을 건넸다.
"정선생님이 함께 오셨으면 좋았을걸 그랬어요."
집사님은 고개를 저었다.
"이제 그분은 여기 오지 않는단다."
나는 그가 다시 말문을 열기까지 한참을 기다려야 했다.
"성가경연장에 나왔더구나. 우리 차례가 끝났을 땐 잘 불
렀다고 칭찬도 해주었어."
"그런데요?"
"나는 용기를 내어 얘기했지. 나와 함께, 우리집 아이들과
함께 사는 게 어떻겠느냐고 말이다. 정선생님 자신이 그런 말
을 한 적이 있었거든. 지난번에 놀러왔을 때. 더구나 그런 소
문까지 들리고 해서…… 그런데 그 사람은 내 말이 무슨 뜻
인지를 이해하지 못했어. 내가 다시 한번 얘기했더니 그녀는
어처구니없다는 표정을 짓더구나. 그리고 이렇게 말했어. 사

람을 잘못 보았어요. 난 그런 여자가 아니에요."

분위기를 깨뜨리고 싶지는 않았지만 나는 묻지 않을 수 없었다.

"그런 여자가 아니라는 게 무슨 말이에요?"

"글쎄다, 나도 곰곰이 생각해봤다만 그게 무슨 뜻인지는 알 수가 없더구나."

집사님에게도 아직 모르는 낱말이 있다는 것은 무척 이상한 일이었다.

어둠이 눈에 익으면서 나는 집사님의 모습을 찬찬히 살펴볼 수 있었다. 그는 다시 내게 익숙한 바지와 헐거운 잠바를 입고 있었다. 숙희 이모가 집사님의 집에다 가져다두라고 내 팔에 얹어주곤 하던 옷들이었다. 아직 예전처럼 돌아오지 않은 것은 기름을 듬뿍 발라 빗어넘긴 머리카락이었다. 흐릿한 달빛을 받아 그것은 괴상하게 반짝였다. 하지만 그 머리카락도 내일 아침이면 감쪽같이 흐트러져버릴 것이었다.

내게는 아직 풀리지 않은 의문이 하나 더 있었다. 정선생님이 다녀간 이후 읍내에 나돌았던 소문에 대한 것이었다. 그녀가 우리 읍내의 어떤 사람과 머지않아 결혼하게 될지도 모른다던. 그렇다면 그 소문은 엉터리였던 것일까? 남원의 마술 피리 임선생님이 거짓말을 했던 것일까?

며칠이 지나지 않아 그 소문은 거짓이 아니었음이 밝혀졌다. 정선생님이 우리 읍과 관계 있는 최회장이라는 사람의 아들과 약혼했다는 소식이 흘러든 것이었다. 그리고 그들을 소개한 사람이 임선생님이었다는 사실도 확인되었다. 하지만 엄격히 말하자면 최회장이나 그의 아들을 우리 읍 사람이라고는 말할 수 없었다. 최회장은 오래 전에 몇 차례 이곳을 다녀간 적이 있었다. 그때 헐값에 사둔 야산 수만 평이 엄청난 값으로 오르는 바람에 땅부자가 되었다고 했다. 그러나 그뿐이었다. 그리고 그의 아들은 광주에서 커다란 레스토랑을 경영한다는 것이었다.

"그것 봐, 내가 뭐랬나. 그 여자도 결국은 요릿집으로 팔려가고 말지 않았어."

총무님은 목에 힘을 주며 어깨를 으쓱거렸다. 그럴 때면 총무님의 붉은 귀는 유난히 커졌다.

그러나 그 소문을 듣고 눈에 띄게 활기를 되찾은 사람은 역시 숙희 이모였다. 이모는 이제 개울가에서 빨래를 두들기느라 한나절씩을 보내지도 않았고 죄 없는 아이들에게 마구 소리를 질러대지도 않았다. 오히려 식이나 성철이 같은 꼬마들을 보면 괜히 붙들어안고서 입맞춤을 했다. 식사시간이 되면 이모는 내게 소리쳤다.

"가서 빨리 집사님 붙잡아 와. 국이랑 찌개랑 모두 식으니
까 말야."

그러면서 집사님 자리 앞으로 밀어둘 특별한 반찬을 준비
하는 것이었다. 물론 해자 이모는 두 번 다시 집사님의 빨랫
감을 만질 수 없었다.

마지막 진실

　영진이 어머니는 우리집에서 가장 바쁜 사람 중의 한 명이었다. 우선 그녀는 매일처럼 여든 명이 넘는 우리 식구의 세 끼 식사를 챙겨야 했다. 밥을 하고 국을 끓이고 김치를 담갔다. 식사가 끝나면 언제나 한 시간분의 설거짓거리가 그녀를 기다리고 있었다. 게다가 그녀는 이따금 주방 바닥을 가로지르는 쥐를 잡기 위해 부지깽이를 휘두르기도 해야 했으며 더 큰 쥐들, 이를테면 성우나 준석이와 같은 쥐들을 막기 위해 창틀에 단단히 못질도 해야 했다. 하지만 그녀는 그 모든 일들을 감탄스러울 정도의 날렵함으로 해치웠다. 쳐다만 보아도 어지럼증이 나는 복잡한 주방에서 그녀가 아무런 걸리적거림도 없이 움직이는 모습은 신비한 예술과 같았다.

물론 영진이 어머니가 그 모든 일을 혼자서 하는 것은 아니었다. 그녀에게는 재희 어머니라는 주방의 동업자가 있었다. 그러나 재희 어머니는 몸무게만큼이나 육중한 걸음걸이의 소유자였고, 가는귀까지 먹어 의사소통이 제대로 이루어지지 않았으므로 유능한 동업자라고는 말할 수 없었다. 그녀는 곧잘 영진이 어머니의 말을 잘못 알아듣고 자신에게 불리한 방향으로 짐작한 다음 툴툴거리곤 했다.

"아무렴 그래, 내가 내 욕하는 것도 못 알아들을 줄 아나. 너무 그러지들 말어. 입 꾹 다물고 참고 살지 않으면 나도 할 말이 많은 사람이야."

울던 아이가 달아날 정도의 소음을 제외한 모든 소리가 재희 어머니에겐 자신에 대한 험담으로 받아들여지는 것이었다.

설거지가 끝나면 영진이 어머니는 우리집과 담장 하나를 사이에 두고 붙은 집으로 돌아가 네 아이의 뒤치다꺼리를 해야 했다. 빨랫감을 챙기고 구멍난 양말을 기우고 막내아들 영진이의 아픈 곳을 호호 불어주어야 했다. 그런데 내가 감탄할 수밖에 없는 것은 그렇게 바쁜 틈에도 그녀가 매일처럼 책을 읽는다는 사실이었다! 그녀는 거의 책광이었다. 유명한 여류 문인의 수필집이 새로 나왔다는 소문이 들리면 무슨 수를 써서라도 그 책을 구해다 읽었다. 그런 까닭인지 그녀가 문득문득 하는 말 속에는 으스스하게 아름다운 것들이 있었다.

"산다는 건 왜 이렇게 길까?"

언젠가 그녀는 개울가에서 빨래를 두드리며 그런 말을 했었다. 나는 오랫동안 그 말을 잊을 수가 없었다. 몇 달이 지나 그녀가 눈 덮인 개울가에서 시린 손을 만지고 있을 때 나는 그녀에게 자신의 말을 들려주었다. 산다는 건 왜 이렇게 길죠? 당연히 나는 그녀가 내 말에 고개를 끄덕여줄 줄 알았다. 그러나 그녀는 살짝 웃으며 내 볼을 토닥거려주었다.

"넌 아직 그런 말을 할 나이가 되지 않았어. 네 나이 때 삶이라는 것은 말이다, 맞은편 언덕에 피어 있는 붉은 장미를 보면서 흔들리는 외줄을 건너가는 것과 같단다."

나는 도무지 그녀의 말을 알아들을 수가 없었다. 하지만 그게 너무 멋있는 말이라는 사실만큼은 충분히 알 수 있었다. 그날 이후로 나는 그녀를 볼 때마다 곧잘 졸라대곤 했다. 오늘은 무슨 책을 읽었어요? 오늘 읽은 책에서는 산다는 것을 뭐라고 얘기하고 있었나요? 그러면 그녀는 아주 슬픈 표정을 지으며 이렇게 말하는 것이었다.

"안됐지만 나는 네게 아무것도 가르쳐줄 수 없어요. 내가 산다는 게 무엇인지를 알게 되는 건 내 무덤 위로 잡초가 한 자쯤은 자란 다음일 거야. 그런데 그때 너는 내가 하는 말들에 귀를 기울일 수 없을 테니 말이다."

그녀가 매일처럼 자기 자신에 대해 새로운 발견을 해나가는 것도 바로 그 책들을 통해서일 것이었다. 그녀는 언제나 진지하고 심각한 눈빛으로 이런 말들을 했다. 나는 이제야 깨달았어. 왜 그런 잘못이 되풀이되어야 했는지. 혹은 이렇게도 말했다. 마침내 나는 그 이유를 발견했어!……

"요즘은 기분이 계속 좋지 않았어. 머리도 멍하고 가슴도 답답하고 게다가 모든 일이 나를 성가시게 하기 위해 꾸며지는 느낌이었거든. 하지만 이제는 그 이유를 깨달았어. 그건 내가 아침에 십 분씩 더 늦잠을 잔 때문이었어. 나는 하루를 즐겁게 시작할 준비가 되어 있지 않았던 거야. 그래서 오늘은 여느때보다 십 분 일찍 일어나 세수도 하고 심호흡도 했지. 그랬더니 글쎄, 모든 일이 달라 보이더라구."

"왜 아무도 내게 그걸 가르쳐주지 않았는지 몰라. 어른도 놀이터에서 그네를 탈 수 있다는 걸 말이야. 난 언제나 생각했지. 요즘 아이들을 이해하기에는 내가 너무 나이를 먹어버렸다고. 그런데 그게 아니었어. 잠깐 동안 어울려 웃고 떠들었더니 나는 그애들의 세계가 아주 가까운 곳에 있다는 것을 알게 되었지 뭐야."

그녀와 처음으로 하루를 보낸 사람이라면 누구나 그녀가

일생일대의 전환점이 될 만한 큰 발견이라도 한 줄로 알 것이었다. 하지만 사흘이 지나지 않아 그는 그같은 발견이 그녀에게는 곧 일상이라는 것을 깨닫게 되리라. 그처럼 많은 발견들이 있었지만 그녀의 삶은 조금도 달라지지 않고 계속되었던 것이다.

해자 이모는 영진이 어머니를 두고 몹시도 탐구적이지만 또한 관대한 성격의 소유자라 평했는데, 그 평에 대해서 이의를 제기하는 사람은 없었다. 탐구적이라는 것은 그녀가 어떤 사소한 잘못에 대해서도 원인을 추적하기를 포기하지 않음을 뜻했다. 관대함은 또한 그녀가 그 원인을 결코 다른 사람에게서 찾으려 들지 않는다는 데 있었다. 그녀는 반드시 자기 자신에게서 그것을 찾아내려 했다. 실지로 주방에서 일어나는 많은 실패들의 원인은 재희 어머니에게 있었지만 영진이 어머니는 그녀를 탓하는 법이 없었다.

하지만 영진이 어머니의 관대함이 모든 경우에 있어서 예외 없이 적용되는 것은 아니었다. 그녀는 단 한 가지 잘못에 대해서만큼은 결사적으로 혐오감을 드러내었다. 그것은 거짓말이었다. 그녀는 항상 말했다.

"실수라는 건 누구나 할 수 있는 일이야. 아무리 야단을 맞고 고치려고 노력해도 그것만큼은 어쩔 수 없는 성격들도 있지. 하지만 거짓말은 달라. 거짓말은 한번 길이 들기 시작하면 사람을 망치게 된다구. 왜냐하면 그건 결국 자기 자신을 속이는 짓이기 때문이야."

그녀가 거짓말에 대해 그처럼 몸서리를 치는 것은 죽은 그녀의 남편이 수없는 거짓말로 그녀의 속을 썩였던 까닭이라는 말도 있었다.

그녀의 네 아이 중 영진이를 제외하고 위로 세 명은 모두 한두 차례씩 경을 치게 얻어맞은 적이 있었다. 거짓말과 관계된 잘못으로.

"영순이가 그때 꿇어앉아 잘못했다고 빌지 않았더라면 그 애는 아마 세상에 살아 있지 못했을 거야."

숙희 이모가 말한 그때라는 게 언제였는지는 우리집 식구 모두가 알고 있었다. 그것은 두 해 전, 영순 누나가 고등학교를 들어가고 얼마 지나지 않아서였다.

맏딸에 외동딸이었을 뿐 아니라 착하고 영리해서 공부도 잘했으므로 영순 누나는 영진의 어머니가 가장 믿고 든든해하는 자식이었다. 고등학교에서의 첫 성적표가 나왔을때 영진이 어머니는 그것을 들고 사방으로 돌아다니며 자랑을 했다. 글쎄 우리 아이가 전교에서 삼등을 했지 뭐예요. 제대로 먹이지도 못해서 말라빠진 그 아이가 말예요…… 그녀의 자랑은 함박 같은 웃음으로 시작되었지만 곧잘 콧물을 훌쩍이는 울먹임으로 흐려지곤 했다. 제대로 먹이지도 못해서 말라빠진 그 아이가 말예요…… 아닌게 아니라 누나는 고등학생이라 하기엔 너무 작고 깡마른 체구였다. 그녀의 어머니가 자랑과 부끄러움으로 뒤범벅이 되어 어쩔 줄 모르게 되는 것도 무리가 아니었다.

다음달이 되자 그러나 영진이 어머니는 몹시 걱정스러운 표정으로 이렇게 중얼거리고 다녔다.

"아무래도 우리 영순이 몸이 너무 허약한 것 같아. 공부하는 게 힘들기는 하겠지만 전보다 훨씬 더 지친 모습이거든."

또다시 그녀의 성적표를 들고 자랑 다니기를 기대하고 있었던 우리는 영순 누나의 성적에 문제가 발생했음을 알게 되었다. 그런데 그녀의 애기를 듣고 보니 누나는 확실히 더 피곤해하고 힘들어하는 듯싶었다. 가방을 든 누나의 팔과 어깨는 목에서 한 뼘쯤 내려가 있었다.

영진이 어머니는 많은 신경을 써서 누나의 건강을 돌보려했다. 그녀는 새벽마다 칠복이네로 달려가 갓 나온 계란 한알씩을 가져왔다. 그것을 억지로 영순 누나에게 먹였다. 그렇게 며칠이 지나도 효과가 없자 그녀는 또 총무님께 새벽의 양유 배달을 주문했다. 그 무렵 그녀의 모든 생각은 맏딸의 건강 문제에 쏠려 있었다. 그녀는 수필집을 읽지도 않았고, 간혹 내가 물어보면 이렇게 말했다. "산다는 건 말이다, 우선 몸부터 튼튼해진 다음에 생각해봐야 할 일이란다." 그러나 그녀의 정성과 매일 아침의 계란과 양유에도 불구하고 영순 누나의 건강은 그다지 좋아지는 조짐이 보이지 않았다. 해가 떨어지고도 한참이 지나 동네 어귀를 들어서는 누나의 표정은 언제나 지쳐 보였다. 마치 준석이가 여자아이들을 놀려주기 위해 볼을 잔뜩 빨아들였을 때처럼 광대뼈가 툭 튀어나와 있었고 눈은 움푹하게 들어가 있었다. 더구나 누나는 자신의 건강에 대한 어머니의 잔신경을 무척 불편하게 여기고 있는 듯했다.

어느 날 늦은 오후 찬거리를 사기 위해 장에 나갔던 총무님이 급히 돌아와서는 영진이 어머니를 찾았다. 그는 그녀에게 무슨 이야기인가를 걱정스레 들려주었고, 그녀는 얼굴이 빨갛게 달아올라서는 뛰쳐나갔다. 잠시 후, 우리는 그녀의 손에 머리채를 끌려 들어서는 영순 누나를 볼 수 있었다. 영진이 어머니는 다짜고짜 부지깽이를 휘두르며 그녀의 자랑스럽던 딸을 때리기 시작했다.

"그래 이년아, 도서관에 남아서 공부하고 온다더니 매일

저녁 공부는 안 하고 그 짓을 하고 있었어? 거기가 도서관이
더냐? 거기가 네년 공부하는 곳이더냐구?"

총무님과 집사님이 뜯어말리려 했지만 소용이 없었다. 그
녀는 계속해서 딸을 두들겨팼고, 누나의 작은 체구는 마른 명
태처럼 부풀어오를 것 같았다.

"겨우 그것 때문에 그 짓을 했어? 배추 몇 포기 다듬어서
얼마를 벌겠다고. 그거야 아무 걸 쓰면 어떠냐. 고작 그딴 것
때문에 하라는 공부는 안 하고 하루에 두 시간씩 장터에 앉아
서 배추를 다듬었어……"

영순 누나는 뻣뻣하게 서서 울며 매을 맞을 뿐 변명도 사죄
도 하지 않았다. 영진이 어머니의 타작은 끝이 없을 성싶었
다. 그러나 결국 그 매질은 영순 누나가 꿇어앉아 잘못을 비
는 것으로 극적인 막을 내렸다.

"그애도 참 미련했지. 그걸 조금 더 좋은 것으로 쓰려고 공
부는 안 하고 장터에서 배추를 다듬었으니."

숙희 이모의 말에 해자 이모는 고개를 끄덕이면서도 안타
깝다는 표정을 했다.

"영진이 어머니도 잘못하셨어. 한참 그런 일에 민감할 나
이잖아. 양유값 계란값 대신 용돈 일, 이천원만 더 주었어도
그런 일은 없었을 텐데."

나는 그때 그들이 자꾸 그것이라고 말하는 게 무엇인지를 알 수 없었다. 그런 궁금증을 덮어두기에는 아직 모르는 게 너무 많았고. 그러나 해자 이모는 내 물음에 머리를 쥐어박으며 말했다. 여자들 일에 사내대장부가 꼬박꼬박 끼어드는 게 아니야. 나는 고개를 갸웃거리며 불만스러워했다. 그게 여자들 일이란 걸 어떻게 안담. 별로 어려운 것 같지도 않은데 좀 가르쳐주면 안 되나. (최근에 이르러서야 나는 그게 무엇이었던가를 스스로 깨닫게 되었다. 짐작하게 되었다는 게 더 정확한 말일 것이다. 아마 그것은 밤하늘의 달과 여자들이 서로를 사랑하는 방식이 아니었을까. 나는 내 머리를 쥐어박으며 대답을 거부한 해자 이모를 용서해주기로 했다.)

영순 누나가 맞을 때 누나의 바로 밑 동생인 영섭 형은 담 모퉁이 뒤에서 쌤통이라는 미소를 지으며 지켜보고 있었다. 언제나 어머니의 신뢰를 독차지했던 누나가 혼쭐나게 얻어맞는 모습이 그를 기쁘게 했던 것이다. 그러나 그라고 해서 똑같은 경우를 당하지 말라는 법은 없었다. 그리고 그 경우는 생각보다 빨리 그를 찾아왔다.

어느 날인가부터 그는 입버릇처럼 이런 말을 했다.

"나는 곧 야구공을 하나 갖게 될 거야. 하느님께 기도를 드렸거든. 저는 장차 훌륭한 야구선수가 되고 싶습니다. 최동원 선수처럼 유명한 투수가 되고 싶습니다. 그러니 제게 야구공 하나만 은총을 베풀어주십시오. 그랬더니 마침내 하느님께서 응답하셨어. 오냐, 내 너의 정성을 가상히 여겨 야구공을 마련해주도록 하마, 하고 말이야."

그리고 얼마 지나지 않아 그는 정말로 야구공을 갖게 되었다. 그것도 읍내 아이들이 쓰는 고무공이 아니라 프로야구 선수들이 사용하는 진짜 공으로. 그는 아무도 그 공에 손을 대지 못하게 했으며 날마다 혼자서 투구 연습을 했다. 마당의 담장에다 쌀가마니 하나를 기대어두고는 공을 던졌다. 명호 형이나 은구 형조차도 어쩌다 한 번씩 그의 허락을 얻어 공을 만져볼 수 있을 뿐이었다.

물론 우리는 그가 어떻게 해서 그 공을, 그것도 새것으로 갖게 되었는가를 알고 있었다.

우리집에서는 주일날이면 모든 아이들이 교회에 가도록 되어 있었다. 교회로 출발하기에 앞서 아이들은 사무실에 들러 오십원짜리 동전 하나씩을 나눠받았다. 총무님은 주일예배에 참석하는 아이들은 누구나 헌금을 해야 한다고 생각하셨고, 그래서 아이들이 자기 손으로 헌금함에 돈을 떨어뜨리는 성스러운 기쁨을 맛보도록 하기 위하여 동전을 나눠주었던 것이다. 영섭 형은 십원짜리 동전 서른 개를 준비한 다음 교회로 향하는 길모퉁이에서 아이들을 기다렸다. 그는 아이들의 동전을 십원짜리로 바꿔주며 사십원씩 차액을 모았다.

"손가락 세 개로 동전을 가리고 구멍에다 살짝 떨어뜨려. 이렇게, 다른 사람들이 얼마짜리 동전인가를 알아보지 못하게 하란 말이야."

그는 직접 시범을 보이고 연습까지 시킨 다음 아이들을 통과시켰다. 그렇게 삼 주에 걸쳐 동전을 교환해서 그는 마침내 진짜 야구공을 살 수 있었다.

어머니의 의심스런 눈초리에 대해 그는 시침을 뚝 뗀 채 이렇게 대답했다.

"정말이에요. 하느님께서 제 기도를 들어주셔서 야구공을 마련해주신 거라구요."

영진이 어머니로서는 고개를 갸웃거리면서도 그 말을 믿는 도리밖에 없었다. 형은 의기양양하게 투구 연습을 계속 했다. 던져진 공은 쌀가마니보다 바깥쪽을 맞을 때가 훨신 많았고, 때로는 담모퉁이나 돌멩이에 튀어 구경하는 꼬마들의 장딴지를 때리기도 했다. 형국이는 나무둥치에 부딪쳐 튀어오른 공에 이마를 얻어맞고부터 근처를 얼쩡거리지도 않으려 했다. 그래도 영섭 형은 몇 시간이고 공을 던졌다.

그러나 문제는 교회 헌금함의 돈을 확인하는 사람이 바로 총무님이었다는 사실에 있었다.

총무님은 자신이 나눠준 오십원짜리 동전들이 헌금함 속에서 발견되지 않는 주일이 세 번씩이나 되풀이되자 무슨 사정이 있음이 틀림없다고 믿게 되었다. 그는 수요일의 직원회의에서 그 문제를 이야기했다.

"누구의 소행인가를 반드시 밝혀야 해요."

회의를 마치고 나온 영진이 어머니는 당장 영섭 형을 불러서 방으로 들어갔다. 그녀의 눈빛만으로도 벌써 어떤 일이 벌어질 것인가를 눈치챈 아이들은 살금살금 기어 방문 앞으로 다가가서는 귀를 기울였다. 영섭 형을 다그치는 그녀의 목소리가 가느다랗게 떨리며 새어나왔다.

"다시 한번 얘기해봐라. 그 야구공이 어떻게 해서 네 손에 들어왔는지."

영섭 형이 대답했다.

"몇 번이나 말했잖아요. 하느님께서 제게 주신 것이라구요."

"하느님이 직접 오셔서, 옛다 너 가져라, 하고 주시던?"

영진이 어머니는 한결 차분해진 목소리로 큰아들의 설명을 요구했다. 영섭 형은 결국 사실을 털어놓아야 했다. 그러나 그 목소리는 죄의식이라고는 조금도 없는 떳떳하고 당당한 것이었다.

"저는 하느님께 몇 달 동안 기도를 드렸어요. 야구공 하나를 갖는 게 일생일대의 소망이라고요. 그랬더니 하느님께서 말씀하셨어요. 나는 돈 같은 건 필요치 않단다. 그런데 사람들은 자꾸만 내게 돈을 모아 바치려 하는구나. 그러니 네가 내 돈을 조금 가져다 야구공을 사도록 하려무나. 정말이에요. 하느님께서 직접 그러셨다구요. 게다가 하느님은 돈을 가져가는 방법까지 가르쳐주셨어요. 이 야구공은 하느님께서 제 기도의 대답으로 내려주신 선물이란 말예요."

더이상의 말은 필요하지 않았다. 영진이 어머니가 화들짝 방문을 열며 뛰쳐나오는 바람에 아이들은 모두 마루 밑으로 숨어야 했다. 다시 방으로 뛰어들어가는 그녀의 손에는 빨랫방망이가 들려있었다. 그리고 방에서는 영섭 형의 비명과 그녀의 고함 소리가 터져나오기 시작했다. 마루 밑에 숨었던 아이들은 그녀의 매질이 구들장을 꽝꽝 울릴 정도였다고 말했다. 그런 시간이 얼마나 길게 이어졌을까. 읍내에까지 고집세기로 소문이 나 있는 영섭 형도 마침내는 손을 들 수밖에 없었다.

"잘못했어요. 다시는 거짓말하지 않겠습니다."

아이들이 살그머니 기어나왔을 때 방바닥에는 피가 한 사발쯤 뿌려져 있었다. 그런데 성우는 그때 그 자리에 영진이가 있었다고 했다.

"그애는 파랗게 질려서는 방구석에서 바들바들 떨고 있었어."

영진이는 아직 어리기도 했지만 워낙 마음이 착해서 어떤 거짓말로도 그의 어머니를 실망시킨 적이 없는 아이였다. 그녀는 그가 언제까지나 그러기를 바랐는데, 누나와 형의 매질을 코앞에서 지켜본 그로서는 그러지 않기도 불가능할 것이었다.

아주 가끔 우리집을 찾아오는 분주함이 또다시 시작되었다. 도청에서 검열단이 나온다는 소문이 들린 것이었다. 누구보다도 먼저 바빠진 총무님이 한 시간마다 한 번씩 방송을 내보냈다.

"쓰레기장 주변 청소가 가장 안 되어 있습니다. 그 구역 담당조장은 지금 즉시 조원들을 이끌고 청소를 실시한 다음 사무실로 보고하세요. 화장실 세번째 칸에 휴지와 오물이 많이 흩어져 있습니다. 화장실 담당조는 지금 즉시……"

혹은 이런 방송도 있었다.

"지금 이 시각부터 한 시간 동안 모든 아동들은 자기 신발을 깨끗이 빨아서 사무실로 검사를 맡으러 오기 바랍니다."

그러면 가장 먼저 세면장을 메우는 것은 꼬마들과 여자아이들이었다. 그들은 서로 물방울을 튀기고 소리를 지르면서도 그럭저럭 총무님의 지시를 지켰다. 하지만 조금 뼈대가 굵은 남자아이들은 슬금슬금 밖으로 빠져나가버렸다. 그들은 총무님의 지시가 검열과는 아무런 상관이 없다는 것을 알고 있었던 까닭이었다.

"세상에는 두 종류의 사람들이 있어. 준비과정은 적당히 얼버무리면서 결과만 만들어내려는 사람과, 결과에는 약하면서 준비과정에선 또 끈질기게 충실하려는 사람. 저 양반은 아마 분명 뒤쪽에 속하는 사람일 거야."

영진이 어머니는 총무님의 조바심을 그렇게 설명했다.

하기야 총무님의 조바심은 언제나 지나친 느낌이 없지 않았다. 검열은 여태까지도 여러 번 있었다. 그때마다 총무님은 혼자서 정신을 못 차릴 정도로 분주했고 많은 사람들에게 잔소리를 늘어놓았다. 그러나 정작 검열단이 도착하면 우리는 맥이 빠질 따름이었다. 그들은 총무님이 온갖 정성으로 반들반들하게 만든 구석들은 들여다보지도 않고 눈에 띄는 곳만을 형식적으로 둘러본 다음 원장님 방으로 들어가 오랫동안 웃고 떠들었다. 그러다가는 원장님의 차를 타고 식사를 하러나가버리는 것이었다.

그러나 시간이 지나면서 나는 이번 검열이 여느때와는 많이 다르다는 느낌을 갖게 되었다. 분위기부터가 달랐다. 총무님뿐 아니라 집사님과 이모들까지 잔뜩 긴장해서는 정신없이 바쁘게 돌아다녔다. 그들은 아이들의 옷을 모조리 벗기고 후원자 상견례날 입는 깨끗한 옷으로 갈아입힌 다음 몇 시간씩 빨래를 했다. 장롱들이 활짝활짝 열리고 묵은 빨랫감들이 쏟아져나왔다. 이불과 담요들은 나뭇가지 위나 지붕 위에 널렸으며 더러는 껍질이 뜯겨져 개울물에서 자맥질을 당하기도 했다. 그즈음이 되면 이미 영진이 어머니도 총무님의 조바심을 논평하면서 한가하게 구경이나 하고 있을 수는 없었다. 그녀는 그녀대로 주방과 식당을 청소해야 했으며 취사도구들을 깔끔하게 정리해야 했다. 틈이 나면 또 이모들의 대청소를 도와야 했다.

이 모든 일의 사정을 내가 알게 된 것은 집사님과 숙희 이모의 이야기를 통해서였다.

"충청도청에 있을 때 그 사람 별명이 코뿔소였대. 옆에서 누가 뭐래도 꿈쩍도 않고 자기 뜻대로만 밀고 나간다는 거야."

"앞으로 꽤나 골치 아프게 생겼군요. 원장님이 빨리 그 사람을 사귀어둬야 할 텐데."

"글쎄, 아직까지는 그러지 못한 모양이더군. 원래 원장님 스타일이 그 사람과 비슷한 편이니 쉽게 어울릴 수 있을지도 몰라."

그들의 이야기는 그러니까, 도청 사회과장이 새로 바뀌었는데 그 사람은 무척 고지식하고 까다로운 성격을 가졌다는 것이었다. 그가 사회과장이 되고 첫 사업으로 이번 검열을 계획한 터였으니 얼마나 깐깐하게 조사를 하려들 것인가. 더구나 그는 아직 원장님과 인사도 나누지 못했다고 하지 않는가. 도청과 군청의 사회과장이 원장님과 너무 잘 아는 사이였던 까닭에 이제까지 우리집은 많은 검열단에 대해서 무신경할 수 있었던 것이다.

집사님을 도와 서류를 정리하면서 나는 이번 검열이 걱정스러울 수밖에 없는 또 한 가지 이유를 알게 되었다. 우리집의 아이들 수는 내가 알기로는 모두 일흔여섯 명이었다. 그런데 뜻밖에도 총원이 여든두 명으로 잡혀 있었다. 명단을 살펴보고서야 나는 그 나머지 여섯 명이 영진이네의 네 형제와 재희 재숙 자매임을 알 수 있었다. 하지만 그건 이상한 일이었다. 그들이 왜 우리와 같은 형제로 등록되어 있단 말인가. 그들에게는 분명히 친엄마가 있지 않은가.

내 의문에 대해 집사님은 설명했다.

"영진이 어머니나 재희 어머니나 우리집에서 식당일을 하시며 받는 돈은 아주 적단다. 그 돈으로 몇 명씩의 아이들을 먹이고 입히고 공부까지 시킨다는 건 몹시 힘든 일이지. 그래서 원장님의 특별 배려로 그 아이들을 우리집 식구인 것처럼 꾸민 거란다. 그렇게 되면 나라에서 고아들에게 지급하는 양육비도 받을 수 있고 후원자들의 후원금도 받을 수 있고 또 학교도 무료로 다닐 수 있으니 말이다."

나는 고개를 끄덕거렸다.

"그렇게 된 사정이었군요."

그러나 집사님은 설명을 마치고도 표정이 밝아지지 않았다.

"하지만 그건 명백히 규칙을 어긴 일이지. 생활능력을 갖춘 부모가 있는데도 고아원에 입적을 시켰으니…… 너도 알겠지만 우리 군에만 해도 정말 사정이 어려운 아이들이 많이 있지 않니. 그들은 모두 우리집으로 들어올 수 있는 기회만을 기다리고 있어. 그런데 우리는 인원이 꽉 차서 더이상 아무도 받아들일 수 없는 형편이란 말이야. 영진이 형제와 재희 재숙이가 빠진다면 또 몰라도."

집사님의 그 말은 물론 그들을 우리집 호적에서 빼야 한다는 뜻은 아닐 것이었다. 집사님은 영순 누나를 대견하게 여겨서 특별히 대학 진학을 위한 후원자까지 주선해주었으며 영진이와 재희도 끔찍이 귀여워해주었다. 그는 그저 검열에 대한 걱정을 하다보니 우리집에도 들어올 수 없는 불쌍한 아이들이 안타까워진 것이었다. 하지만 그때 우리가 알지 못한 것은 재희 어머니가 문 옆에서 그 이야기를 엿듣고 있었다는 사실이었다.

그날 저녁 집사님은 영진이 어머니의 방문을 받았다.

"재희 어머니께 말씀 다 들었어요. 이번 검열을 계기로 우리 아이들과 재희네 아이들의 호적을 고치기로 하셨다면서요?"

집사님은 깜짝 놀랐다. 그게 무슨 소린가. 영진이 어머니는 억지로 미소를 지으려 했다.

"그 동안 폐를 끼친 것만으로도 죄스러워하던 참이었어요. 사실은 오래 전부터 호적을 돌리려 했지만 사정이 여의치 않아서 미루고 있었죠. 하지만 이제 더이상은 걱정을 끼쳐드리지 않겠어요."

집사님은 재희 어머니를 불러서 누구에게 그런 이야기를 들었느냐고 물었다. 그녀는 저녁 찬거리를 상의하려고 사무실로 들어오다가 그의 말을 들었다고 했다. 그리고 그녀는 그녀 특유의 오해법을 발휘하여 집사님이 하지도 않은 얘기들을 잔뜩 늘어놓았다. 앞으로는 식사도 집에서 따로 시키겠으며 헌 옷 한 벌 얻어 입히는 일도 없도록 하겠다 등등.

그들의 오해를 푸느라 집사님은 한참 동안 애를 먹었다. 특히 재희 어머니를 위해서는, 그녀는 흥분된 상태에서는 더욱 말귀가 어두워졌다, 소음에 가까운 소리를 꽥꽥 질러대어야 했다. 가까스로 그들에게 호적을 고칠 계획이 없음을 납득시킨 다음 집사님은 한 가지 부탁을 했다. 며칠 후면 검열단이 올 것이다. 행여라도 당신네 아이들이 그 사람들 앞에서 당신네와의 관계를 탄로내지 않도록 주의를 주기 바란다.

아직 섭섭함이 완전히는 풀어지지 않고 있었던 재희 어머니는 집으로 돌아가자 두 딸을 불러놓고 이렇게 소리쳤다고 한다.

"앞으로 일 년 동안 너희는 나를 엄마라고 부르지 않도록 해라!"

세 명의 검열단이 도착한 것은 금요일 오후였다. 회색 파카를 입은 남자가 조장인 듯 보였는데 그가 아마 새로 왔다는 사회과장인 모양이었다. 그는 캥거루처럼 기다란 얼굴에 기다란 코를 갖고 있었는데, 그 코는 마치 냄새를 감지하기 위해 특별히 만들어진 흡입기처럼 보였다.

그들은 먼저 사무실에 죽치고 앉아 두 시간 가까이 서류를 들춰보았다.

이것이 올해 예산인가요? 통장관리는 그럼 누가 책임지도록 되어 있죠? 이 부분 예산 사용이 몹시 모호하게 되어 있군요. 이런 정도의 금액을 지출할 때는 계약서와 영수증을 반드시 첨부해두어야죠. 정구라는 아이는 아버지가 죽지 않았군요. 이따금 아들을 만나러 온다구요? 그렇다면 왜 아이를 데려가도록 설득하지 않는 겁니까? 지금 우리 도에 에미 애비 없이 살면서도 빈자리가 없어서 고아원을 찾지 못하는 아이들 숫자가 얼마나 되는지 아십니까?……

그들은 아주 까다롭게 이것저것을 따졌다. 때로는 집사님의 예산 사용방식에 문제가 있다고 호통도 치면서. 원장님은 멀찌감치서 지켜보기만 했고 총무님이 연신 조심스럽게 변명을 늘어놓았다. 하지만 다행히도 그냥 넘어갈 수 없을 정도의 잘못은 발견되지 않은 모양이었다.

다음으로 그들이 한 일은 우리집을 구석구석 둘러보는 것이었다. 역시 총무님과 집사님이 그들을 따라다니며 설명을 늘어놓았다. 총무님의 번잡하고 분주한 준비가 그나마 빛을 보게 된 것은 그때가 처음일 것이었다. 그들은 자잘한 잔소리를 했다. 주방이 너무 복잡하다, 쓰레기장은 좀더 멀리 떨어진 곳에 설치하는 게 좋지 않으냐, 화장실의 문짝들은 새로 나무를 대고 못질을 해야겠다. 그러나 그들은 대체로 만족스러워하는 모습이었다.

그들이 마지막으로 마당을 둘러보고 있었을 때 담장 앞에는 꼬마아이들 몇이 모여 햇볕을 쬐고 있었다. 회색 파카의 남자는 무슨 생각을 했는지 아이들 앞으로 다가갔다. 그는 캥거루처럼 기다란 코를 벌름거리더니 한 아이 앞에 쪼그리고 앉았다. 공교롭게도 그 아이는 바로 영진이었다. 캥거루 코가 물었다.

"이름이 뭐지?"

"이영진입니다."

"예쁜 이름이구나. 이 집에서는 언제부터 살았니?"

영진이는 대답을 못 하고 땅만 내려다보았다. 남자는 다시 질문을 했지만 아이는 고개를 들지 않았다. 조바심이 난 총무님이 거들고 나섰다.

"영진아, 과장님이 묻고 계시지 않니. 여기서 산 게 그러니까 몇살 때부터였지?"

총무님은 그들 일행이 보지 못하게 손가락 여섯 개를 펼쳤지만 영진이는 여전히 땅만 내려다보고 있었다. 남자가 다시 한번 달래듯 같은 질문을 되풀이하자 영진이는 불쑥 이렇게 말했다.

"난 이 집에 살지 않아요."

그들은 놀라서 서로의 얼굴을 쳐다보았다. 남자가 무슨 말인가를 하려 했을 때 집사님이 재빨리 가로막고 나섰다.

"저애는 가끔 저런답니다. 여기 온 지가 얼마 되지 않았는데 적응이 안 되어서 그런지 자기는 이 집에 살고 있지 않다고 우기는군요."

남자는 그제서야 고개를 끄덕거렸다. 그는 자기가 찾고 있었던 아이가 바로 이런 아이였다는 듯 활기를 띠며 질문을 계속 했다. 그는 우리집에 살고 있는 아이들의 불평거리를 직접 듣고 싶었던 것이리라.

"왜 여기서 사는 게 싫은 거지? 영진아, 아저씨한테 얘기하면 아저씨가 모두 해결해줄께. 괴롭히는 사람이 있니?"

영진이는 한참 동안 입을 다물었다가 다시 이렇게 말했다. 잔뜩 겁먹은 목소리로.

"난 이 집에 살지 않아요. 우리집은 바로 저기예요."

그는 담장 밖으로 붙은 자기 집을 손가락질해 보였다. 그 순간 그 아이의 머릿속에는 형과 누나가 거짓말 때문에 매질 당하던 장면들만 가득 차 있었음을 누가 생각이나 했을까. 그 때 마침 영진이 어머니는 쓰레기를 비우기 위해 주방 밖으로 나오고 있었다. 달아날 곳만 찾고 있었던 영진이는 그의 엄마를 부르며 그녀에게로 달려갔다. 남자와 일행은 그의 뒤를 따라 그녀에게 다가갔다. 그리고 그녀가 이 아이의 어머니인가를 물었다. 그녀는 당황해서 떠듬거리며 대답했다.

"아니에요."

남자는 캥거루처럼 기다린 코를 벌름거렸다.

"그런데 왜 이 아이가 당신을 엄마라고 부르는 걸까요?"

"얘는 아주 어릴 때부터 여기서 살았더랬어요. 너무 착하고 귀여워서 제가 자주 보살펴주었죠. 같이 데리고 자기도 하고…… 그래요, 그러다보니 그렇게 되었어요. 언제부턴지 얘는 저를 친엄마처럼 여기게 된 거예요."

남자의 일행 중 한 사람이 고개를 갸웃거리며 나섰다.

"이 아이가 여기 온 지 얼마 되지 않았다는 얘기는 또 어떻게 된 거죠?"

영진이 어머니는 그녀의 막내아들을 엄한 눈초리로 쏘아보았다.

"너 이 아저씨들한테 무슨 거짓말을 했니."

마침내 영진이는 울음을 터뜨리고 말았다. 그는 물론 그의 어머니로부터 받은 주의를 잊지 않고 있었다. 모르는 아저씨들이 있을 때는 나를 엄마라 불러서는 안 된다. 하지만 이제

막 일어난 사건들은 너무 갑작스러웠고 그의 작은 머리가 감당하기에는 너무 복잡한 것이었다. 그 소용돌이 속에서 그가 기억할 수 있는 단 한 가지는 거짓말을 하면 무서운 매를 맞는다는 사실뿐이었다. 그는 엄마의 치맛자락을 붙잡고 매달려 서럽게 울었다.

"엄마, 왜 그래. 나 거짓말하지 않았어. 그 얘기는 집사님이 한 거란 말이야."

캥거루 코의 남자는 더이상 시간을 낭비할 필요가 없다고 생각했는지 집사님에게 말했다.

"원생 신상명세서와 직원명부를 가져오시오."

두 개의 서류를 대조하면서 그는 남편이 죽자 네 형제를 버리고 달아났다는 영진이 어머니와 식당 아주머니의 이름이 같다는 사실을 확인했다. 뿐만 아니라 또 한 명의 식당 아주머니 역시 재희 재숙 두 자매의 어머니라는 것을 알아냈다. 그는 지극히 만족스런 표정이 되어 서류철을 소리나게 덮었다.

"즉시 두 사람을 해고시키고 여섯 아이를 퇴원시키도록 하시오. 아울러 이번 사건에 대한 경위서를 소상히 적어 보고하시오. 당신네 역시 책임을 져야 할 거외다."

그들 일행은 다시 한번 사무실을 휘젓고 대단한 전과를 올린 개선장군들처럼 우리집을 떠났다.

그날 우리집 식구들은 밤이 늦을 때까지 가슴을 졸이며 기다렸다. 영진이네의 굳게 닫힌 문짝 속에서 영진이의 비명과 매질 소리가 터져나오지 않을까 하고. 이모들은 모두 신경을 곤두세우며 만약의 사태에는 즉각 달려가 뜯어말릴 준비를 했다. 총무님과 집사님께서도 집으로 돌아가지 않고 괜히 남아 담장가를 서성거렸다. 그러나 다행히 전등이 꺼질 때까지 영진이네에서는 아무런 소동도 벌어지지 않았다. 대신 불이 꺼지자 문살 틈으로 다른 소리가 스며나왔다. 억지로 숨을 죽이며 흐느끼는 소리였다. 그 소리는 처음에는 하나였지만 차츰 늘어나 두 개가 되고 세 개가 되었다.

이튿날 아침 우리집 아이들은 갑자기 인사성이 좋아졌다. 아이들은 영진이 어머니와 마주칠 때마다 전에 없이 꾸벅 고개를 숙이며 인사했다. 안녕히 주무셨어요. 그런데 그 소리는 마치 영진이를 때리지 않아서 고맙습니다, 라고 말하는 것 같았다.

아침 설거지를 마치고 영진이 어머니는 창고로 총무님을 찾아갔다. 그녀는 말썽을 일으켜서 죄송하다고 말하고, 대신 일할 사람이 찾아지는 대로 이곳을 떠나겠노라고 했다. 총무님은 눈살을 찌푸렸다.

"원장님과 상의를 해봐야겠는데 원장님이 아침부터 연락이 되지 않는구려."

나는 오래 전부터 그녀에게 묻고 싶은 것이 있었다. 맞은편 언덕에 피어 있는 붉은 장미라는 것은 도대체 무얼까. 그걸 바라보면서 흔들리는 외줄을 건너가야 한다는 것은 또 무슨 뜻이었을까. 하지만 나는 어쩌면 영영 그것을 물어보지 못하게 될지도 모른다는 걱정이 들었다.

오후 늦게 원장님이 돌아오실 때까지 우리집은 밭이랑에 주저앉은 소의 엉덩짝처럼 축 늘어져 있었다.

원장님이 돌아오시자 그러나 갑자기 사정이 달라졌다. 원장님은 총무님과 집사님을 원장실로 불렀다. 잠시 후 밖으로 나온 총무님은 기뻐 어쩔 줄 모르는 모습으로 두 식당 아주머니를 찾았다.

"영진이 엄마, 재희 엄마, 기뻐들 해요. 원장님이 새벽부터 광주 도청엘 다녀오는 길이래요. 사회과장이랑 담판을 지었는데, 두 사람을 여기서 내보내지 않기로 했대요. 게다가 두 식구를 군에서 지정하는 극빈자 구호대상에 포함시켜서 아이들 학비도 종전처럼 무료로 하고 자선사업단체에서 지급하는 구호금도 매달 조금씩 받기로 했다는군요. 먹는 것 입는 것이야 여태까지대로 하면 될 테고, 이젠 걱정할 게 없어졌어요."

두 아주머니는 그 얘기를 듣고 연신 코를 풀었다. 해자 이모는 고개를 끄덕거리며 말했다.

"원장님은 고집불통이지만 한 가지 좋은 점은 있어. 자기 식구가 잘못되는 걸 그냥 보고만 있지는 않는다는 거야."

호적을 옮기게 되었으며 더구나 극빈자 구호대상으로까지 지정되었다는 것은 대단한 얘깃거리가 아닐 수 없었다. 아이들은 두고두고 그 일을 입에 올리며 부러워했다. "나도 엄마가 있었으면 밖으로 나가서 극빈자 구호대상이 되어 살 텐데." 그러면 다른 아이가 끼어들었다. "나는 그걸 목에다 써 붙이고 광주에서 제일 큰 육교 위에 앉아 있을 거야. 그렇게 돈을 벌어서 갖다드리면 엄마가 얼마나 좋아하실까." 하지만 우리들에겐 엄마가 없었다.

영진이 어머니는 다시 수필집을 읽기 시작했다. 나는 이른 새벽 소변이 마려워 화장실로 가다가 세수를 하고 심호흡을 하고 있는 그녀와 마주쳤다. 내가 물었다.

"그런데 영진이 어머니, 산다는 건 어떤 걸까요?"

그녀가 대답했다.

"그건 말이다. 언제나 누구에게나 정직해야 한다는 거란다."

"어떤 경우에도요?"

그녀는 잠시 머뭇거리더니 말했다.

"어떤 경우에도!"

나는 화장실로 뛰어가 바지춤을 끄르며 생각했다. 다음번에는 붉은 장미와 무덤 위의 잡초에 대해서 물어봐야지.

명수

명수 아저씨의 본명은 상두였다. 그러나 그는 우리집 아이들의 기억 속에 그의 전설적 별명인 명수라는 이름으로 더 선명하게 남아 있었다.

요 며칠 들어 아이들은 부쩍 그의 이름을 들먹이며 그에 대해 전해 들은 바를 서로 수군거려대곤 했다. 명수는 키가 아주 작대. 아니야 그렇지 않아. 원래는 거인처럼 큰데 어깨를 꾸부정하게 숙이고 다니기 때문에 작아 보이는 거야. 명수가 한번 마음을 먹으면 엄마 뱃속에 있는 아기도 훔쳐낼 수가 있대. 명수가 주먹으로 한 대 치면 도갑사 길목에 있는 느티나무가 흔들린대. 그래서 나라에서는 그가 나무들을 못살게 굴지 않도록 가두어야 했다는 거야. 하지만 명수는 주먹질 같은 건 하지 않는다던데. 그는 언제나 검정색 양복에 검정색 선글라스를 끼고 다닌다잖아……

아이들의 의견이 분분하게 서로 다를 수밖에 없는 데는 이유가 있었다. 명수에 대한 그들의 지식은 모두 몇 대에 걸쳐 전해내려온 귀동냥의 결과이기 때문이었다. 개중에는 두 눈으로 직접 명수의 모습을 본 아이도 없지 않았다. 삼 년 전 겨울밤 그가 우리집을 찾아왔을 때였다. 하지만 그때는 밤이었고, 그가 이튿날 곧바로 다른 마을로 떠났기 때문에 그를 똑똑히 본 아이는 아무도 없었다. 더구나 며칠이 지나지 않아 그는 형사들에게 호위를 받으며 백차를 타야 했다.

그런데 아이들이 갑자기 명수 아저씨를 들먹이게 된 것은 무슨 까닭이었을까. 그건 며칠 전 달력을 보던 은구 형이 불쑥 그 사실을 생각해낸 덕분이었다.

"명수가 잡혀간 게 꼭 삼 년 전이었잖아!"

아이들은 들뜨기 시작했다. 잡혀간 게 꼭 삼 년 전이었다면 이제 머지않아 그가 풀려날 것이었다. 그는 삼 년 형을 언도 받았으니까. 그렇다면 그는 다시 우리집에 모습을 나타낼 수도 있지 않겠는가!

아이들의 수군거림을 통해서 마침내 총무님과 집사님도 그 사실을 알게 되었다. 그러나 그들은 아이들과는 정반대의

반응을 나타내었다. 그들은 태풍과 해일이 밀려온다는 일기
예보를 들은 사람들처럼 어두운 표정을 지었다. 나는 총무님
이 명수가 출감하더라도 고향집은 다시 찾지 않았으면 하고
바란다는 것을 느낄 수 있었다.

상두 아저씨가 명수라는 별명을 얻게 된 것은 그의 유별난
솜씨 때문이었다. 아주 어렸을 적부터 그는 도무지 훔쳐내지
못하는 게 없었다는 것이었다. 소풍을 다녀온 아이들이 꼭꼭
감춰둔 과자에서부터 생일에 받은 용돈, 이모들의 비상금에
이르기까지. 그는 언제나 집 안 구석구석을 뒤지며 훔칠 만한
대상을 찾아다녔다.

"상두는 그 방면에 재주를 타고난 아이였어."

네 살이 위였던 규호 아저씨는 어린 시절을 돌이켜보며 그
렇게 말했다. 그리고 그는 상두뿐 아니라 모든 아이들이 재주
만 있었다면 마찬가지로 행동했을 것이라고 덧붙였다. 그때
는 누구나 먹을 것만 보면 눈이 뒤집히던 시절이었으니까. 하
지만 아무튼 상두 아저씨의 재주에는 끈질긴 비상함이 있었
던 게 틀림없었다. 그는 아이들과 이모를 대상으로 훔칠 만한
게 바닥나면 총무님의 창고를 노렸다. 달 없는 밤이면 창문을
뜯고 기어들어가 구호물자로 나온 통조림을 먹어치웠다. 총
무님이 창고 열쇠에 민망스러울 정도로 집착하게 된 것이 그

때부터였다는 말도 있었다. 그는 총무님이 감히 창문을 뜯고 들어왔으리라고는 생각조차 할 수 없을 만큼 완벽하게 원상 복구시켜두는 재주도 갖고 있었다는 것이다.

그의 무용담은 집 안에서 끝나는 게 아니었다. 그는 읍내를 구석구석 헤매다가 외진 곳에 세워진 자전거를 보면 고물장수에게 팔아먹었고, 시장통 아주머니의 눈을 피해 호박을 몇 덩이씩 훔쳐내기도 했다. 때문에 그의 주변엔 언제나 부스러기를 얻어먹으려는 아이들이 모여들곤 했다.

한번은 이런 일도 있었다고 했다. 자립을 해서 서울의 공장에 다니고 있었던 어느 형이 추석 휴가를 맞아 집으로 다니러 왔었다. 물론 그런 때는 많은 형들과 누나들이 집을 찾아왔지만, 그 형은 특별히 돈을 많이 벌었는지 근사한 양복을 입고 있었다. 그는 잠잘 때를 제외하고는 늘 양복을 입고 있었으며 밥을 먹으면서도 바지 위에 앉은 먼지를 털어내곤 했다. 그런데 휴가가 끝나고 다시 서울로 올라가야 하는 날 아침, 그는 울상이 되어 집 안을 뒤지고 다녔다. 양복이 없어졌다는 것이었다. 그는 결국 옷을 찾지 못하고 마지막 차를 타야 했고 그 사건은 해결되지 못한 채 남게 되었다. 하지만 아이들은 모두 알고 있었다. 그 양복이 누구의 손에 의해 사라져버렸는가를. 두말할 필요도 없이 그것은 상두, 아니 명수의 짓이었던 것이다.

그가 무언가를 훔쳐내는 방법은 너무 교묘하였으므로 중학교 이학년이 될 때까지는 총무님의 의심을 피할 수 있었다. 그러나 무슨 일인가로 한번 꼬투리를 잡히게 되자 총무님은 그때까지 있었던 모든 절도사건이 누구의 소행이었던가를 알게 되었다. 그는 상두를 꿇어앉혀두고 호되게 야단을 쳤다.

"네 심성이 이렇게 비틀어져 있다는 걸 내가 오늘에사 알게 되었구나. 하느님도 무심하시지. 그래 이 어린것 가슴에 그런 못된 마음이 자라도록 내버려두셨을까."

상두는 울면서 용서를 빌었다.

"잘못했습니다, 총무님. 배가 너무 고파서 그랬어요. 다시는 그런 짓 하지 않겠어요."

눈물까지 흘리면서 잘못을 비는 그의 모습은 정말 안쓰러웠다. 그는 누구도 흉내낼 수 없을 만큼 가련하고 불쌍한 표정을 지었다. 총무님은 물론 다른 아이들까지도 그가 이제는 진정으로 지난 죄들을 뉘우치고 있다고 믿게 되었다.

그러나 얼마 지나지 않아 아이들은 그가 조금도 달라지지 않았음을 깨달아야 했다. 그는 여전히 집 안과 마을, 읍내를 돌아다니며 도둑고양이 짓을 계속했던 것이다. 누가 그를 의심하기라도 하면 그는 시침을 뚝 떼고 고개를 저었다. 심지어는 화를 내기도 했다. 하지만 어쩔 수 없는 증거가 나타나면 그는 또 가련한 표정이 되어 잘못을 빌었다.

"이번 한 번만 용서해주세요. 저도 제가 무슨 짓을 하는지 몰랐어요."

총무님으로서는 기가 막힐 노릇이었다. 어린아이들의 마음속에도 악마가 깃들일 수 있는 것일까. 그는 상두에 대한 이야기를 원장님께 해야 할지 어떨지를 몰라 고민했다. 원장님은 바깥일만으로도 힘들어하시는 편이었고, 집안일을 챙기는 것은 그의 책임이 아니었던가. 그러나 그렇게 다시 얼마가 지났을 때 그의 고민을 해결해주는 사건이 생겼다. 원장님이 행사비로 쓰기 위해 책상서랍에 넣어두었던 돈 만이천원이 없어진 것이었다. 원장님이 가장 아꼈던 만년필과 함께. 영암에서 광주까지 시외버스 요금이 칠십원이던 때였으니 그건 결코 작은 돈이 아니었다.

총무님의 수사 결과 이번 사건 역시 상두의 소행이라는 것이 밝혀졌다. 원장실의 방충망과 창문이 뜯겨져 있었고 상두는 어디론가 사라지고 없었다. 총무님의 보고와 지난 몇 년 동안의 절도에 대한 설명을 들은 원장님은 크게 화를 내리라는 예상과는 달리 한숨부터 푹 내쉬었다. 왜 그런 이야기를 이제야 하는 거요!……

“지난번 원장님은 신앙이 정말 독실한 분이었단다. 생각도 그만큼 깊으셨지.”

총무님이 그때를 기억하며 하는 이야기였다.

읍내에 수소문을 하며 상두의 행방을 찾던 총무님은 새로운 사실을 알게 되었다. 그날 아침 그가 영암중학교 양인식 선생의 집 앞에서 오토바이를 훔쳐타고 광주 쪽으로 달아나버렸다는 것이었다.

사흘 후 밤 열한시가 가까웠을 때 원장님은 상두로부터 전화를 받았다. 그는 광주에 있는데 집으로 가고 싶어도 차비가 없어서 갈 수 없다고 울먹였다. 통행금지가 있던 때였으므로 버스도 일찍 끊어지던 무렵이었다. 원장님은 그곳의 택시회사에 전화를 걸어 사정을 설명하고 상두를 태워다달라고 부탁했다. 집으로 돌아온 상두는 준비해온 거짓말을 늘어놓았다. 광주에 먼 친척이 있는데 교통사고를 당해서 병원에 입원했다. 그러나 치료비가 없어서 수술도 받지 못하고 있다. 그가 돈을 훔쳐서 광주까지 간 것은 그 친척에게 치료비를 마련해주고 싶어서였다. 사정 이야기를 하는 그의 모습은 원장님 가슴을 뭉클하게 했다.

“그애는 신앙심이 깊은 사람의 마음을 감동시키는 방법까지 알고 있었던 거야.”

　원장님은 그가 하는 얘기가 모두 꾸며낸 거짓이라는 총무님과 이모들의 말에 오히려 화를 냈다. 우리가 우리집 아이들 말을 믿지 않는다면 도대체 누가 믿어주겠소?

　이튿날 원장님은 상두를 앞세우고 광주로 갔다. 아이의 친척이 사고를 당해 병원에 입원해 있다면 찾아가보는 것이 원장아버지로서의 당연한 도리라고 생각하고서. 상두는 그를 커다란 종합병원 앞으로 데려갔다. 병원 현관을 들어서다가 상두가 머뭇거리며 멈추어 섰다. 그는 몇 번을 망설이다가 원장님의 재촉에 힘들게 말을 꺼냈다.

　"저, 이런 말씀 드리기 뭣하지만, 병실에 누워 계신 분은 저의 오촌당숙이세요. 돌아가신 아버님과는 고종사촌간이시죠. 그런데 저는 병문안을 가면서도 빈손으로 들어갈 수밖에 없군요. 가진 돈이 하나도 없으니 말예요……"

　원장님은 고개를 끄덕였다. 내가 미처 그 생각을 못 했구나. 그는 상두에게 천원짜리 한 장을 주며 과일이라도 좀 사들고 오라고 했다. 상두는 몹시 미안해하면서 돈을 받았고 재빨리 현관문을 빠져나갔다. 원장님은 그 자리에서 두 시간을 기다렸다. 그러나 상두는 나타나지 않았고, 그는 결국 혼자서 영암으로 돌아와야 했다.

　상두가 집으로 기어든 것은 이튿날 밤이 이슥해서였다. 그는 원장님을 위해서 이런 사연을 준비하고 있었다.

"가게 앞에서 불량배들을 만났어요. 그들은 제 돈을 뺏고 이상한 곳으로 끌고 갔어요. 저더러 자기들 밑에서 일을 하라는 것이었어요. 저는 몇 시간 동안 눈치를 보다가 겨우 도망쳐 나올 수 있었어요."

원장님도 이제는 그가 거짓말을 하고 있음을 눈치채게 되었다. 하지만 그는 이렇게 무사히 돌아온 것만으로도 다행이라며 상두의 어깨를 두드려주었다. 나중에 원장님은 총무님께 이렇게 말했다고 한다. 어떡하겠소. 미운 아이 떡 하나 더 주랬다고, 그 아이를 따뜻하게 보살펴주는 수밖에. 그러다보면 그 아이도 철이 들 때가 있겠지요.

상두가 무언가를 훔쳐 달아나서는 며칠씩 돌아오지 않곤 하는 버릇을 갖게 된 것은 그러나 우연히 이루어진 일이 아니었다. 그에게는 아버지라는 작자가 있었는데, 그 사람이 어렸을 적부터 그를 그렇게 길들인 것이었다.

"상두의 아버지는 육이오 참전용사였단다. 전쟁에서 용케도 목숨을 건져 살아남은 사람이었지."

"그런데 그 사람이 어쨌길래요?"

"말하자면 그는 전쟁이라는 지옥에서 풀려나온 고삐 풀린 망아지였다는거야."

규호 아저씨의 말에 따르면 상두의 아버지는 전쟁이 끝나자 전국 방방곡곡을 돌아다녔다고 했다. 자그마한 중고 용달차에 갖가지 잡동사니 물건들을 싣고서. 당시의 세상은 몹시 어수선해서 그런 사람들을 위해서는 안성맞춤인 판이었다. 그는 가는 곳마다 환영을 받았다. 특히 물건에 혹한 여자들이 그를 따랐다. 그는 전국 각지에서 여자를 만났고, 그를 만난 여자들은 또 그의 아이를 만들었다. 그를 붙들기 위한 방책이기도 했을 것이었다.

들고 있던 명호 형이 한마디를 거들었다.

"상두 아저씨의 아버지답게 그 사람도 명수였던 모양이군요. 여자에 대해서 말예요."

그러나 그는 어느 마을에도 어느 여자에게도 지그시 눌러 붙어 있을 수가 없었다. 그가 선택한 직업은 용달차 방물장수였던 것이다. 그가 떠나고 나면 여자들은 아이를 큼직한 집 대문간에 버리기도 했고 혹은 전쟁중에 갓 만들어지기 시작한 고아원 앞에 갖다 버리기도 했다. 고아원이래야 당시에는 기껏 나무조각과 구호물자로 얼기설기 엮은 판잣집에 불과했지만.

아무튼 그렇게 해서 그의 아이들은 전국 각지의 고아원이나 길거리로 흩어지게 되었는데, 그 숫자가 정확히 얼마가 되는지는 아무도 몰랐다. 그 자신조차 그런 질문을 받으면 이맛 살을 찌푸렸다는 것이었다.

"열 명? 아니, 열다섯 명쯤 될까? 나도 잘 모르겠군."

물론 그는 그의 아이들을 한 곳에 모아 챙길 만큼의 정성이 나 여유는 갖지 못했다. 그럴 만한 애정도 갖지 못했을 것이 분명했다. 하지만 그에게는 한 가지 성의만은 있었다. 일이 년에 한 차례 정도, 용달차가 지나는 길에 그 마을에 있는 자 신의 아이들을 찾아보는 것이었다. 그는 그 일이 자신에게 주 어진, 그리고 자신이 감당할 수 있는 최대한의 의무라고 생각 했으며 심지어는 어지간한 자랑거리로까지 여기는 듯했다.

영암을 지나갈 적이면 그는 반드시 천사의 집으로 전화를 걸었다. 그러나 그가 엉뚱한 이름들을 들먹이는 꼴은 정말 가 관이었다.

"수고 많으십니다. 거기 혹시 최민자라는 아동 있습니까? 없다구요. 그렇다면 효숙이가 거기 살았던가요? 그애도 아니 라구요?……"

그쯤 되면 총무님은 벌써 사정을 알 수 있었다. 그 작자가 누구의 아버지인가를.

"상두 아버님 아니십니까?"

"아, 예 예, 그렇군요. 영암에는 상두가 살고 있었죠. 영상,

영상, 몇 번이나 왔었는데, 자식들 숫자가 열둘이 넘다보니 제대로 기억하기가 쉽지 않아요."

그는 그런 식으로 자기 자식의 이름을 확인한 다음 천사의 집을 찾아왔다. 겨드랑에는 제법 선물꾸러미까지 끼고서. 하지만 그가 아들을 만날 수 있는 경우는 드물었다. 상두는 늘 아버지를 피했다. 총무님께 아버지가 왔다는 얘기를 들으면 어디론가 달아나버리곤 했다. 나중에는 총무님이 일부러 알려주질 않았고, 그의 아버지가 학교 정문 앞으로 가서 기다리고 서 있기도 했다. 그는 교문을 나오는 아이들을 붙들고 물었다. 육학년 사반 수업 끝났니? 혹시 최상두라는 아이 모르니? 하지만 결과는 마찬가지였다. 어떻게 알았는지 눈치 빠른 상두는 아버지를 피해 학교 뒷담장을 넘어 달아나버리곤 했다. 때로는 아버지가 며칠씩 집 근처를 배회했으므로 그가 돌아오지 못하게 되는 경우도 있었다. 그런 때면 상두는 먹을 것을 훔쳐 끼니를 때우며 며칠을 숨어 지내야 했다. 그가 명수라는 별명까지 얻으면서 돈을 훔쳐 담장을 넘게 된 버릇의 시작은 그런 사정에 있었던 것이다.

규호 아저씨는 말했다.

"그게 바로 대한민국의 현주소였어. 제대로 키우지도 못할 자식새끼들 무더기로 왕창왕창 싸질러놓고 나 몰라라 했으

니 누가 애비를 애비라 부르고 에미를 에미라 부를 정이 났겠
느냐 말이야."

상두의 아버지는 결국 술이나 퍼마시며 총무님에게 넋두
리를 늘어놓을 수밖에 없었다.

"낸들 어디 그 아이가 예쁘지 않아서 그렇게 내버려두겠습
니까. 여기저기 흩어져 있는 애새끼들이 스물이 넘으니 어떻
게 다 거둬들여 보살필 수 있겠습니까. 더구나 내 사업은 잠
시도 쉬지 못하고 전국 방방곡곡을 돌아다녀야 겨우 입에 풀
칠이나 하는 일이니…… 그 여편네들이 죄인이라오. 앞뒤 가
리지도 않고 애만 만들려고 드니 글쎄 감당할 도리가 있어야
지요."

그런데 묘한 것은 그가 내뱉는 신세한탄들이 조금도 한탄
스럽게 들리지를 않는다는 사실이었다. 그는 마치 사람들이
자기 얘기를 듣고 자기에게 손가락질해주었으면 원이 없겠
다는 듯 주저없이 스스로를 우스갯감으로 만드는 것이었다.
아이들을 찾아다니며 겪었던 갖가지 한심한 경우를 늘어놓
으며, 누구는 구걸하는 자리를 옮겨 찾기가 힘들었다, 누구는
새아버지가 생겨서 자기를 아버지라 부르지 않겠다고 선언
하더라……

"그래도 경자가 맏딸이라고 애비 마음을 제일 많이 이해해

주더군요. 그애는 에미를 닮아서 심성이 착해요, 정도 많고. 복도 타고났는지 이번에 손부자라고 진주에서 유명한 부잣집 가정부 자리를 얻어서 들어갔대요. 지나는 길에 들렀더니 그래도 애비라고 고기랑 밥을 잔뜩 싸가지고 나왔는데, 총무님이 그 맛을 알려나 모르겠네요. 남강이 내려다보이는 언덕배기에서 딸년이랑 새참을 먹는 맛 말입니다. 심청이가 어디 따로 있겠어요. 그애가 바로 심청이지.”

총무님은 나중에 이렇게 말했다.

“그 사람이 경자라는 딸아이 에미 얼굴이나 제대로 기억하는지 궁금하더구나.”

최씨가 떠나고 나면 어디선가 바람처럼 상두가 나타났다. 그는 과연 그 아버지의 아들답게 이번에는 자신이 아버지를 도마 위에 올려놓고 조롱하기 시작했다. 그는 아이들을 잔뜩 모아두고 떠들었다.

“그 사람이 제일 처음 나를 찾아왔을 때 뭐라고 말했는지 아니? 그때는 내가 너무 어려서 그 사람을 만나고 싶지 않다는 생각조차 못 할 때였지. 그는 대뜸 이렇게 말했어. 너도 기억하고 있겠지만, 얘야 내가 바로 네 아버지란다. 아무래도 정신이 좀 이상한 사람이었어. 엄마 뱃속에서부터 아버지를 기억하는 아이가 세상에 어디 있겠어? 그래도 나는 꾹 참고 그에게 어머니에 대해서 물어보았지. 우리 어머니는 어떤 사람이었나요? 그는 내 어머니가 그냥 수수한 농가의 딸이었다고 대답했어. 얼굴은 동글동글하게 예쁜 편이었고 머리는 언제나 기다랗게 땋아 다녔다고. 그런데 재미있는 건 그뒤로 내가 가끔 물어볼 때마다 어머니에 대한 그의 설명이 달라졌다는 거야. 한번은 부잣집 외동딸이었는데 자기를 따라나섰다가 신세를 망친 여자라고도 했고 또 한번은 술집에서 밥일을 하던 여자였다고도 했어. 아랫배에 술국이 쌓여 걸음도 제대로 못 옮길 정도였다고. 얼굴 모양은 계란형이 되었다가 삼각형이 되었다가 납작하게 짓눌린 삽날이 되기도 했지. 게다가 또 한번은 뭐라고 말했는지 아니? 글쎄 우리 엄마가 시장바닥을 헤매던 기억상실증 환자였다는 거야. 자기가 일껏 살 만하게 만들어주었더니 도망을 가버렸다나 어쨌다나."

그러나 더욱 재미있는 것은, 상두가 그의 아버지에 대해 늘 어놓는 불평들의 내용이 번번이 엇갈렸다는 사실이었다. 어느 때 그는 아버지가 그를 처음 찾아와서 한 첫마디가 '네가 정말 상두냐? 너는 나를 조금도 닮지 않았구나' 였다고 했다. 그러면서 그의 아버지가 그를 의심하더라는 것이었다. 그는 한바탕 욕설을 해대며 그렇게 못 믿을 아들을 찾아다니는 신세가 딱하다고 조롱했다. 그리고 또 어느 때는 아버지의 첫마디가 '지난번보다 한 뼘은 더 자란 것 같구나' 였다고 했다. 태어나서 십 년 만에 처음으로 마주하는 자리에서 아버지는 자기를 일 년 전에 만났던 줄로 착각하더라는 것이었다. 그는 또 어머니에 대한 아버지의 첫 설명이 수수한 농가의 딸이었다는 이야기를 수없이 뒤집었다. 그는 그 첫번째 대답이 시장에서 술청을 하던 주모였다고도 했다가 서울서 여학교까지 마친 규수였다고도 했고 또 어느 때는 미군부대 옆에서 몸을 팔던 여자였다고도 했다.

"상두는 그러면서 자기가 그 사람의 아들이 아니라고 주장했어. 하지만 우리가 보기에 적어도 그 점만은 움직일 수 없는 사실이었지. 그가 그 사람의 핏줄을 타고났다는 점 말이야."

규호 아저씨의 설명이었다.

원장님까지 얕잡아보게 된 상두의 행동은 날이 갈수록 공공연히 뻔뻔스러워졌다. 그는 끊임없이 골치 아픈 일들을 만들어냈다. 특히 그 말썽의 대상은 원장님이 되는 경우가 많았다. 저녁 늦게 불쑥 원장님의 사택을 찾아가 읽고 싶은 책이 있으니 책값을 내놓으라고 요구하는가 하면, 읍내에서 가장 큰 청요릿집에서 전화를 걸어 저녁식사비 계산을 요구하기도 했다.

"아버님이세요? 저 상두예요. 오늘이 무슨 날인지 아시겠어요? 석만이의 생일이에요. 왜 지난번에 제가 말씀드렸죠. 저랑 제일 친한 친구라구요. 그래서 제가 영산각에서 한턱을 쓰기로 했어요. 그런데 식사비가 생각보다 많이 나왔어요."

또 어느 때는 양복점에서 옷을 맞추었다면서 계산서를 들이밀기도 했다. 원장님은 언제나 이번까지만 용서하자고 다짐하며 그의 요구를 들어주었다. 그렇게 해서라도 그가 도둑질을 그만둔다면 차라리 그편이 나으리라고 생각한 까닭이었다. 원장님은 한결같은 정성으로도 감동시킬 수 없을 만큼 근본이 악한 사람이 있으리라고는 믿지 않았다. 그것을 인정하기에는 그의 신앙이 너무 독실했던 것이다. 하지만 적어도 상두에게는, 그런 믿음은 원장님의 착각인 모양이었다. 상두는 여전히 말썽을 부렸고, 훔치는 일 역시 그만두지 않았다. 덜미를 잡혀 야단을 들으면 눈물을 글썽이며 죄를 뉘우쳤지만 그 순간이 지나면 그뿐이었다. 뿐만 아니라 그는 슬슬 읍내 아이들을 상대로 주먹질까지 하고 다니게 되었다.

그러던 그가 마침내 집을 나가 사라진 것은 고등학교 이학년이 되던 해였다. 그는 그때 마지막으로 우리집의 담장을 넘은 것이었다. 그가 달아났다는 소문이 돌자 약간의 소동이 벌어졌다. 읍내 여기저기서 빚쟁이와 외상 아주머니들이 몰려

들었다. 그들은 모두 총무님의 친필로 된 약속증서들을 들이 밀었다. 그러나 물론 그것은 상두가 교묘하게 총무님의 글씨체를 흉내낸 것일 뿐이었다.

그는 몇 년이 지나도록 돌아오지 않았다. 아무런 소식도 없었다. 서울의 광화문에서 그를 마주쳤다는 사람이 있었고 대전 역전의 포장마차에서 누가 그를 보았다는 소문도 있었다. 그러나 그런 소문들은 바람결에 흘러가버렸다. 한번은 마을의 성태 아저씨가 믿을 만한 사람에게 들었다며 이런 이야기를 했다.

"상두는 아버지를 찾아간 거래. 그래 지금은 아버지 밑에서 학교를 다니고 있다는구먼. 서울 무슨 동이라더라……"

아이들은 고개를 갸웃거렸다. 그런 일이 있을 수 있을까. 상두는 아버지라면 밥을 먹다가도 숟가락을 든 채 십리 밖으로 내빼는 아이가 아니었던가. 아니나 다를까, 성태 아저씨의 말은 사실이 아니었음이 곧 드러났다. 그의 아버지가 잡동사니 용달차를 몰고 마을로 들어온 것이었다. 그는 아들에 대해 아무런 소식도 모르고 있었으며 상두가 탈원했다는 얘기를 듣자 수수께끼 같은 표정을 지으며 중얼거렸다. 실종된 자식이 또하나 늘었군. 왜 내 자식들은 이렇게도 관리하기가 힘들까?

상두가 다시 우리집에 모습을 나타낸 것은 꼭 팔 년이 지나서였다. 설날 연휴가 되어 자립한 선배들이 대부분 집을 찾아왔을 때였다. 그는 검정색 양복을 입고 검정색 구두를 신고, 검정색 선글라스를 끼고 있었다. 담배에 불을 붙일 때도 그는 반드시 자신의 검정색 라이터를 사용했다. 그 라이터는 불이 켜지면 보석처럼 광택을 냈다. 아이들은 모두 그의 곁에만 몰려들어 탄성을 질렀다. 와, 상두 형 아냐? 정말 멋있다. 어떻게 하면 이런 옷을 입지? 그 동안 돈 많이 벌었는가봐?

그는 담배연기를 길게 내뿜으며 선글라스 너머로 아이들에게 말했다.

"용돈이 필요한 사람은 모두 여기 한 줄로 서. 그리고 얼마나 필요한지를 말해."

그는 또 나이가 제법 찬 고등학교 아이들에게는 이렇게 말했다.

"자고로 크게 될 나무는 떡잎부터 알아보는 법이야. 너희도 이런 촌구석에 처박혀 뺑뺑이만 돌지 말고 도시 물 먹을 생각을 해. 사내대장부란 모름지기 서울바닥을 휘저으며 크게 놀아야 한단 말이야."

그는 그들에게 명함을 나누어주며 생각이 나거든 언제라도 찾아오라고 했다. 그것을 총무님이나 이모들에게 보여서

는 절대로 안 된다는 다짐을 받으면서. 그가 준 명함에는 서
울 장안평 모 싸롱의 지배인 최상두라는 글씨가 금박으로 찍
혀 있었다.

그 연휴가 이어지던 며칠 동안 상두는 우리집에서 가장 화
려한 주인 노릇을 했다. 그는 저녁마다 돈을 뿌려 파티를 열
었고 술을 마셨다. 그의 주변에 모여드는 사람들은 예전에 그
가 시장에서 호박을 훔쳐낼 적에 부스러기를 얻어먹기 위해
서 서성거리던 이들과 다르지 않았다. 그는 또 화투판을 벌였
고, 아이들에게는 짤짤이를 하라고 돈을 나눠주기도 했다. 그
는 말했다. 자고로 남자란 돈에 대해서 두 가지 반대되는 태
도를 배워야 한단 말이야. 그건 먼저 돈이 무엇인가, 그 가치
를 정확히 아는 걸 의미하지. 하지만 동시에 돈을 아주 대수롭
지 않게 볼 줄도 알아야 한다는 거야…… 그리고 그는 술에
많이 취하면 이렇게 떠들어대곤 했다. 알았니 이놈들아, 서울
바닥은 내 거야. 그러니 너희도 다 집어치우고 올라와, 사내대
장부란 모름지기 큰물에서 놀아야 해. 상두의 입에는 '자고
로'와 '모름지기'라는 말들이 본드칠로 붙어버린 듯했다.

상두가 다시 서울로 올라간 뒤 우리집 아이들은 틈만 나면
그의 흉내를 내며 놀았다. 옷을 온통 검정으로 칠하고 신발에
도 검정을 묻히고 종이를 안경 모양으로 오려서는 검정으로

칠해서 꼈다. 그리고는 딸꾹딸꾹 비틀거리며 술 취한 흉내를 냈다. 한 아이가 말했다. 자고로, 모름지기 사내대장부란 큰 물에서 놀아야 해. 그러면 다른 아이가 받았다. 그러니 너희도, 모름지기, 다 집어치우고 서울로 올라와.

이모들은 그런 소리로 떠들며 노는 아이들을 보면 질겁을 했다. 당장 옷을 벗겨서 몽둥이찜질을 하고는 개울물에 처박았다. 하지만 아이들은 마치 숭고한 의식이기나 한 양 그 놀이를 지켰다. 그들의 꿈은 어서 빨리 상두를 찾아갈 수 있을 만큼 크는 것뿐이었다.

그날들 이후로 간간이 상두의 소식이 들린 것은 그가 나눠준 금박명함 때문이었다. 호기심이나 혹은 무료함을 달래기 위해서 명함 속의 장소를 찾아간 사람이 종종 있었던 것이다. 그런데 그들이 전해오는 소식은 참으로 여러 가지였다. 누구는 그가 아주 멋진 여자를 데리고 앉아 술을 마시고 있더라고 했다. 모르기는 하지만 그 여자는 아마 영화배우였을 것이다. 또 누구는 그가 팔 하나를 깁스하고 다리를 절룩거리고 있더라고 했다. 그 사람은 상두가 칼과 낫을 든 스무 명의 건달들과 싸우다가 다쳤노라 설명하더라고 전했다. 그를 숫제 만나지 못하고 돌아온 사람도 더러 있었다. 그의 친구라는 작자들 말로는 상두가 몇 달 푹 쉬기 위해 절로 들어갔다는 것이었다.

상두가 두번째로 우리집을 찾은 것은 다시 육칠 년의 시간이 지나서였다. 그게 바로 지금으로부터 삼 년 전이었다. 그런데 그는 이번에는 무척 다른 모습을 하고 있었다. 검정색 양복을 입지도 않았고 검정색 구두를 신지도 않았으며 검정색 선글라스를 끼고 있지도 않았다. 그의 전설을 귀동냥으로만 들어왔던 꼬마들에게는 적이 실망스러운 일이 아닐 수 없었다.

더욱 실망스러웠던 것은 그가 조용히 총무님을 찾아가 이런 부탁을 했다는 사실이었다.

"고향마을 근처에서 일자리를 잡고 안정된 생활을 하고 싶군요. 객지생활에 저도 이제는 지쳤어요."

총무님은 몹시 당황했다. 그는 상두라는 위인을 충분히 알고 있었던 것이다. 그가 곤란한 태도를 보이자 상두는 서글픈 표정을 지었다.

"총무님께서는 아직도 저를 용서하지 않으시는군요. 하느님의 품으로 돌아가려는 어린양을 말입니다. 물론 쉽게 잊어버리기는 힘드실 테죠. 하지만 제가 이런 말씀까지 드려야 하는 걸까요. 사실 저는 며칠 전에 병원에 갔었답니다……"

상두는 자신이 위장병을 앓고 있으며 의사가 몇 달 동안의 요양을 당부했노라고 말했다. 그러지 않으면 암으로까지 발

전될 수도 있다고. 결국 총무님은 그의 부탁을 들어주는 도리
밖에 없었다. 그러나 행여 아이들에게 나쁜 영향이라도 미칠
까 멀찌감치 떨어진 독천마을에 일자리를 얻어주었다. 상두
가 만약 새 명함을 만든다면 거기에는 영암군 독천의 목장지
기라는 글씨가 금빛으로 박힐 것이었다.

하지만 그에게는 새로운 명함을 만들 시간이 없었다. 며칠
후 총무님은 서울에서 왔다는 형사들의 방문을 받았다. 그들
은 상두의 행방을 물었고, 독천의 목장에서 소젖을 몰래 빼돌
리고 있던 그를 붙들어 백차에 태웠다. 그는 서울에서 많은
사람들의 돈을 빼앗았으며 패싸움을 벌여 여럿을 다치게 만
들었다고 했다. 그는 수배중이었고 그래서 도망을 다니고 있
었다.

얼마 뒤 우리는 그가 삼 년 동안 감옥살이를 하게 되었다는
소식을 들었다.

상두를 기다리는 아이들의 설렘도 차츰 시들해질 무렵의
어느 저녁, 노인 한 사람이 우리집 대문으로 들어섰다. 머리
도 제법 허옇게 새고 허리도 꾸부정히 휜 노인이었다. 그는
마당에서 놀고 있던 아이들에게 이순남 총무님이 아직도 이
곳에 있는가를 물었다.

총무님은 처음에는 그를 몰라보았다. 한참 동안 그의 얼굴

을 들여다본 다음에야 놀란 목소리로 이렇게 말했다.

"상두 아버지 아니십니까."

총무님은 그를 사무실로 맞아들이고 숙희 이모에게 막걸리 한 통을 받아오게 했다. 사무실은 순식간에 우리집 아이들로 포위되었다. 문틈으로 빠꼼히 들여다보니 맞은편 창문턱에 수십 개의 눈들이 달라붙어 있는 게 보였다.

총무님이 물었다.

"그래 요즘도 용달차에 물건들을 싣고 전국 방방곡곡을 다니십니까?"

"벌써 그만뒀지요. 한 십 년 되었을까요. 요즘은 촌구석에도 모두 슈퍼마켓들이 들어서서 그런 장사로는 돈을 벌 수가 없어요."

그는 그 사업을 그만둘 무렵부터 부천에서 여자 하나를 얻어서 함께 살고 있다고 했다. 뭐 썩 괜찮은 여자는 아니다. 나이도 어지간히 들었고. 하지만 그 여자의 한 가지 장점이라면 장사 수완이 그런대로 있다는 것이다. 그녀는 자기를 만나기 전부터 자그마한 선술집을 하고 있었다. 옆에서 듣고 있던 명호 형이 고개를 끄덕였다. 여자를 얻어서 사는 게 아니라 여자한테 얹혀서 산다는 얘기였잖아. 역시 저 사람은 명수의 아버지야.

"아이들을 만나러 다니기도 힘들어졌겠군요."

"그래도 몇 년에 한 번씩은 나들이를 한답니다. 좀이 쑤시기도 하고 어떻게 살고 있는지 궁금하기도 하고. 하지만 날이 갈수록 만나기가 힘들어지는군요. 어디로들 갔는지 모두 뿔뿔이 흩어지고 없어요."

총무님은 막걸리를 부어주며 그의 맏딸 경자에 대해서 물었다. 그는 총무님이 그 이름을 기억한다는 사실에 신바람이 나서 그녀에 대해 들은 이야기를 늘어놓았다. 진주 손부자집에서 가정부 일을 하던 경자는 스물세 살 되던 해가 그 동네 쌀집 일을 보던 청년과 결혼을 했다. 사람들은 그들이 눈이 맞아 도망을 쳤다고도 하지만 그게 곧 결혼이 아니겠는가. 그리고 그는 맏딸의 사람 보는 눈이 결코 틀리지 않았을 것이라고 단언했다.

"적어도 그 젊은이는 성실하고 몸도 튼튼했을 겁니다. 쌀집에서 배달 일을 한다는 건 여간 힘든 노릇이 아니니 말입니다."

그는 줄곧 고개를 끄덕이며 자기가 자기 말을 굳게 믿고 있음을 나타냈다. 암, 그렇지. 그렇구말구.

상두 아버지가 마침내 그 이야기를 꺼낸 것은 막걸리 두 통이 거의 바닥이 날 즈음이었다. 그는 총무님 표정을 곁눈질로 보며 슬그머니 입을 열었다.

"그런데 혹시, 우리 상두가 여기 오지 않았습니까."

"아니오, 오지 않았습니다. 출감한다는 걸 알고 계셨군요."

"이른 새벽부터 교도소 문 앞에 서 있었답니다. 다른 사람
들은 하나씩 둘씩 나오는데 아무리 기다려도 이 녀석이 나타
나야죠. 점심때가 다 되어서 할 수 없이 들어가서 물어보았어
요. 최상두라고 오늘 풀려난다고 들었는데 어떻게 되었는지.
그런데 글쎄, 그 사람들 얘기가 벌써 나갔다는 거예요. 두 시
간쯤 전에. 제가 열심히 지켜보고 있을 때였죠. 중학교 교문
앞에서나 그러려니 했는데 교도소 문을 나오면서까지 애비
눈을 속이고 달아나다니……"

그는 그날 밤늦게까지 총무님께 하소연을 늘어놓고 이튿
날 아침에야 떠났다. 기울어가는 인생의 황혼이 뚜렷한 얼굴
에 못내 아쉬운 미련을 남기며. 총무님이 그에게 그렇듯 친절
했던 까닭을 나는 충분히 짐작할 수 있었다. 두 사람은 함께
그 황혼의 아쉬움을 맞고 있었던 것이다.

상두가 슬그머니 기어든 것은 그의 아버지가 떠나고 불과
한 시간도 지나지 않아서였다. 아이들은 누가 가르쳐주지 않
아도 그가 바로 전설 속의 명수라는 것을 알 수 있었다. 하지
만 이제는 너무 초라하게 추락한 전설이었다. 총무님은 그를

보자 대뜸 호통부터 쳤다.

"내일모레면 사십 줄을 바라보는 녀석이 아직도 아버지 마음을 못 헤아리느냐."

상두는 대답을 않고 혼잣말로 중얼거렸다. 저에겐 아버지가 없습니다.

그러나 그 장면만 제외하면 상두의 행동은 훌륭한 것이었다. 그는 총무님께 지난 세월의 잘못에 대해 용서를 빌었다. 모든 것이 자신의 어리석음 때문이었다, 가난과 허기에 눈이 멀어 자신이 무슨 일을 하는지도 몰랐다, 하지만 이제 많은 것을 배웠다, 많은 것을 뉘우쳤다, 시멘트 벽만 바라보고 있었던 삼 년 동안 그는 삶에 있어서 진정으로 소중한 것이 무엇인가를 새로이 깨닫게 되었다. 그의 눈에서는 눈물까지 뚝뚝 흘러내렸다. 그는 또 총무님이 아닌 다른 사람들에게도 잘못을 사과하고 용서를 빌었다. 그와 동갑내기인 집사님에게도 깍듯이 존대말을 붙이며 삼 년 전의 말썽을 사과했고, 규호 아저씨에게도 몇 번이고 고개를 숙였다.

며칠 후 우리는 쓰레기를 치러 온 규호 아저씨에게 이런 말을 들었다.

"얼마가 될지 모르겠지만 나는 상두를 함께 데리고 있기로 했어. 그는 결국 내 동생이고 또 달리 갈 만한 곳도 없는 형편이거든. 게다가 그는 지난 일들을 무척 후회하고 있어."

그리고 이튿날 그는 총무님께 말했다.

"우리는 사업을 확장하기로 했어요. 상두녀석이 기특하게 도 그런 생각을 했더군요."

상두가 제안했다는 이야기는 이랬다. 규호 아저씨의 경운 기는 아침에 한 차례 쓰레기를 치고 나면 하루 종일 할 일이 없다. 우리 마을에는 더이상 쓰레기가 없으며 쓰레기를 치우 던 경운기로 다른 일을 할 수도 없는 것이다. 그러나 그렇다 고 해서 경운기를 놀린다는 것은 너무 비경제적이다. 남자와 기계는 자고로 일을 해야 하는 것이다. 이웃 마을들과 이야기 를 해서 그곳의 쓰레기를 마저 치워주는 것이 어떻겠는가. 대 충 알아봤더니 쓰레기 치우기를 전문으로 하는 사람이 있는 마을은 드물더라. 그쪽 마을 이장들과 협상을 한다면 어느 만 큼씩의 돈을 받을 수 있을 것이다. 아침일을 규호 아저씨가 마치면 오후에는 자기가 일을 하겠다.

그들의 계획은 별 문제 없이 진행되었다. 다른 마을에서도 모두들 대환영이었다. 규호 아저씨는 며칠 일을 해보고는 좋 아서 어쩔 줄을 몰라 했다.

"이렇게만 계속된다면 우리 두 사람이 세 끼 챙겨먹으며 살기에는 충분한 돈을 벌겠어. 네댓새에 한 번쯤은 고기도 굽고 막걸리도 한 통씩 마시고. 아, 물론 옛날처럼 혀가 구부러지도록 마시는 일은 없을 거야. 농협에 저축을 해야지. 그래서 방 두 칸에 널찍한 마당이 딸린 집을 얻어야지."

총무님 역시 기뻐하며 하느님께 기도를 드렸다. 감사합니다, 아버지 하느님. 그렇게 속을 썩이던 상두가 마침내 진짜로 마음을 잡은 모양이군요. 그 험한 쓰레기 일을 자청해서 나서니 말입니다.

모두들 이제는 마음을 놓아도 좋으리라고 생각하게 되었다. 마을 사람들조차도 이렇게들 수군거리곤 했다. 감옥이라는 게 그래서 필요한 모양이야. 상두 같은 망나니도 사람을 만들어서 내보내잖아. 그러나 어쩐지 숙희 이모만은 쉽사리 고개를 끄덕이려 하지 않았다.

그러던 어느 날, 경운기를 몰고 나간 상두는 저녁이 늦도록 돌아오지 않았다. 총무님과 집사님은 조바심이 나서 서로의 얼굴만 쳐다보았다. 식사 때가 지나자 느긋하기만 하던 규호 아저씨도 안절부절못하게 되었다. 사고가 난 게 아닐까. 그들은 상두가 일을 나간 서호리의 이장댁으로 전화를 걸었다. 그러나 그들이 들은 뜻밖의 대답은 상두가 오늘은 쓰레기를 치우러 오지 않았다는 것이었다.

밖으로 나가서 수소문을 하던 집사님은 새로운 사실을 알게 되었다. 상두가 경운기를 몰고 간 방향은 서호리 쪽이 아니라 나주 북쪽이었다는 것이었다. 밭일을 하던 영덕이네가 보고 어디를 가느냐고 묻자 상두는 이렇게 대답했다고 한다. 이 고물 경운기가 기어를 잘 먹지 않아요. 의사한테 좀 보여야겠어요. 규호 아저씨는 그 말을 듣더니 고개를 갸웃거렸다. 나한테는 아무 얘기도 없었는데. 고물이긴 하지만 기어만큼은 제대로 듣는 거였다구.

규호 아저씨는 끈질기게 상두를 기다리려 했다. 그러나 이틀 후 집사님은 나주의 중고 경운기 가게에서 규호 아저씨의 보물을 발견했다.

"가게 주인 얘기로는 이틀 전 웬 남자가 와서 팔고 갔대요. 이십만원을 쳐주었다는군요."

숙희 이모는 그것 보라는 듯 턱을 치켜세웠다.

"모두들 내 말을 듣지 않았죠. 하지만 나는 알고 있었어요. 그 사람은 절대 반성 같은 걸 하는 사람이 아니었다구요. 우선 말투부터가 조금도 달라지지 않았어요. 자고로, 모름지기, 그 소름끼치는 말을 여전히 쓰고 있었어요. 게다가 자기 아버지를 생각하는 태도는 어떻구요. 물론 저도 그 사람의 아버지가 성인군자라고는 생각하지 않지만 그래도 그 사람한테는 분명히 아버지잖아요. 과거가 불결했다 해서 육순이 넘은 아버지를 상대조차 않으려는 건 자식의 도리가 아니에요. 진짜 소중한 게 무엇이었나를 깨달았다는 사람이 그래 그것도 몰랐을까……"

규호 아저씨는 소처럼 두 눈만 꿈벅거렸다.

총무님은 아마도 하느님께 드렸던 감사의 기도를 취소하고 싶은 심정일 것이었다. 세월이 어지간히도 흘렀다고 생각했지만 명수는 여전히 명수였다. 그리고 그는 다시 한번 깨끗하게 속여넘긴 것이었다.

유령의 집

학교에 들어가기 전까지 우리집 아이들은 모두 한 가지 사실을 잘못 알고 있었다. 학교에서 가장 높은 어른은 교감선생님이라고 생각하는 것이었다. 오래 전의 일이기는 했지만 나역시도 그랬다. 맨 처음 국민학교를 갔던 날 입학식장에서 나는 단상 위에 올라와 연설을 하는 분이 당연히 교감선생님일 것으로 믿었다. 그런데 그가 교감이 아닌 교장이라는 것을 알았을 때 나는 고개를 갸웃거려야 했다. 교감은 너무 높은 분이어서 직접 학생들 앞에 나타나지 않는 것일까. 나중에 이모에게서 교감보다 높은 선생님이 교장이라는 얘기를 들었을 때는 눈이 휘둥그레지지 않을 수 없었다.

아이들에게 그런 잘못된 믿음을 심어준 사람은 종합여고

의 교감선생님이었다. 아이들이 학교가 무엇이고 하교가 무엇인지도 알기 전부터 그에 대한 많은 이야기를 듣게 되었던 까닭이었다.

그러나 우리 군의 종합여고 하나만을 놓고 보자면 그들의 믿음은 잘못된 것이 아니라고도 할 수 있었다. 실제로 그 학교는 거의 모든 일이 교감의 결정에 의해 이루어지고 있었다. 게다가 그는 소문을 만들어내고 이야깃거리를 뿌리는 데 있어서도 다른 누구보다 소질이 많았다. 그의 비대한 몸집은 그런 흥밋거리를 위한 천연적 자원이기도 했다.

"교감선생님의 허리가 정확히 어디인지를 아는 사람?"

"교감선생님의 턱이 몇겹으로 되어 있는지를 아는 사람?"

여고에 다니는 누나들은 집으로 돌아오면 아이들에게 그런 문제를 내며 놀았다. 아이들은 서로 손을 들고 소리쳤다. 배꼽 바로 밑, 배꼽 밑 십 센티미터, 궁둥이에서 위로 한 뼘, 혹은 세 겹, 네 겹, 다섯 겹…… 하지만 누구도 정답을 맞추지는 못했다. 그들이 떠들 만큼 떠들고 나면 누나들은 이렇게 말했다. 정답은, 교감선생님의 허리가 어디인지는 아무도 모른다는 거야. 교감선생님 자신도 아침마다 고민을 한다거든. 자기 몸에서 상반신과 하반신을 구별짓는 경계는 과연 어디일까 하고 말이야. 왜냐하면 그는 그곳에다 혁대를 둘러야 하기 때문이지.

턱이 몇 겹으로 되어 있는가에 대해서도 정확한 답을 알고 있는 사람은 없었다. 그의 턱은 무척 자주 변한다고 했다. 기분이 좋아서 고개를 젖히고 웃을 때는 두 겹쯤이 되었지만 뱀눈을 하고 누군가를 노려볼 때는 다섯 겹 여섯 겹씩 접히기도 한다고.

그의 턱이 경이적인 겹수를 기록했던 것은 교사들의 체육대회 날이었다고 했다. 교장과 교감이 각각 반대팀으로 나뉘어 배구시합을 하게 되었다. 교감은 그 무거운 체구에도 불구하고 공격을 하겠노라고 전위로 나섰다. 그는 자기 편의 세터인 체육선생님에게 머리 위로 공을 띄울 것을 요구했다. 세터는 그가 원하는 지점에다 정확히 공을 배급해주었다. 그러나 교감은 번번이 헛손질을 했다. 어쩌다 기운 좋게 맞는 일이 있어도 공은 그물망에 걸려 떨어지곤 했다. 체육선생님이 보다 못해 이렇게 말했다.

"교감선생님, 점프를 하세요, 점프를."

교감은 알았다고 손짓을 하고는 뛰어오르는 시늉을 했다. 하지만 그의 발은 땅에서 채 오 센티미터도 떠오르지 않았다. 땀을 잔뜩 흘리다가 그는 심판에게 말했다.

"그물을 왜 이리 높게 달았나. 좀더 내려보게."

심판은 그의 충실한 심복으로 알려져 있는 서무주무였다. 그물이 삼십 센티쯤 내려졌다. 그러나 결과는 조금도 달라지지 않았다. 교감은 점점 많은 잔소리와 짜증을 체육선생님에게 퍼붓게 되었다. 마침내 그는 제풀에 지쳐 헉헉거리며 늘어지고 말았다. 시합하다 말고 그는 불쑥 공을 잡더니 소리쳤다.

"이번 체육대회의 기안자가 누구야? 체육선생 자네야? 정말 큰일이로군. 체육의 체자도 모르는 사람이 체육선생을 맡고 있으니. 이렇게 더운 날 무슨 체육대회를 한단 말인가. 선생들이 모두 쓰러져 입원이라도 하면 수업은 누가 할 텐가 말이야."

그러나 그 체육대회의 기안자는 체육선생이 아닌 교감 자신이었다. 더구나 그날 그 자리에서 땀을 흘리는 사람이라고는 그를 제외하고는 아무도 없었다. 그만하면 그가 뱀눈을 치켜뜨고 일곱 겹의 턱주름을 잡을 만한 사정이었을지도 몰랐다. 그래서 체육대회는 흐지부지 끝나고 말았다. 교장선생님이 반대쪽 코트에 서 있었지만 선생들은 슬금슬금 빠져나와 교무실로 들어가야 했다는 것이었다.

"그러고 나서 교감선생님이 곧장 어디로 갔는지 아니?"

내게 그 얘기를 들려주었던 인옥이 누나는 눈을 찡긋하며 물었다.

"서무주무를 앞세우고 영양탕집으로 갔다는 거야. 체력 손실이 너무 컸다며. 아마 앉은 자리에서 수육을 다섯 근쯤은 먹어치웠을 테지."

사정을 잘 모르는 사람들은 이상하게 여길 것이었다. 학교에는 분명히 교장이 있을 테고 교감은 그 아래일 텐데, 왜 종합여고만은 유독 교감이 위세를 부리고 다니는 것일까. 그러고 보니 나도 사정을 모르기는 마찬가지였다. 내게도 그건 언제나 이상한 일이었으니까. 다만 내가 어렴풋이 알고 있는 한 가지는 교감이 여러 곳에 있는 높은 분들과 가까운 관계로 지냈다는 사실이었다. 군청이나 경찰서는 물론 전라남도 도청과 교육청에도 그에게 특별한 호의를 가진 사람이 많이 있었다. 게다가 교감은 학교 재단의 이사장과 멀지 않은 인척관계라는 말도 있었다.

몇 년 전 교장선생님의 동생이 사업에 실패해서 빚을 갚지 못하고 감옥살이를 한 적이 있었는데 그때 이후로 교감은 더욱 큰소리를 치며 다니고 있었다. 빚쟁이 중의 한 명이 바로 교감이었고, 그가 용서할 수 없다고 버틴 까닭에 교장선생님의 동생은 결국 포승줄에 묶여야 했다는 것이었다.

우리집의 원장아버지와도 가까운 친구사이였던 그는 아주 가끔 두어 상자의 과자나 라면을 싣고 우리를 방문하는 일이 있었다. 스스로를 읍내의 어른이라고 생각하는 사람들이 서로에게 보내는 예의와 같은 것이었다. 그럴 때면 집사님은 카메라를 들고 부지런히 사진을 찍어야 했다. 교감선생님과 원장님이 악수를 나누는 장면, 상자를 전달하는 장면, 그리고 함께 환히 웃는 장면 등등을. 또한 우리는 열외 없이 식당으로 동원되어 교감선생님의 연설을 들어야 했다.

"제가 여러분만했을 때는 하루 한 끼 보리죽을 끓여먹기도 힘든 형편이었습니다. 배가 고픈 것을 참고 참다가 견디기 힘들어지면 우물가로 달려가 찬물로 배를 채우곤 했습니다. 그러면서도 이십 리가 넘는 학교길을 즐겁게 걸어다녔습니다……"

그는 언제나 엄청난 고백을 털어놓기나 하는 사람처럼 심각한 표정을 지었다. 그러나 그의 설교 내용은 늘 그게 그거였다. 우리는 그의 이야기가 그 자신의 과거와는 아무런 상관도 없다는 것을 잘 알고 있었다. 명호 형의 이런 말처럼.

"저 항아리 양반은 우리 같은 아이들에게는 저런 얘기밖에 할 수 없다고 생각하는 거야. 매사에 저런 식이니 땅에서 오 센티미터 이상 뛰어오른다는 건 불가능한 일이겠지."

또한 우리는 그가 설교를 마친 뒤면 허겁지겁 영양탕집으로 달려가리라는 것도 잘 알고 있었다. 그는 자신의 몸에서 에너지가 소모된 자리를 공백으로 비워두는 것을 아주 잠깐도 참을 수 없어했던 것이다. 그 모든 사실을 알고 있었지만 우리가 참을성 있게 그의 연설에 귀를 기울여주는 것은 그것이 끝난 다음 우리에게 나누어질 한 봉지의 새우깡이나 생라면 때문이었다. 과자에 대한 희망이 있는 한 우리는 몇 시간이고 그의 지루한 연설을 들어줄 용의가 있었다.

물론 그러나 우리 모두가 같은 생각과 참을성을 가진 것은 아니었다. 특히 연미 누나는 교감의 방문을 화장실 청소만큼이나 싫어했다. 교감선생님의 특별설교가 있을 예정이니 식당으로 집합하라는 방송이 나오면 누나는 눈썹을 찡그리며 말했다.

"저런 위선자가 우리에게 줄 수 있는 가장 큰 설교는 아무말도 하지 않는 것이야."

아이들은 누구도 누나의 말에 반대할 생각을 갖고 있지 않았다. 고등학생이 된 이후로 지난 이 년간 누나는 단 한 차례도 반 수석을 놓친 적이 없었다. 더구나 누나의 꿈은 장차 훌륭한 여교사가 되는 것이었으니까. 하지만 그들은 누나처럼 교감이 주고 간 과자를 다른 아이들에게 나눠줘버릴 용기는 없었다.

택시 한 대가 우리집 마당으로 미끄러져들어온 것은 겨울

햇살이 감질나게 오락가락하던 일요일 오후였다. 문이 열리고 제법 잘생긴 남자가 밖으로 나왔다. 그는 택시의 뒤트렁크를 열고 감귤상자 두 개를 꺼냈다. 아이들은 멀찌감치에 쪼로미 붙어서서 그를 지켜보았다. 은구 형이 혀를 끌끌거리며 말했다.

"먹을 것을 갖고 오는 사람은 누구나 잘생겨 보이는 법이야. 하지만 도시에서는 모두 저런 양복을 입고 다닌다구."

남자는 우리와 눈이 마주치자 싱겁게 웃더니 손을 흔들었다. 그는 아무도 자기의 손짓에 대답하지 않는다는 것을 알고는 또 한번 싱겁게 웃었다. 집사님이 마당으로 나오더니 반갑게 그를 맞아들였다. 그가 들어갈 때까지 점잖게 비죽거리던 아이들은 일제히 달려가 사무실 창문 밖에 붙어섰다. 빠끔히 열린 창문 틈으로 이야기 소리가 새어나왔다.

"그래 집안 어른들은 모두 안녕하신가."

"네 덕분에 평안들 하십니다. 선배님께 특히 고맙다는 인사말을 전해달라고 하셨습니다."

"내가 뭐 도움 될 게 있었나. 원장님이 잘 말씀드려준 덕분이지."

"그렇기는 하지만 선배님이 중간에서 힘을 써주시지 않았다면 어려운 일이었지요."

남자는 집사님의 후배가 되는 모양이었다. 이야기가 좀더 이어지자 우리는 그가 이번에 종합여고의 국어선생 자리를 얻었음을 알게 되었다. 그리고 그 과정에서 큰 힘이 되어준 것이 원장님이었다는 사실도. 그가 여고의 교감선생님에게 특별히 부탁을 드려 집사님의 후배를 채용하게 한 것이었다.

"하지만 정말 큰일이야. 세상이 어떻게 돌아가는 건지 알 수가 없군."

"그러게 말입니다. 제 친구 중에 누구는 시골 선생 자리 하나 얻는데 사백만원이 들었다더군요."

"그렇게 해서 선생이 된 사람들이 어떻게 아이들을 제대로 가르칠 수 있겠나. 허구한 날 윗사람 눈치만 보며 학부모들에게서 돈 뜯어낼 궁리만 하겠지."

집사님이 남의 일을 가지고 한숨까지 쉬면서 딱해하는 경우는 드물었다. 늘 어떤 식으로든 좋은 점을 찾아내려고 애쓰는 분이었으니까. 그렇다면 뭔지는 모르지만 몹시 잘못되긴 잘못된 모양이었다.

집사님의 후배는 최선생이라고 했다. 그는 돌아가기 위해 밖으로 나왔을 때 문득 우리를 보고 말했다.

"너희들 말이다. 영암군 최고의 골키퍼가 누군지 아니?"

아이들은 서로 눈치를 살피다가 말했다.

"은구 형이에요."

그는 고개를 저었다.

"여태까지는 그랬을지 모르지. 하지만 지금부터는 아니야. 여기 서 있는 바로 이 사람이 최고의 골키퍼야. 자 그럼 최고의 골게터는 누구지?"

아이들은 또 서로 눈치를 살펴야 했다. 그러자 준석이가 앞으로 나섰다. 최선생님은 양복 저고리를 벗고 담장 앞으로 가섰다. 준석이는 신중한 폼을 잡다가 힘껏 달려가 공을 찼다. 그러나 공은 형편없이 높이 솟아올라 담장을 넘어가버렸다. 최선생님은 빙그레 웃더니 준석의 머리를 쓰다듬어주었다.

"과연 너는 머지않아 최고의 골게터가 되겠구나. 소질이 보이는걸."

최선생님은 그 후 우리집을 가장 자주 들락거리는 손님이 되었다. 거의 매주 일요일이면 그는 싱글싱글 웃으며 대문을 들어섰다. 달려들어 엉겨붙는 꼬마들에게 그는 하나하나 악수를 하거나 머리를 쓰다듬어주며 말했다. 어이, 최고의 센터 포드 잘 있었나? 최고의 라이트윙, 이젠 백 미터를 몇 초 만에 뛸 수 있게 되었지? 그러면 아이들은 말했다.

"군내 최고의 골키퍼 씨, 하지만 오늘은 제가 골을 넣고야

말겠어요."

그는 우리와 함께 국민학교 운동장으로 뛰어가서 축구시합을 했다. 그러나 그는 골키퍼만 하는 게 아니었다. 수비도 보고 직접 공격도 하면서 사방을 뛰어다니다가 누구보다 먼저 지쳐서는 헉헉거렸다. 아이들은 그러는 그를 놀려대었지만 차츰 그가 없으면 축구를 재미없어하게까지 되었다.

오후시간이면 그는 또 아이들을 식당으로 불러모아 공부를 가르쳤다. 국어가 전공이라지만 그는 영어나 수학도 곧잘 가르쳐주었다. 물론 그 시간에는 공부를 하고 싶어하는 아이들만 오면 되었지만 점점 많은 아이들이 책을 들고 모이게 되었다. 시샘이 많은 여자아이들은 서로 앞자리를 차지하려고 다툴 정도였다.

그런데 그가 우리집에서 보낸 시간들 중 가장 인기가 있었던 것은 축구를 하거나 공부를 가르치는 시간이 아니었다. 우스꽝스럽게 들리겠지만 그것은 그가 사무실로 들어가 집사님과 이런저런 얘기를 나누는 시간이었다. 주로 저녁을 먹고 난 다음이었는데, 그때가 되면 아이들은 살그머니 뒤뜰로 기어나가 사무실 창문 밖에 붙어서는 것이었다. 창문 틈으로는 별별 이야기가 다 새어나왔다. 최선생님이 학교에 다닐 적에 공부를 못해서 맞던 이야기, 대학 시절 사귀었던 여자친구에 대한 이야기, 지금은 그녀가 웬 부잣집 아들에게 시집가서 두 아이의 엄마가 되어 있더라는 이야기. 때로는 우리집 아이들에 대한 이야기가 나올 때도 있었다. 또 최선생님은 아주 오래 전 집사님이 쫓아다녔던 여학생에 대한 이야기를 하며 껄껄거리기도 했는데 그런 이야기야말로 우리 창문밖족이 보람을 느끼게 하는 최고의 특종이었다.

시간이 지나면서 우리는 최선생님도 차츰 영암 사람이 되어가고 있다는 것을 느끼게 되었다. 그건 그의 입끝에도 교감선생님에 대한 이야기가 붙어다니게 되었음을 뜻했다. 그가 잠시 입을 다물었다가 화난 사람처럼 말문을 터뜨리면 그때는 영락없이 교감에 대한 불평들이 쏟아져나오는 것이었다.

"도대체 알 수가 없는 일이에요. 수십 년 동안 교직을 지켜왔다는 사람이 어떻게 그런 식의 생각을 자랑스럽게 내세울 수가 있는지. 글쎄 지난 수요일에는 그 굴러다니는 술통이 서무주무와 어떤 이야기를 주고받았는지 아세요? 교문을 새로 만들기로 했는데 그전에 학교 주변의 가게들을 은밀히 조사해보라는 거였어요. 가장 많은 뒷돈을 주겠다는 가게 쪽으로 새로 날 교문의 위치를 정하도록 하자구요. 물론 그 돈은 교감과 서무의 주머니 속으로 사라져버릴 테죠."

집사님은 교감선생님을 그렇게까지 생각하기는 힘든 모양

이었다.

"다른 사정이 있는 게지. 학교에 큰돈 들어가야 할 일이 있다든가."

"이틀 전에는 또 어떤 일이 있었는지 아세요? 은근히 제게 다가와서는 이렇게 말하더군요. 난 말일세. 젊은 교사들이랑 술자리를 함께 하는 걸 무척 좋아한다네. 그런데 자네랑은 아직 그런 자리를 가진 기억이 없구만. 유감스럽게도 오늘은 윤 선생과 선약이 있으니까 자네가 꼭 생각이 있다면 내일 저녁 시간을 내 비워두겠네."

"그래서 뭐랬나?"

"할말이 없더군요. 그래서 그냥 못 들은 척했죠."

"그렇게 매일처럼 술을 마시고도 체력이 버텨나나?"

"그러니까 별명이 굴러다니는 술통 아니겠어요?"

창밖에서는 아이들이 키득거리며 새로 들은 교감선생님의 별명을 머릿속에다 집어넣었다. 최선생님은 생각만 해도 화가 난다는 듯 머리를 흔들고는 말했다.

"박영빈 선생 얘기로는 교감의 가족이 광주에 있는 게 가장 잘못된 일이래요. 일찍 집에 들어가봐야 할 일도 없으니까 이 사람 저 사람 붙들고 술이나 마시는 거라구요. 게다가 워낙 술이 체질에 받고. 하지만 생각 좀 해보세요. 지난 몇 년 동안 교감이 술값을 치른 일은 한 번도 없었다니까 도대체 누가 그 돈을 감당할 수 있겠어요. 아마 내일은 아침부터 시베리아 찬바람이 몰아칠 거예요. 어제 저는 교감의 술에 굶주린 눈빛을 모른 척하고 퇴근해버렸으니까요."

집사님은 늘 최선생님의 불평을 대수롭지 않은 것인 양 이해시키려고 노력했다. 가족과 떨어져서 지내다보면 그처럼 엉뚱한 습관도 붙을 수 있는 일이다, 자네가 이해하고 잘 처신하도록 해라, 더구나 나이가 있지 않느냐. 그러나 때로는 집사님으로서도 도무지 어찌 할 수 없는 어처구니없는 일들이 밝혀지는 경우도 있었다. 오인희 선생을 교감 책상 앞으로 불러다 세워놓고 했다는 이야기가 그런 것이었다.

"아마 교감 친위대 선생들 중의 누가 고자질을 한 모양이에요. 오인희 선생이 홀몸이 아니라는 사실을 알게 된 거예요. 그는 대뜸 오선생을 불러세우더니 호통을 치더군요. 글쎄 내가 뭐랬나! 애는 반드시 방학중에 낳아야 한다고 말하지 않았나. 이제 겨우 사 개월이라면 시월은 되어야 애가 나올 텐데, 그래 앞으로 어떻게 할 작정인가?…… 그게 과연 교사들의 어머니 격인 교감선생님 입에서 나올 수 있는 소리라고 생각하세요? 그것도 다른 선생들이 모두 듣고 있는 교무실 한가운데서 말입니다."

집사님은 고개를 저었다.

"설마하니 그런 말을 했을라구."

"반대쪽 구석에서 차를 끓이던 급사아이도 그 소리를 들었을 겁니다. 오인희 선생은 눈물을 뚝뚝 떨어뜨렸어요. 하기야 교감이 평소에 하던 소리들을 생각하면 그 정도는 쉽사리 짐작할 수 있는 일이죠. 밖에서 다른 학교 선생들을 만나면 자랑스럽게 이런 얘기를 한다더군요. 우리 학교 여선생들은 재주도 좋아요. 언제나 방학기간에 맞춰 애를 낳거든요. 그러니 따로 임시강사를 구해서 쓸 필요가 없어요. 기가 막힐 노릇 아닙니까."

우리는 최선생님의 이야기가 너무 어려워 제대로 알아들을 수가 없었다. 머리를 맞대고 궁리하다가 한 명을 명호 형에게 보내기로 했다. 숨을 헐떡이며 뛰어갔다 돌아온 아이는 명호 형의 설명을 이렇게 전했다.

"남자와 여자가 같이 자고 열 달이 지나면 아기가 태어난대. 그러니까 12월에 아기가 태어나게 하려면 2월에 잠을 자야 한다는 거야."

어렵기는 마찬가지였지만 우리는 어렴풋이 이해할 수 있을 것도 같았다. 나는 고개를 끄덕이며 혼잣말을 중얼거렸다. 그러니까 교감선생님 얘기는 왜 12월에 잠을 자서 10월에 아기가 나오도록 만들었냐는 것이었구나!……

창문 밖에서 귀를 기울이며 서 있는다는 것은 조금은 추운 일이기도 했지만 이처럼 많은 것을 우리에게 가르쳐주었다. 그러나 다시 한번 생각해보면 그 모든 것들이 우리가 반드시 배워야 했을 만큼 중요한 주제였던가 하는 의문이 들지 않는 것도 아니었다. 서무실에서 근무한다는 유령 직원에 대한 이야기도 그런 것들 중의 하나였다.

"말도 안 되는 일이에요. 어떻게 학교에서 유령 직원이 근무할 수 있다는 말입니까?"

최선생님이 핏대를 세우며 이렇게 말했을 때 우리는 모두 깜짝 놀랐다. 유령이라는 게 정말로 있다는 얘기일까. 아이들은 갑자기 추워진 밤공기를 떨리는 눈으로 살폈다. 그러나 선생님의 애기를 듣고 있자니 유령이라는 말이 우리가 생각했던 것과는 다른 뜻을 갖고 있음을 알 것 같았다.

"교직원 명부에는 우리가 아직 한 번도 만나본 적이 없는 사람들의 이름이 올라 있더군요. 강석진, 최기석, 김태승 같은 이들이었는데, 서무실에서 근무하는 것으로 되어 있었어요. 뻔하지 않습니까. 그 사람들 몫의 월급과 수당을 서무주무가 빼돌려서는 교감과 나눠먹는 거지요. 서무실 직원들이 일이 고되다고 울상을 짓는 데엔 다 그만한 이유가 있었던 겁

니다. 게다가 청소 일을 맡고 있었던 김씨나 이씨 같은 경우
는 이십 년을 근무하고도 퇴직금 한푼 못 받고 그만둬야 했다
고 그러더군요. 퇴직금을 위해서 적금을 넣을 경우 학교 재단
에서도 매달 삼만원씩을 보조해주어야 하는데, 그 돈이 아까
워서 연금적금을 넣지 못하도록 강요했다는 거예요."

집사님도 이제는 그런 이야기들 앞에서 묵묵히 고개를 끄
덕거릴 뿐이었다.

창문 밖에서 엿들은 이야기들 중 가장 슬펐던 것은 그러나
오인희 선생과 그녀가 뱃속에 가졌던 아기에 대한 이야기였
다. 어느 날 늦은 저녁 술에 잔뜩 취해서 집사님을 찾아온 최
선생님은 이렇게 말했던 것이다.

"오인희 선생 말입니다. 결국 낙태를 하고 말았다는군요."
집사님은 처음엔 그게 무슨 말인가를 알아듣지 못했다.
"낙태를 했다니? 건강이 그렇게 좋지 않았단 말이냐?"
"유산한 게 아니라 낙태수술을 받았단 말입니다."

최선생님은 한숨을 푹 내쉬고는 뒷말을 잇지 않았다. 집사
님도 묻기가 두려웠는지 입을 열지 않았다. 한참 만에야 최선
생님은 혼잣말을 중얼중얼 내뱉기 시작했다.

"교감이라는 작자는 인간도 아니에요. 그 철면피는 자기가
무슨 짓을 저질렀는지도 알지 못할 겁니다. 오인희 선생을 볼

때마다 구박을 주고 어떻게 할 거냐고 윽박지른 게 그 작자한
테는 오히려 즐거움이었을 테니까요. 출산휴가는 한 달 이상
줄 수 없다, 물론 그 동안의 강사료는 오선생이 직접 부담해
야 한다, 그게 싫다면 당장 사표를 쓰도록 해라…… 서무주
무도 덩덜아서 난리였죠. 첫 임신이라면서 무슨 배가 그렇게
부르냐는 등, 뭐가 그리 급해서 애부터 가졌느냐는 등, 차마
한 귀로 흘려버리기 힘든 말들이었어요. 결국 오선생은 그런
입방아들을 견뎌내기 힘들었던 겁니다. 서연자 선생에게 눈
물을 흘리면서 이렇게 말하더라는군요. 축복받지 못한 아이
는 차라리 태어나지 않는 게 좋을 것 같아요……"

　　최선생님은 점점 더 축구를 좋아하게 되었다. 일요일은 물
론 토요일 오후와 평일 저녁까지도 그는 틈만 나면 우리를 몰
고 축구장으로 달려나갔다. 그리고는 육십 분 동안 쉬지 않고
공을 쫓아다니는 것이었다. 지금에야 하는 얘기지만 사실 그
는 축구를 별로 잘하지 못했다. 그가 처음에 축구를 아주 좋아
하는 척했던 것은 우리집 아이들과 쉽게 가까워지기 위해서였
던 것 같았다. 그런데 이제는 앞뒤가 바뀌었는지 오직 축구만
을 위해서 뛰어다니고 있었다. 축구를 위해서 태어났다고 자
칭하는 은구 형조차도 최선생님의 질주는 막을 수가 없었다.

“최선생님은 아무래도 공을 차는 게 아니라 다른 걸 차고 있는 것 같아.”

준석이는 입술을 삐죽거리며 말했다. 그러나 이유가 어쨌든 그와 함께 축구를 한다는 것은 신나는 일이었다.

그 토요일 오후에도 우리는 마당에 미리 모여 공을 차고 받으며 최선생님이 오시기만을 기다리고 있었다. 그는 여느 날과 다름없는 시간에 모습을 나타내었다. 그런데 이상한 일이었다. 축구를 하러 가자는 은구 형의 말을 들은 척 만 척 흘리고 최선생님은 사무실로 들어가버리는 것이었다. 눈치로는 당할 자가 없는 우리집 아이들은 또 어떤 새로운 소식이 생겼음을 알아차렸고, 재빨리 창문 밖으로 달려가 붙어섰다.

집사님을 마주하고 선 최선생은 머뭇머뭇 코밑을 문지르며 눈을 깜박거리다가 불쑥 이렇게 말했다.

“선배님은 연미를 어떻게 하실 작정입니까?”

“연미를 어떻게 하다니, 그 아이가 무슨 잘못이라도 저질렀다는 말이냐?”

집사님은 놀라서 되물었다.

“그런 게 아니라…… 앞으로 연미의 진로를 어떻게 계획하고 계시냐는 겁니다.”

“그 아이의 진로에 대해서는 이미 원장님이나 총무님과 이야기가 되어 있어. 남은 일 년도 열심히 공부를 계속한다면 대학엘 가게 될 게다. 등록금을 댈 만한 후원자도 물색중이고, 다른 준비도 조금씩 하고 있거든."

최선생님은 담배를 꺼내어 물었다. 이건 아주 심각한 상황이었다. 집사님이 담배를 안 피운다는 것을 알았기에 그는 좀처럼 사무실에서 담배를 꺼내지 않았던 것이다.

"하지만 다른 문제가 생겼습니다. 선배님께서는 혹시 보결 학생이라는 말을 들어보셨습니까?"

"글쎄다."

"간단히 말하자면 학교에서 정원 이상의 학생을 여분으로 두는 거랍니다. 학생 자신은 납입금을 정상적으로 내면서도 본인도 모르게 유령 학생이 되어 있는 셈이에요. 정식 학생의 자퇴나 전학으로 자리가 비게 되면 그 자리를 메우고 들어가지만 그전까지는 학적이고 뭐고 아무것도 없어요."

"그럴 수가! 그런데 왜 그런 학생을 두는 거지?"

"말해 무엇하겠어요. 납입금을 한푼이라도 더 긁어모으려는 거죠."

집사님은 그 대목에서 문득 최선생님이 그런 이야기를 꺼낸 이유를 생각하게 된 모양이었다.

"그런데 우리 연미가 그 보결 학생인지 유령 학생인지라도 된다는 거냐?"

최선생님은 입술바람을 훅 하고 불어 머리카락을 올렸다.

"지금은 아니에요. 이학년 올라오면서 빈자리가 생겨서 정식학생이 되었대요."

"그렇다면 다행이구나."

"그렇게 간단하게 생각하실 일이 아니에요. 문제는 연미가 그 학생의 일학년 두 학기 성적을 고스란히 자기 것으로 안고 올라와야 했다는 거예요. 학적이 없는 동안은 성적도 없었으니까요. 하지만 그 학생의 성적은 반에서 오십몇등을 헤아리는 형편없는 것이었어요. 이걸 좀 보세요."

최선생님은 주머니 속에서 종이 한 장을 꺼내어 집사님께 드렸다. 아마 연미 누나의 성적이 기록된 학적부일 것이었다. 집사님은 그 종이와 최선생님의 얼굴을 번갈아 쳐다보며 중얼거렸다. 이럴 수가 있나! 이럴 수가 있나!

사무실 안에서 이루어지는 이야기가 어느 만큼의 심각함을 갖는지는 알 수 없었지만 나는 적어도 한 가지 사실만은 알 것 같았다. 그것은 언제나 일등만을 해온 연미 누나의 졸업 내신성적이 고작해야 이십몇등으로 곤두박질치게 되리라는 것이었다. 집사님은 한참 동안 성경을 만지작거리다가 물었다.

"그래 어떻게 해볼 방법은 없겠니?"

"현재로서는 없다고 봐야 해요. 연미의 성적을 고치려면 같은 학년 수백 명의 성적을 모두 고쳐야 하거든요. 게다가 학교측에서는 스스로 비리가 있었다는 것을 공개하는 꼴이 되니 그렇게 해줄 리도 없구요."

집사님과 최선생님은 이마를 맞대고 궁리를 했다. 그러나 무슨 뾰족한 대책이 나올 리 없었다. 집사님은 머리카락을 쥐어뜯으며 신음 소리를 냈다.

"음, 우선 연미한테는 이 일을 비밀로 해야겠구나. 원장님 이랑 한번 차근차근 의논을 해보도록 하자."

그러나 우리집에서 그런 일이 비밀로 묻혀 있기를 바란다는 것은 주방에 감춰둔 오징어가 무사하기를 비는 것과 마찬가지였다. 더구나 창문 밖에서는 사고뭉치 아이들이 귀를 반짝반짝하게 빛내며 엿듣고 있었으니까.

이틀이 지난 아침 사무실로 들어서던 집사님은 열쇠로 잠가두었던 책상서랍이 누군가에 의해서 뒤져진 흔적을 발견했다. 손버릇 나쁜 아이들의 장난 같지는 않았다. 없어진 물건은 하나도 없었다. 집사님은 숙희 이모를 큰 소리로 불러 누가 사무실에 들어왔었는지를 물어보려 했다. 그러나 그는 질문보다 먼저 숙희 이모의 보고를 받아야 했다.

"연미가 없어졌어요."

집사님은 그제서야 최선생님으로부터 받아두었던 연미 누나의 학적부 사본이 보이지 않는다는 사실을 깨달았다.

이모들이 사방으로 흩어져 연미 누나의 행방을 찾았지만 그녀는 어디서도 나타나지 않았다. 가까운 친구의 집에도, 자립해서 읍내에 방을 얻어 있는 경숙 언니네에도 없었다. 그녀가 버린 가방이 쓰레기통 속에서 발견되었고 그 속에서 집사님이 잃어버린 종이조각이 갈가리 찢어진 채 발견되었을 뿐이었다. 마침내 해자 이모가 한 가지 단서를 가져왔는데, 그것은 연미 누나로 보이는 여고생이 새벽 첫차를 타고 광주로 나가는 것을 본 사람이 있다는 것이었다. 집사님은 두 손으로 이마를 덮었다.

"큰일이로군. 광주에서는 전국 어디로도 갈 수가 있어."

그 다음부터 집사님이 할 수 있는 일이라고는 전국 곳곳으로 자립해 나간 우리집 선배들에게 전화를 돌리는 것뿐이었다. 서울로 대전으로 부산으로, 연락이 닿을 만한 모든 사람들에게 전화를 걸었다. 특히 연미 누나가 가깝게 따랐던 언니들에게는 단단히 당부를 했다. 도착하는 대로 꼭 붙들어두어라. 여기서는 모든 일들이 잘 해결되었으니까 걱정하지 말라고 타이르고. 연락되는 대로 내가 데리러 가도록 할게.

집사님은 또 해자 이모에게 꼼짝 말고 사무실에 붙어앉아서 전화를 받으라고 지시했다. 어떤 작은 소식이라도 즉시 자기에게 알려달라고. 그러나 이따금씩 걸려오는 전화는 모두 다른 소식이 없느냐고 묻는 것들뿐이었다. 특히 최선생님은 한 시간마다 확인전화를 걸었다.

저녁에 집으로 달려온 최선생님은 화가 나서 어쩔 줄 모르는 모습으로 사무실의 좁은 책상 사이를 서성거렸다. 그는 주먹을 불끈 쥐었다가 책상 다리를 힘껏 걷어차기도 했다. 준석이는 최선생님이 축구공을 찰 적에 그가 차고 싶어하는 것은 공이 아닌 것 같다고 말했지만 내가 보기에 책상 다리 역시 그가 정말 걷어차고 싶어하는 대상은 아닌 성싶었다. 그는 집사님을 보자 소리쳤다.

"도대체 이건 학교가 아니에요. 유령의 집이에요. 직원도 유령, 학생도 유령이고 선생들은 하나같이 허수아비니 말예요. 교감이라는 작자는 또 어때요. 영락없이 관뚜껑을 열고 나온 흡혈귀 드라큐라라죠. 이젠 정말 도저히 참을 수가 없어요."

집사님은 한숨을 푹푹 내쉬면서도 고개를 저었다.

"제발 좀 앉아주겠니. 이런 때일수록 침착해져야 하는 법이야."

"침착해지라구요? 더이상 어떻게 침착해지라는 거죠? 전

제가 참을 만큼 참아왔다고 생각해요. 아니 훨씬 더 지나치게 참아온 셈이죠. 속이 터져버릴 지경이에요. 사실 그 동안 제가 그렇게까지 참아온 건 선배님 때문이기도 했어요. 어렵게 원장님께 부탁드려서 일자리를 마련해주셨는데 말썽을 일으키면 입장이 난처해지실 것 같아서 말예요. 하지만 이제 더는 가만히 있을 수가 없어요. 가서 그 새끼 밴 돼지 같은 교감의 배를 걷어차버리고 말겠어요."

어김없이 창문 밖을 지키고 섰던 아이들은 마침내 오랫동안 궁금해했던 것을 알게 되었다. 최선생님이 언제나 걷어차고 싶어했던 것은 교감선생님의 탐스러운 배라는 것을.

이튿날 학교에서 돌아온 여고 누나들을 통해서 우리는 최선생님의 무용담을 듣게 되었다. 교무실에서는 이른 아침부터 한바탕 난리가 났다고 했다. 조회가 시작되자마자 최선생님이 일어나서는 교감선생님을 향해서 일장연설을 늘어놓았다는 것이었다. 그가 큰소리를 쳤던 대로 교감의 배를 걷어차지 않았다는 게 아쉽기는 했지만 그래도 그것은 대단히 흥미로운 소식이 아닐 수 없었다.

최선생님이 교감에게 늘어놓은 연설 내용은 대충 이런 것이었다고 했다. 학교의 예산을 공개하고 돈을 쓰여져야 할 곳에 쓰여지도록 해라. 지난 십여 년간 학생들을 동원했던 보리

베기 수익금이 어디로 갔는지를 밝히고 교원 봉급에서 의무적으로 공제했던 교원장학금이라는 게 어디로 사라졌는지를 해명해라. 유령 직원을 모두 없애라. 보결 학생이라는 것도 없애라. 사무실 직원들에게 미지급된 봉급과 퇴직금을 지급해라. 교사들을 하인처럼 부리려 들지 말아라. 반말지거리며 욕지거리도 그만두어라. 학생들이 사용할 교재는 교사들이 합의하여 결정할 수 있도록 해라. 여선생들의 출산권을 보장해라. 여선생들에게 거머리처럼 달라붙어서 권고사직을 강요하지 말아라……

누나들이 늘어놓는 얘기는 머리가 빙빙 돌도록 복잡한 것이었다. 그러나 누나들은 신바람이 나서 계속했다.

"최선생님이 얘기를 마쳤을 때 교감은 파랗게 질려서 부들부들 떨고 있었대. 그런데 그때 서무주무가 일어나서는 뭐라고 했는지 아니?"

"몰라."

"여러분들도 모두 들으셨겠지만 지금 미친놈이 지랄을 하고 있습니다, 그랬다는 거야."

우리는 배꼽이 빠져라 웃어대었다.

그날 저녁 집사님은 원장님 방으로 불려들어가 혼쭐나게 야단을 맞았다. 김집사는 어떻게 그런 사람을 성실한 교사라고 소개할 수가 있었느냐고.

최선생님의 무용담은 그러나 거기서 끝나지 않았다. 이틀이 지나자 우리는 그가 또하나의 폭탄을 터뜨렸다는 소식을 들을 수 있었다. 확실히 그것은 폭탄이었다. 그는 조회에서의 일장연설이 헛수고로 끝나고, 동료교사들로부터도 아무런 지지를 받지 못하게 되자 전라남도 교육청으로 진정서를 보냈던 것이다. 학교와 교감과 서무주무의 온갖 파렴치한 비리를 낱낱이 적어서. 그러나 그 회심의 일격은 불발탄으로 끝나고 말았다. 평소 교감이 배를 내밀며 떠들고 다닌 얘기들은 결코 허풍만은 아닌 게 분명하였다. 최선생님이 도 교육감 앞으로 보낸 진정서는 토씨 하나 흘리지 않고 고스란히 교감의 손으로 되돌아온 것이었다. 교감은 서무주무와 교무주임 학생주임 등 자신의 친위대를 모아두고 이 문제를 어떻게 처리할 것인가를 연구하고 있노라고 했다.

연미 누나는 광주행 새벽 첫차를 탄 지 정확히 닷새 만에 집으로 되돌아왔다. 물론 누나가 자기 발로 걸어들어온 것은 아니었다. 미리 연락을 취해두었던 서울의 한 언니에게서 소식이 왔고, 그 소식을 받은 집사님이 살그머니 올라가 붙들어 온 것이었다. 집사님이 자취방으로 들어섰을 때 그녀는 한구석에 우두커니 앉아 눈물을 흘리고 있더라고 했다.

하지만 집으로 돌아온 누나의 태도는 단호했다.

"난 다시는 학교 같은 곳엔 가지 않아요. 공부도 이젠 끝이에요."

집사님은 어떻게든 그녀를 설득하려 했다.

"몇 번이나 애기하지 않았니. 그 문제는 내가 모두 알아서 해결해주겠다고. 원장님께서도 직접 나서시겠다고 약속을 했어. 그러니 제발 마음을 돌리고 공부를 시작하겠다고 하거라."

"학교가 저를 거부하고 있어요. 거긴 제가 다니고 싶은 학교가 아니에요."

누나의 고집이 그처럼 단단해진 것은 누나가 가장 소중하게 여겼던 것으로부터의 배반과 실망 때문이라고 했다. 누나는 아주 어렸을 적부터 교사가 된다는 것을 최고의 꿈으로 간직해왔었다. 그런데 이제 그 최고의 꿈이 너저분하고 비열한 음모투성이라는 것을 알게 되자 모든 게 꼴도 보기 싫어진 것이었다. 그때 최선생님이 찾아왔다. 그는 연미 누나가 돌아왔다는 것이 믿을 수 없을 만큼 기쁜 모양이었다.

"여행은 즐거웠니?"

그는 마치 우리집에 처음 들어왔을 때처럼 싱겁게 웃으며 누나의 어깨를 툭 쳤다. 그러나 누나는 아무런 대꾸도 하지 않았다. 최선생님은 다시 한번 장난스럽게 말했다.

"오라, 아직 둘러볼 데가 더 남았는데 너무 일찍 돌아오게 되어서 화가 난 모양이구나."

"선생님도 똑같아요. 그런 학교에서 눈치만 보며 지내고 있으니 마찬가지라구요."

누나는 그제서야 눈을 흘기며 말했다. 최선생님은 잠시 눈을 커다랗게 떴지만 곧 아주 밝은 표정이 되었다.

"네가 어저께 돌아오지 않고 오늘 돌아온 게 얼마나 다행스런 일인지 모르겠구나. 어제 그런 얘기를 들었다면 난 정말 할말이 없었을 테니 말이다. 하지만 오늘은 달라."

우리는 그가 무슨 말을 하려는지 알 수 없었다. 그는 또 싱겁게 웃더니 두 팔을 벌렸다.

"난 이제 종합여고 국어선생이 아니야. 그들이 나를 내쫓았어. 수업도 없애고 책상도 치워버리고."

연미 누나는 갑자기 풀이 죽어버렸다. 서울서 함께 차를 타고 오면서 집사님에게 그 동안 최선생님이 했던 일들을 들은 게 틀림없었다. 그녀는 고개를 떨으뜨리고 손톱만 만지작거렸다. 최선생님은 그러나 여전히 밝은 목소리로 얘기를 계속했다.

"네가 실망한 건 잘 알아. 하지만 몇 사람이 물을 흐려놓는

다고 해서 교사들 모두가 그 모양일 거라고 생각해서는 안 돼. 쌀 속에 돌이 아무리 많다 해도 돌보다는 역시 쌀이 많은 법 아니겠니. 게다가 네 소중한 꿈은 어떡하고. 설마 넌 교사라는 자리가 아무런 꿈도 없는 돌멩이들로만 채워지길 바라는 건 아니겠지?"

최선생님은 떠났고 연미 누나는 다시 공부를 시작했다.

종합여자고등학교가 본격적으로 소란스러워지게 된 것은 몇 달이 지나서였다. 평교사협의회라는 게 만들어져서 교감 교장과 서무주무에게 여러 가지 요구를 한다고 했다.

"유령과 허수아비들만 살던 집에 사람 목소리가 들리기 시작했구만."

집사님은 무심한 척 말했다. 그러나 그는 매일처럼 학교에서 돌아오는 여고 누나들에게서 유인물을 뺏어 보며 무슨 일이 있었던가를 캐물어보곤 했다. 그러면서 중얼거렸다. 모두 최선생이 하던 얘기들이야.

누나들은 신바람이 나서 떠들어댔다. 교장 교감과 서무주무는 모두 물러나야 한대요. 나쁜 일을 너무 많이 저질렀기 때문이래요. 어떤 선생님은 교감과 서무주무를 구속시켜야 한다고도 말했대요.

또 어느 날은 이런 얘기도 했다. 글쎄 교감이 교장에게 뭐라고 말했는지 아세요? 학교장으로서 모든 책임을 지고 자폭하라고 했다는 거예요. 자기랑 서무주무랑은 쑥 빠져버리겠다는 심보지 뭐예요. 게다가 자기는 교장의 동생도 감옥에 처넣은 사람이다, 누가 자기를 건드리겠느냐 하고 떠들며 다닌대요.

집사님 얘기로는 신문과 텔레비전에서도 종합여고의 문제를 제법 크게 다루고 있다고 했다. 누나들은 기자들이 다녀가고 카메라 차가 왔다 갔다고도 했다. 그렇게 몇 달이 지나자 끈질기게 버티던 교감도 손을 들고 말았다. 그는 자기가 잘못한 건 없지만 일이 더이상 시끄러워지지 않도록 하기 위해서 물러날 결심을 했다고 말했다. 그런데 그때 우리가 알게 된 새로운 사실은, 최선생님이 학교를 떠난 다음에도 여전히 많은 일을 해왔다는 것이었다. 그는 해직교사협의횐가 하는 단체에서 일을 한다고 했는데, 이번 일을 만들어내는 데도 큰 역할을 한 모양이었다.

연미 누나는 광주의 모 대학교 사범대학에 지원을 했고 합격을 했다. 그녀는 자랑스럽게 말했다.

"돌보다 쌀이 많다는 것은 맞는 얘기야."

집사님도 누나의 말에 고개를 끄덕였다.

그러나 나는 아직 한 가지 알 수 없는 일이 있었다. 모든 일
이 잘 해결되었다는데, 왜 최선생님은 학교로 돌아오지 않는
것일까.

아름다운 나라

우리집을 거쳐간 형이나 누나들 중에는 괴짜가 여럿 있었다. 한달 동안 속옷을 갈아입지 않았으며 석 달 동안 목욕탕을 가지 않았노라고 떠들어대는 형이 있는가 하면 반년 동안 라면 이외는 아무것도 먹지 않는 기록을 세웠노라는 누나도 있었다. 그런데 그중에서도 원희 누나는 도무지 이해하기 힘든 괴상한 성격을 갖고 있었다.

누나가 자립해서 집을 나간 것은 내가 여덟 살이 되던 해였는데 그때 누나는 모든 사람이 듣는 앞에서 큰 소리로 이렇게 말했었다.

"이 지긋지긋한 고아원 두 번 다시 쳐다도 보지 않을 거야. 이젠 영영 안녕이라구."

그녀는 자기가 쓰던 물건들을 동생들에게 모조리 나눠주었고 그러지도 못할 것들은 뒷마당에서 말끔히 태워버렸다. 그리고는 대문을 걸어나가서 뒤도 한번 돌아보지 않고 떠나가버렸다. 우리는 그녀가 죽는 날까지도 이곳으로는 돌아오지 않을 것이라고 생각했다.

그러나 다음해 추석이 되자 가장 먼저 집으로 달려내려온 사람은 바로 원희 누나였다. 더구나 두 손에는 총무님 집사님이랑 아이들에게 줄 선물이 잔뜩 들려 있었다. 서울에서 옷 만드는 공장에 일자리를 얻었다는 그녀는 여전히 못마땅한 표정으로 아이들을 둘러보며 말했다.

"오고 싶어서 온 건 아니야. 다만 한 번쯤은 들러서 지난 신세를 갚아야겠다는 생각이 들었을 뿐이야."

연휴가 끝나고 서울로 돌아가야 할 시간이 되었을 때 누나는 또 말했다. 이젠 정말 끝이야. 다시는 내 얼굴 보기가 힘들 줄들 알아. 하지만 그후로 매년 명절연휴가 될 때마다 우리는 누나의 얼굴을 볼 수 있었다. 그녀는 자신의 계속되는 방문에 대해서 무슨 구실인가를 붙이며 투덜거렸지만 그런 것쯤은 충분히 눈감아줄 수 있는 일이었다. 누나는 반드시 우리가 필요로 하는 무언가를, 배드민턴 채라든가 축구공, 인형 따위를 선물로 준비해오는 것이었다.

그처럼 말과 행동이 어긋났을 뿐 아니라 누나는 문득문득 엉뚱한 소리로 나를 놀랍게 만들기도 했다.

"저런 양키놈들은 새끼줄 하나에 서른 명씩 목을 매달아 죽여버려야 해."

〈육백만 불의 사나이〉를 신나게 보고 있는 아이들 앞에서 그렇게 말하는가 하면 집사님께는 불쑥 이런 소리를 하기도 했다.

"제발 잘난 척 좀 말고 집사님도 앞가림할 생각을 하세요. 돈도 좀 모으고 결혼할 생각도 하시라구요. 세상에는 두 가지 종류의 사람들이 있어요. 남에게 좋은 일을 하느라 자기 것은 하나도 못 챙기는 사람이 있고 남을 돕는 척하면서 언제나 실지로는 자기 실속만 채우는 사람이 있어요. 물론 현명한 사람은 두번째일 거예요."

나는 집사님께 물어보아야 했다. 도대체 원희 누나가 하는 얘기는 종잡을 수가 없다. 집사님은 누나의 말을 알아들을 수 있느냐. 그랬더니 그는 빙그레 웃었다.

"혹시 너는 미국이라는 나라를 알고 있니?"

나는 자존심이 상했다.

"알고 있다마다요."

"그래? 그렇다면 어디 네가 그 나라에 대해서 무엇을 알고 있는지를 말해보겠니?”

“미국은 아름다운 나라랬어요. 영어선생님이 그러셨거든
요. 아름다울 미, 나라 국자를 써서 미국이라 한다고……”

나는 제법 어려운 것을 맞추었다고 생각했지만 집사님에
게는 그렇게 들리지 않는 모양이었다. 그는 여전히 내게서 대
답을 기다리고 있었다. 그러자 나는 자신이 없어졌다.

“하지만 잘은 몰라요.”

그는 손가락으로 코끝을 툭툭거리더니 말했다.

“물론 미국은 아름다운 나라야. 하느님이 세상에 만들어놓
으신 모든 것은 아름답거든. 하지만 그처럼 아름다운 것도 스
스로 아름다움을 지키려는 노력을 게을리 하면 아주 흉한 꼴
이 될 수도 있단다.”

원희 누나는 자기에 대해 얘기하는 사람조차 종잡을 수 없
도록 만드는 힘을 가진 것이었을까. 나는 집사님이 무슨 말을
하려는지 알 수 없었다.

“원희 누나가 스스로의 아름다움을 잃어버렸다는 뜻인가
요?”

“미국 군인들이 우리나라에 와 있다는 건 알고 있겠지?”

“네.”

“그 사람들은 우리를 돕기 위해서 왔단다. 그 점에 대해서도

다른 의견들이 있기는 하다만 너나 내가 정확하게 알 수는 없는 문제니 그냥 그렇게 해두자꾸나. 그들이 우리를 돕기 위해서 왔다고 말이다. 하지만 그들은 남을 도우려는 사람의 태도를 제대로 갖추고 있지 않았어. 원희가 한 살도 채 못 된 나이에 할머니의 손에 맡겨진 것은 바로 그 사람들 때문이었단다."

집사님은 누나가 어떻게 아버지를 잃어버렸던가를 이야기해주었다.

누나의 아버지는 옥구라는 곳에서 방범대원 일을 하고 계셨는데 거기서 멀지 않은 곳에는 미군부대가 주둔하고 있었다. 어느 날 트럭을 몰고 가던 미군 병사들이 사건을 벌였다. 트럭 위에서 고무로프로 올가미를 만들어서는 자전거를 타고 지나가는 사람의 머리 위로 던진 것이다. 올가미는 정확하게 그 사람의 목을 움켜쥐었고 자전거로부터 떨어뜨렸다. 병사들은 박수를 치고 환성을 울리며 좋아했다. 야호, 성공이다! 그들은 목이 묶인 사람을 길바닥 위로 질질 끌고 한참을 달리고 나서야 놓아주었다. 그 사람의 몸은 온통 피투성이가 되어 있었다. 물론 그 병사들과는 아무런 상관도 없는 사람이었다.

그런데 마침 공교롭게도 그 자리에는 원희 누나의 아버지가 있었다. 그는 미군 트럭을 향해 정지 신호를 보냈다. 그러

나 트럭이 계속 달리자 수첩을 꺼내어 차량번호를 적었다. 그
제서야 방향을 바꾸어 되돌아온 트럭은 누나의 아버지를 다
짜고짜 싣고는 다시 줄행랑을 쳤다.

"나쁜 놈들 같으니. 그래서 어떻게 되었나요?"

나는 주먹을 꼭 쥐며 물었다.

"원희의 아버지는 사흘 뒤 우리 쪽 경찰에 넘겨졌단다. 하
지만 벌써 가슴에 총을 맞고 죽어 있었어."

"총을 맞고 죽어 있었다구요?"

"몸은 온통 몽둥이로 얻어맞은 멍투성이였지. 그들이 그러
더라는구나. 원희의 아버지는 레이션 상자를 훔치기 위해 몰
래 트럭에 올라탔다. 그들이 붙들어서 조사를 하려 했더니 총
으로 자살을 하고 말았다."

이해할 수 없는 이야기를 또하나 들은 셈이었다.

"어떻게 그럴 수가 있죠? 사정이 그렇지 않다는 건 누구나
알 수 있었잖아요. 올가미에 걸려서 끌려가던 사람도 있었고,
그 밖에도 증인이 여러 명 있었을 텐데."

집사님은 고개를 저었다.

"그 무렵엔 그런 일이 한두 가지가 아니었어. 미군 병사들
은 걸핏하면 총질을 해대어 우리나라 사람을 죽이거나 다치
게 하곤 했거든. 게다가 그런 나쁜 짓을 처벌할 수 있는 법도

제대로 마련되지 못한 형편이었단다."

그 일이 있고 얼마 지나지 않아 누나는 영암 본가의 할머니 손에 맡겨졌다. 그녀의 어머니는 생활기반이 잡히는 대로 아이를 데리러 오겠다고 울먹이며 떠났지만 다시 돌아오지 않았다. 그리고 칠 년 뒤 누나는 할머니마저 아버지 곁으로 떠나보내야 했다.

집사님께 그런 얘기를 듣기 전까지 나는 서부극의 열렬한 팬이었었다. 말을 타고 광활한 평야를 달린다는 것은 얼마나 신바람나는 일일까. 악당들이 나타나면 총을 쏘아 죽이고, 말이나 소떼를 몰기 위해서는 채찍질을 배워야 한다. 게다가 가끔씩 대열에서 벗어나는 소를 붙들려면 올가미 로프를 던져서 목을 거는 기술을 익혀야 한다. 나는 곧잘 노끈이나 새끼줄로 올가미를 만들어 던지며 놀곤 했다. 하지만 그 얘기를 듣는 순간부터 나는 서부극과 관계된 모든 것에 정나미가 떨어지게 되었다. 소를 걸어야 할 올가미로 자전거를 탄 사람의 목을 걸고, 악당을 쏘아야 할 총으로 방범대원의 가슴을 겨냥하는 사람들을 어떻게 믿을 수 있단 말인가. 그런 작자들이 어떻게 스스로를 정의의 사도라고 외칠 수 있단 말인가.

누나의 변덕스러운 행동들에 대해서도 나는 좀더 관대하게 대해주기로 마음먹었다.

자립을 하고도 다섯 해쯤이 지났을 때 누나는 한 남자를 알게 되었다. 공장에서 함께 일하던 동료의 친구였는데 솜씨가 아주 좋은 제과기술자라고 했다.

원희 누나와 그 남자가 가까워지게 된 사정에는 재미있는 이야기가 있었다.

어느 날 누나는 문득 우울한 기분에 빠져 재봉틀을 멈추고 중얼거렸다. 나는 왜 언제나 혼자여야 할까. 이대로 조용히 죽어버려도 누가 그걸 알아주기나 할까. 불쌍한 외톨이…… 그런데 옆자리에 있던 친구가 그 중얼거림을 들었다. 그녀는 누나의 팔뚝을 소리나게 때렸다.

“애는 왜 방정맞은 소리를 하고 그러니?”

누나는 친구에게 말했다.

“내가 언제 틀린 소릴 했니? 이 세상에 나한테 단돈 십만원이라도 빌려줄 사람이 어디 있겠니? 아무런 조건 없이 말이야.”

친구는 그때 놀랄 만한 생각을 했다.

“그런 사람이 있어. 우리 내기할까?”

그들은 그 자리에서 내기를 정했다. 친구가 누나에게 아무런 조건 없이 십만원을 빌려줄 사람을 소개해주기로. 그래서 만약 누나가 돈을 빌리는 데 성공하면 누나가 지는 것이었고 그때는 친구의 요구를 한 가지 들어주기로 했다. 누나는 자신 만만했다. 설마 하니 그런 사람이 어디 있을라고!

하지만 누나의 생각은 보기 좋게 빗나갔다. 친구의 전화로 불려나온 그 사람은 무조건 십만원을 빌릴 수 있겠느냐는 누나의 부탁에 고개를 끄덕였다.

"말할 수도 없는 사정이 있으시다면 어떻게든 빌려드려야죠."

누나는 두 손을 들어야 했다. 무슨 영문인지도 모르는 그 사람 앞에서 친구는 누나에게 말했다.

"내 요구는 네가 이 사람에게 차를 석 잔만 사라는 거야. 한 번에 한 잔씩."

친구가 일어서서 나간 다음 누나는 그 사람에게 마구 퍼부었다고 했다. 무슨 사람이 그 모양이냐, 언제나 그러느냐, 생판 모르는 사람이 나타나 무조건 돈을 빌려달라는데 선선히 응할 수가 있느냐. 그리고는 이렇게 말했다. 아무튼 내기에 졌으니 차는 사도록 하겠다. 그렇지만 그 다음에는 두 번 다시 꼴도 보지 않겠다.

두번째 차를 사던 날 누나는 그 남자의 내력을 알게 되었다. 그런데 공교롭게도 그는 누나와 아주 비슷한 과거를 갖고 있었다. 그는 어린 시절을 동두천에서 보내었으며 어머니를 미군의 폭행으로 잃어버린 것이었다. 게다가 그는 누나와 마찬가지로 피붙이라고는 아무도 없는 외톨이였다.

세번째 차를 사고 일어나야 할 때가 되었을 때 그 남자는 누나에게 말했다. 이제는 제가 정식으로 차를 사고 싶군요. 누나는 마지못해하는 척 고개를 끄덕였다. 그때의 일을 누나는 이렇게 설명했다.

"도무지 그 남자는 어설프기 짝이 없었어. 누군가가 곁에서 돌봐주지 않는다면 평생 동안 방 한 칸도 장만하지 못할 것 같더라니까."

누나는 몇 달 후 그 남자와 결혼했다. 그들은 신혼여행길에 우리집에 들렀는데 내가 그를 본 것은 그때가 처음이었다. 그는 연방 싱글거리며 입을 다물 줄 몰랐다. 총무님은 그의 손을 잡고 어깨를 두드리며 축하해주었다.

"원희를 신부로 맞았다는 건 하느님께서 자네에게 내린 최고의 은총임을 알아야 하네."

"저도 그렇게 생각합니다."

그는 입술을 더 크게 벌렸다. 총무님은 누군가가 배우자를 데려오면 언제나 그러듯 공식적인 질문을 시작하셨다.

"고향은 어디인가?"

"부모님께서는 생전에 어떤 일을 하셨는가?"

그가 대답했다.

"원래 저는 동두천에서 태어났답니다. 어머님은 그곳에서……"

"이 사람 어머님은 동두천에서 장사를 하셨더랬어요."

원희 누나가 재빨리 끼어들어서 대답을 가로챘다. 하지만 총무님은 그 정도 대답으로 만족하실 분이 아니었다.

"그래, 동두천에서 무슨 장살 하셨나?"

누나가 또 끼어들려고 했지만 이번에는 그의 대답이 조금 빨랐다.

"몸을 파셨답니다."

누나는 엎질러진 물이라는 듯 한숨을 쉬고는 중얼거렸다. 신문방송에 광고를 내지 그래요. 총무님께서는 두어 번 헛기침을 했다. 그러나 그 사람은 아무렇지도 않은 듯 설명을 덧붙였다.

"그곳에서는 누구나 그런 일로 생계를 꾸려나갔어요. 물론 어머니께서 돈을 조금 가지고 있었더라면 다른 것을 팔 수도 있었을 겁니다. 물건을 떼어다가 팔았을 테죠. 하지만 어머님에겐 돈이 없었어요."

그의 이름은 민태라고 했다. 나는 왠지 그것이 그에게 꼭 어울리는 이름이라는 생각이 들었다. 만약 다른 열 개의 이름들과 섞여 있는 속에서 그의 이름을 찾아내라고 했다면 나는 분명히 단번에 찾아낼 수 있었으리라.

잠시 후 그들은 총무님이 특별히 준비해둔 방으로 가서 짐을 풀었다. 아이들은 또 살금살금 몰려가 그 방을 포위하고 귀를 기울였다. 누나의 목소리가 울려나온 것은 불과 몇 분이 지나지 않아서였다.

"그걸 어떻게 믿을 수 있어요? 민태씨가 제게 한 번이라도 직접 만든 빵맛을 보여준 적이 있나요?"

아저씨는 아무런 대꾸도 하지 않았다. 그는 아마 또 싱글싱글 웃고 있을 것이었다. 그러자 누나가 약간 더 소리를 높였다.

"아무래도 결혼을 잘못 한 것 같아. 난 어쩌면 평생 동안 제과점 시다의 아내로만 살아야 할 거야."

그제서야 그는 자극을 받는 것 같았다. 직업과 관계된 문제에서 능력을 의심받는 일은 참을 수 없었던 것일까. 그가 말했다.

"좋아, 내 지금 당장 보여주도록 하지. 원희가 결코 결혼을 잘못한 게 아니라는 증거를 말이야."

아이들은 재빨리 건넌방으로 숨었다. 잠시 후 그는 팔소매를 걷어붙이고 씩씩하게 걸어나왔다. 그런데 그 뒤에서 따라

나오는 누나는 조금 전의 목소리와는 달리 생글생글 웃고 있었다.

주방으로 들어간 민태 아저씨는 그러나 우선 눈살부터 찌푸렸다.

"이런 도구를 가지고 고급스런 케이크를 만들 수는 없어."

"고급 케이크 따위는 필요없어요. 맛있는 도넛 정도면 돼요. 그 대신 얼마나 빠른 시간에 얼마나 많은 도넛을 만들 수 있는가를 보여주어야 해요."

누나는 지지 않고 대꾸했다. 나는 그때야 누나의 생각을 알 수 있었다. 누나가 처음 대문을 들어섰을 때 아이들은 은근히 실망을 느꼈었다. 누나의 손에는 여느 때와는 달리 선물이 들려 있지 않았던 것이다. 하지만 누나는 결코 빈손으로 온 것이 아니었다. 그녀는 우리에게 훌륭한 제과기술자를 선물했다. 그리고 이제 그 기술자를 움직여 맛있는 도넛을 잔뜩 만들어주려 하고 있었다.

아주 잠깐 사이에 우리집에는 황홀한 향기가 가득 차게 되었다. 꼬마들은 주방을 포위하고 둘러앉아 침을 삼켰고 형국이는 숫제 문턱에 걸터앉아 손가락을 빨아댔다. 총무님께서도 괜히 코를 킁킁거리며 사무실과 복도를 서성거렸다. 아이들은 저마다 자기가 맡고 있는 냄새가 무슨 향기인가를 맞추

기 위해 머리를 짜냈다. 이건 아마 최고급 버터의 향기일 거
야. 난 이 냄새를 알아. 이건 계란에다 우유를 섞어서 튀길 때
나는 냄새야. 아냐, 이건 생크림에다 바닐라향을 살짝 뿌렸을
때 나는 향기야.

마침내 도넛이 만들어지기 시작했을 때 누나는 맨 처음 것
을 몇 조각으로 나누어 꼬마들 입에다 넣어주었다. 그리고는
눈을 살짝 찡그리며 물었다.

"어떠니? 전문가들이 맛보기에 제대로 된 도넛 같으니?"

꼬마들은 입 속에서 뜨거운 도넛을 굴리며 엄지손가락을
내밀었다.

"최고예요. 대한민국 최고의 기술자가 틀림없어요."

누나는 입술을 삐죽이 내밀고는 아저씨에게 말했다.

"전문가들이 그럭저럭 먹을 만한 도넛이래요. 하지만 이렇
게 느려가지곤 어림없어요."

민태 아저씨도 이미 그 무렵에는 누나의 뜻이 무엇이었던
가를 짐작하고 있었다. 그는 밀가루 반죽이 잔뜩 묻은 손을
공손히 모으며 대답했다.

"알겠습니다, 사모님. 최고의 속도로 만들어 올리겠나이다."

나는 두 가지 일에서 몹시 놀라고 말았다. 첫번째는 아저씨
가 도넛을 만들어내는 빠르기였다. 그는 한꺼번에 몇 사람 몫

의 일을 하며 쉬지 않고 만들어냈다. 하지만 두번째 나를 놀라게 한 것은 그렇게 만들어진 도넛이 사라지는 속도였다. 아이들은 도넛이 잠시도 광주리에 쌓여 있을 틈을 주지 않았다. 아저씨와 아이들은 마치 만들기와 먹기를 갖고서 서로 내기라도 벌이는 것 같았다.

원희 누나와 아저씨는 결국 신혼여행을 위해 준비했던 사흘간의 휴가를 몽땅 도넛을 만드는 데 써버려야 했다. 휴가가 끝나고 서울로 올라가던 날 아침 누나는 짐짓 투덜거리며 말했다.

"이렇게 재미없는 신혼여행이 될 줄은 생각도 못 했어."

하지만 애당초 그게 누나의 계획이었다는 사실은 누나만 빼고는 모두가 눈치채고 있었다.

그후로 그들은 명절마다 거르지 않고 우리집을 찾아왔다. 아이들에게 이제 명절은 맛있는 제과점 빵을 먹을 수 있는 날을 뜻하게 되었다. 그건 자그마한 비닐곽에 대통령 하사품으로 찍혀나오는 과자나 떡보다 훨씬 맛있는 특식이었다. 민태 아저씨는 아예 처음부터 빵을 만들 재료들을 준비해와서는 팥빵이며 슈크림, 카스테라 따위를 만들어주었다. 그 기간 동안 우리집 아이들은 입가에 고급스런 향기를 풍기며 마을 아이들에게 떠들어댈 수가 있었다.

"너희들, 대한민국 최고의 제과기술자가 누군지 알기나 하니?……"

두 해가 지난 설날 아침에도 아이들은 누나와 아저씨가 오기만을 기다리고 있었다. 그들로부터 밤차를 타고 오겠다는 연락을 받은 것이었다. 그런데 마침내 대문을 들어섰을때 그들은 무척 많은 짐을 들고 있었다. 아저씨는 양손에 커다란 가방을 세 개나 들고 있었으며 누나는 조그만 보퉁이 같은 것을 안고 있었다. 아이들은 아저씨의 가방을 나눠들기 위해 낑낑거리며 누나에게 물었다.

"이게 다 뭐야, 누나. 가슴에 안고 있는 건 또 뭐야?"

누나는 보퉁이 속을 들여다보며 빙그레 웃었다.

"글쎄, 이게 뭘까…… 언니 오빠들이 네가 뭐냐고 묻는구나. 경은아, 어디 일어나서 한마디 하렴."

환성이 터졌다. 준석이랑 성우는 팔짱을 끼고 빙글빙글 돌며 춤을 추었다. 보퉁이 속에는 원희 누나와 민태 아저씨의 아기가 인상을 찡그리며 누워 있었던 것이다.

영진이 어머니는 바깥에서 무슨 소동이 벌어졌나 놀라서 뛰어나왔다가 누나의 아기를 보고는 입을 함박같이 벌렸다.

"야단났구나. 애기가 에미를 똑같이 닮았어. 그런데 너 옛

날에 입버릇처럼 하던 말이 생각나니? 네가 아이를 갖게 되면 고아원의 '고' 자도 모르게 키우겠다고 했었지."

집사님 총무님까지 합세하여 모든 사람들이 서로 경은이를 안아보려고 난리를 쳤다. 총무님이 영진이 어머니에게서 보퉁이를 뺏기 위해 실랑이를 벌이는 사이 준석이가 슬쩍 끼어들어서는 아기를 안고 달아났다. 그러나 그는 집사님에게 가로막혀 빼앗기고 말았다. 결국 우리는 집사님의 통제 아래 차례로 줄을 서서 아기를 안아보기로 했다. 민태 아저씨는 걱정스런 눈으로 입을 벌리고 있었지만 누나는 마냥 웃기만 할 뿐이었다.

경은이는 이 사람 저 사람의 손을 건너다닐 동안, 물론 우리는 무척 조심을 했지만, 계속 울어댔다. 그러나 내 차례가 되자 신기하게도 울음을 뚝 그쳤다. 오히려 그 아기는 눈이라도 맞출 듯 두리번거리더니 방긋 웃었다. 누나는 손뼉을 치며 좋아했다.

"드디어 인연이 닿는 사람을 찾았구나. 이제 앞으로 사흘 동안 경은이 담당은 동우 너야. 넌 잠시도 그 아이한테서 눈을 떼면 안 돼. 알겠지?"

사흘이 아니라 삼 년 동안이라도 나는 그 천사 같은 아기를 안고 있을 자신이 있었다. 내가 경은이를 안고 있을 동안 민태 아저씨와 누나는 언제나처럼 맛있는 빵을 만들었다. 아이들은 또 입가에 고급스런 향기를 풍기게 되었다. 물론 누나는 가장 먼저 만들어진 도넛을 내게 가져다주는 것을 잊지 않았다. 영진이 어미니는 경은이를 안은 내 모습을 볼 때마다 잊지 않고 한마디씩 했다.

"넌 아주 개랑 살고 싶은 모양이구나."

하지만 사흘은 아주 빨리 지나갔다. 연휴도 끝나버렸고 맛있는 도넛도 모두 먹어버렸다. 경은이는 제 엄마랑 아빠랑 서울로 돌아가고 말았다. 그 아이는 엄마 품에 안긴 채 아주 당당하게 '빠이빠이'를 했다.

서울로 돌아간 누나로부터 우리는 몇 통의 편지를 받았다. 내용은 한결같이 경은이가 커나가는 모습에 대한 놀라움들을 담고 있었다. 글쎄, 어제는 그 아이가 혼자서 몸을 일으켜 앉고 말았지 뭐예요…… 그리고 누나는 아무래도 경은이가 집안에 복을 가져오는 모양이라고 썼다. 그 아이가 태어난 이후로 모든 일이 잘되고 있다. 애 아빠의 월급도 올랐고 어쩌면 머지않아 더 기쁜 일이 생길지도 모른다.

우리는 이마들을 맞대고 그 더 기쁜 일이라는 게 무얼까를 고민해야 했다. 그런데 정말 머지않아 그 일은 저절로 밝혀지게 되었다. 어느 날 집사님은 누나의 편지를 받고 흥분을 감추지 못하며 말했던 것이다.

"이것 봐. 원희네가 자기 가게를 갖게 되었다는구만."

누나는 결혼을 하고부터 민태 아저씨의 봉급을 꼬박꼬박 모았다. 거기다 누나가 처녀 시절 공장일을 하면서 모은 돈도 어느 만큼은 있었다. 그러나 물론 그 돈은 가게를 얻을 정도의 액수는 되지 않았다. 그런데 민태 아저씨의 빵 만드는 기술과 성실함을 높이 평가한 어떤 사람이 그에게 동업을 제의해왔다. 자기가 나머지 돈을 모두 댈 테니 함께 가게를 시작해보자고. 그래서 그들은 서울 변두리의 동네에 자그마한 제과점을 내게 되었다는 것이었다.

"민태 아저씨가 사장님이 되었대."

"경은이는 그러면 사장님의 외동딸이 되었겠구나."

아이들은 모두 자기 일이기나 한 것처럼 우쭐거렸다.

제과점의 개업식이 있는 날 총무님은 원장님의 허락을 얻어 집사님을 서울로 올려보냈다. 개업하는 집에 들고 갈 화분은 어떤 게 좋은가를 몇 번이고 되풀이해 설명하면서. 한껏 모양을 내고 시외버스를 타는 집사님을 우리는 정류장까지 나가서 배웅했다.

이튿날 서울서 돌아온 집사님의 두 손에는 커다란 상자가 하나씩 들려 있었다. 그리고 그 속에는 우리가 아직 본 적이 없는 빵과 케이크들이 가득 들어 있었다. 물론 그것들은 민태 아저씨가 우리집 주방에서 만들어준 도넛보다 훨씬 부드럽고 달콤했다. 집사님은 휘파람을 후후 불더니 이렇게 말했다.

"알고 봤더니 경은이 아빠는 마술사였어. 이게 모두 그 사람이 혼자서 만들어낸 첫번째 작품이거든. 새로 만든 가게에서 말이야."

준석이가 집사님을 흉내내어 후후거렸지만 휘파람 소리가 나지는 않았다.

형국이는 가장 맛있어 보이는 케이크를 집어들 기회만 노리고 있었다. 총무님께서는 또 고개를 숙이고 기도드리는 것을 잊지 않았다. 이렇게 기쁜 소식을 전해주셔서 감사합니다, 아버지 하느님. 앞으로도 그 아이들이 우리 주 예수 그리스도의 보살핌 속에서……

집사님은 문득 생각난 것이 있다는 듯 말했다.

"한 달 후에 총무님의 생신이 있다고 경은 엄마가 그러더군요. 그때 또 빵을 많이 만들어서 보내겠답니다. 직접 찾아뵈어야겠지만 가게를 새로 시작한 터라 짬을 내기가 힘들 것 같다며 마음이라도 보내겠다구요."

우리집 아이들은 눈치 못지않게 기억력도 비상했다. 특히 먹는 것과 관계된 일이라면 결코 놓치는 법이 없었다.

그런데 이상한 일이었다. 집사님이 말씀하신 한 달이 지나고 총무님의 생신도 지나가버렸다. 그러나 서울에서 내려오리라던 빵은 감감무소식인 것이었다. 아이들은 날만 밝으면 동네 어귀까지 나가서 읍내 쪽을 기웃거렸다. 혹시 커다란 상자를 실은 우편배달부의 자전거가 나타나지 않을까 하고. 집사님은 서울에 전화라도 내어봐야겠다고 말씀하셨지만 총무님은 한사코 말렸다.

"사는 일이 바쁘다보면 그런 것쯤 잊을 수도 있는 일이지. 행여 전화일랑 하지 말게."

그렇게 며칠이 더 지났을 때 아이들은 마침내 읍내 쪽으로부터 소식을 받았다. 그러나 그건 커다란 상자를 실은 배달부 아저씨의 자전거는 아니었다. 원희 누나가 직접 경은이를 안고 나타난 것이었다.

"가게는 어떡하고 이렇게 내려왔니."

총무님은 눈이 동전처럼 동그랗게 되어서 물었다.

"그냥 갑자기 식구들이 보고 싶어서 내려왔어요. 경은이도 답답해하는 것 같구요."

누나는 총무님의 눈길을 피하며 적당히 얼버무리려 했다.

그리고는 아무도 물어보지 않은 말까지 덧붙여 중얼거렸다.

"며칠 안 있을 거예요. 곧 올라가봐야죠. 그 사람은 혼자 내버려두면 어쩔 줄 몰라하거든요."

누나는 몹시 지쳐 보였다. 눈에는 또 걱정이 잔뜩 끼어 있는 것도 같았다. 하지만 우리는 누나에게 아무것도 묻지 말아야 한다는 것을 알고 있었다. 그렇게 얼마가 지나자 누나는 다시 기운을 찾았고 여느때처럼 쾌활해졌다. 형국이만이 누나의 뒤를 쫓아다니며 도넛 타령을 하다가 형들에게 끌려가 얻어맞고는 풀이 죽어버렸다.

이번에도 나는 경은이가 내 차지려니 했다. 그러나 어쩐 일인지 누나는 다른 사람에게 경은이를 맡겨두려 하지 않았다. 나를 불러서 데리고 놀라 하고서는 잠시만 지나면 아이가 보이지 않는다고 찾아나섰다. 누나는 언제나 그림자처럼 경은이를 끼고 있으려 했다.

이틀이 지났을까. 집사님의 심부름으로 읍내를 다녀온 나는 저만치에서 누나가 오는 것을 보았다. 경은이를 등에 업은 채였다. 내가 막 손을 흔들려는데 누나는 전화국 앞의 공중전화부스로 들어갔다. 나는 멀찌감치서 누나가 전화하는 모습을 지켜보았는데 그건 참 복잡한 광경이었다. 그녀는 먼저 조용조용히 통화를 시작했다. 그러나 곧 안색이 변하더니 소리를 지르고 화를 내었다. 옆에서 전화를 걸려던 남자가 놀라서 누나 쪽을 흘끔거릴 정도였다. 그러자 경은이가 울기 시작했다. 누나는 경은이의 눈물을 닦아내며 소리를 질렀다. 그리고 마침내는 누나도 눈물을 펑펑 쏟았다. 전화를 끝내고 나온 누나에게 나는 차마 다가가서 아는 척을 할 수 없었다.

집으로 돌아왔을 때 누나는 다시 쾌활한 표정을 짓고 있었다. 어디를 다녀오느냐는 영진이 어머니의 말에 누나는 하늘을 가리켰다. 날씨가 너무 좋아서 경은이랑 산책을 다녀오는 길이에요. 햇빛도 쬐고 개울가에서 물 흐르는 소리도 듣고.

그날 저녁 누나는 큰 가마솥에 가득히 더운 물을 끓였다. 그리고 영진이 어머니의 도움을 받으며 경은이를 목욕시켰다. 구석구석 몇 번이고 비누칠을 해서 헹궈내고는 머리를 감기고 손톱 발톱도 깨끗이 깎아주었다. 영진이 어머니는 고개를 절레절레 흔들었다. 아휴, 깔끔하기도 해라. 우리 영진이를 이렇게 씻겨서 키웠으면 영화배우가 되었을 거야. 하지만 누나는 그녀의 말을 듣고 있지 않았다. 경은이의 머리카락을 땋아주다 말고 누나는 눈물을 글썽였다. 영진이 어머니가 왜 그러느냐고 묻자 누나는 혼잣말처럼 중얼거렸다.

"아무것도 아니에요. 아기가 너무 예뻐서 그래요. 어떻게 저 같은 년 몸에서 이렇게 예쁜 아기가 나왔을까요…… 하느님이 잘못 생각하신 게 틀림없어요. 경은이처럼 천사 같은 아기는 좀더 돈도 많고 훌륭한 부모에게서 태어나도록 하셨어야 했는데……"

밤의 점호가 끝났을 때 나는 조용히 빠져나와 뒤뜰로 갔다. 짐작했던 대로 그곳에는 원희 누나가 있었다. 누나는 경은이를 안고 조그만 그네에 걸터앉아 삐걱거리고 있었다. 나도 그 옆에 걸터앉아 그네를 삐걱거렸다.

한참 만에야 누나가 입을 열었다.

"경은이 아빠는 지금 이 달빛을 볼 수가 없단다."

나는 뭐라고 대꾸를 해야 할지 알 수 없었다. 그렇게 또 한참이 지나자 누나가 다시 말했다.

"우리가 누군가를 돕겠다고 생각하는 건 애당초 주제넘은 짓이었을까. 우리처럼 가난하고 보잘것없는 사람이 말이야."

"누나는 벌써 많은 사람에게 따뜻한 도움을 주었어요."

그녀는 잠든 딸아이의 머리카락을 쓸어올리며 고개를 저었다.

"이 아이가 태어나기 전까지 나는 오직 나만을 위해 살아왔단다. 죽기 살기로 이를 악다물고. 하지만 아이가 생기고부터는 사정이 달라졌어. 난 내 나쁜 마음을 아이가 고스란히 물려받게 될까봐 두려워졌어. 그래서 사람들을 사랑하기로 했던 거야…… 그런데 왜 모든 게 엉망진창이 되고 말았을까."

나는 누나의 눈을 쳐다보며 다음 말을 기다렸다.

"애 아빠의 친구 되는 사람이 찾아왔었단다. 그는 애 아빠에게 어떤 일을 부탁하더구나. 애 아빠는 미안하지만 시간을 낼 수 없다고 거절했지. 하지만 난 그 일이 거절해야 할 것이 아니라고 생각하고 말했어. 그렇지 않아요, 그건 당신이 도와야 할 일이에요. 아침에 빵을 조금만 만들어두면 가게는 제가 지킬 테니 다녀오도록 하세요. 그래서 애 아빠는 그를 돕기 위해 나갔단다. 하지만 이렇게까지 되어버릴 줄이야 생각이나 했겠니."

"그가 부탁한 일은 어떤 것이었나요."

누나는 고개를 숙여 경은이의 볼에 입을 맞췄다. 그건 아주 숭고한 의식이었다.

"동우야, 네게 부탁이 하나 있어. 들어주겠지?"

나는 그러겠노라고 약속했다.

"내일 아침에 경은이가 울면 기저귀를 갈아주렴. 난 어딜 좀 다녀와야 하거든. 하지만 절대 오래 걸리지는 않을 거야."

"절대?"

"절대!"

누나와 나는 새끼손가락을 걸었다.

이튿날 아침 나는 자리에서 일어나기가 두려웠다. 그러나 마당 청소를 해야 할 당번이었으므로 아침식사 때까지 뭉그적거릴 수만은 없었다. 싸리비를 들고 마당을 쓰는데 총무님께서는 신문을 들고 지나가며 혀를 끌끌거렸다.

"미국 사람들이 또 난리를 치는구나. 도대체 우리나라 농민은 무얼 먹고 살라는 말인지⋯⋯"

그때 해자 이모가 뛰어나오며 총무님을 찾았다.

"경은이가 몹시 우는데 아기 엄마는 어딜 갔는지 보이지 않아요."

나는 총무님을 따라 아기가 울고 있다는 방으로 갔다. 경은이는 눈물이 마른 자리를 또 눈물로 적시면서 울고 있었다. 모두들 어찌할 줄 몰라 쩔쩔매며 원희 누나가 오기만을 기다렸다. 나는 슬그머니 경은이 곁으로 다가갔다.

"아기가 뭘 싼 모양이에요."

기저귀를 만지다가 나는 일부러 놀라는 척하며 총무님을 불렀다.

"여기 뭐가 있어요."

기저귀 속에는 두 장의 종이와 꼬깃꼬깃 접은 돈 삼만원이 들어 있었다. 두 장의 종이는 각각 원장님과 영진이 어머니 앞으로 쓴 편지였다. 원장님 앞으로 쓴 편지에는 갑자기 좋지 못한 사정이 생겨서 아기를 잠시 동안 맡기겠으니 잘 보살펴 주십사는 내용이 적혀 있었다. 다시 취직을 해야겠는데 아기가 있는 사람은 받아주지 않으니 어쩔 수 없다, 자리가 잡히는 대로 아기를 데리러 오겠다고 했다. 영진이 어머니에게는 경은이에 대한 설명들을 하나하나 적고 있었다. 손가락을 빨며 울 때는 배가 고프다는 뜻이다. 발을 버둥거리며 울 때는 놀아 달라는 뜻이니…… 그리고 함께 둔 돈 삼만원은 당분간 아기의 우유 값이라며 신세는 훗날 반드시 보답하겠다고 썼다.

"지 애기가 태어나면 고아원의 '고' 자도 모르게 키우겠다 더니……"

영진이 어머니는 말을 맺지 못했다.

집사님은 또 한나절을 전화통에 매달려 수소문했다. 서울에 있는 형들 누나들과 거의 한 차례씩 통화를 한 다음 그는 한숨을 쉬었다.

"경은이 아빠가 감옥에 들어가고 가게는 빚쟁이 손에 넘어가고 말았다는구나."

집사님이 알아낸 사실은 이러했다. 어느 날 민태 아저씨의 옛 친구 한 분이 찾아와 부탁을 했다. 동두천에서 함께 자란 사이였지만 지금은 강경 부근에서 농사를 짓고 있었다. 그의 부탁은 농민들이 미국의 농산물시장 개방 압력에 반대하는 농민대회를 열려고 하니 사람들을 모아서 도와달라는 것이었다. 민태 아저씨는 몇 사람을 모아서 그들을 도우러 갔다. 그런데 대회장에서는 약간의 사고가 있었고 운수 나쁘게도 아저씨가 붙들리고 말았다. 그냥 우두커니 서서 박수를 치고 미국은 반성하라는 구호를 몇 번 외쳤을 뿐이었는데.

경찰은 아저씨가 동두천 출신이며 더구나 피붙이 하나 없는 고아라는 사실을 알아내고는 득의양양했다. 그리고 그들은 아저씨를 대단한 폭력배이기나 한 것처럼 구속해버리고 말았다는 것이었다.

"우리나라 경찰은 도대체 보호해야 할 것과 처벌해야 할 것을 구별할 줄 모른단 말이야."

집사님은 한숨을 푹푹 쉬며 고개를 저었다.

총무님은 두 손으로 성경을 부여잡고 기도문만 욀 따름이었다.

누나의 편지를 읽은 원장님은 쉽게 결정을 내리지 못하고 망설이셨다. 당분간이 얼마가 될지 알 수 없는 일인데 무작정 우리가 맡을 수는 없는 일 아니겠소. 원희가 반드시 돌아온다는 보장이 있는 것도 아니고. 더구나 불쑥 검열단이라도 내려온다면 그들을 뭐라고 납득시킬 수 있겠소.

그런데 그때 영진이 어머니가 나섰다.

"주제넘은 말씀이지만 아이를 우선 제가 맡아 키우면 어떨까요. 물론 저 혼자 기를 수는 없는 일이겠지만 그렇게 하면 곤란한 문제가 생기지는 않을 것 같군요."

원장님도 마침내는 고개를 끄덕이셨다. 그렇다면 그렇게 합시다. 하지만 어디까지나 당분간이에요.

경은이를 당장 광주 형제원으로 보내지 않아도 된다는 것은 그나마 다행스러운 일이었다.

집사님은 내게 혹시 술을 마셔보았느냐고 물었다. 나는 그런 적이 없다고 했다. 집사님은 담배를 피울 줄 아느냐고 물었다. 나는 이상한 눈으로 집사님을 쳐다보았다. 그랬더니 그는 힘없이 웃었다. 이런 날은 차라리 술이나 담배라도 할 줄 알았으면 싶은 생각이 드는구나.

경은이가 몹시 운다는 소리를 듣고 달려가보니 아이는 발을 버둥거리며 울고 있었다. 영진이 어머니가 우유병을 들이밀었지만 아이는 얼굴을 돌렸다. 나는 얼른 경은이의 두 발을 잡아 흔들며 간지럼을 태웠다.

"누나가 써준 편지 잊어버렸어요?"

아기는 까르르 웃었다.

"발을 버둥거리며 울 때는 놀아달라는 뜻이랬잖아요."

"원 젠장, 까다롭기도 하지."

영진이 어머니는 투덜거리면서도 아기가 웃는 모양을 보며 기뻐했다. 나는 경은이의 귀에 가만히 입술을 대고 속삭였다. 너무 걱정하지 말아. 네 엄마는 꼭 돌아오실 거야. 나하고 손가락까지 걸면서 약속을 했잖아. 참, 너는 그때 잠이 들어 있었구나……

결혼, 그리고 이별

집사님의 두 볼은 낡은 선박처럼 핼쑥하게 가라앉고 있었다.

그는 일이 정말 많은 편이기도 했다. 여든 명이 넘는 우리 집 식구들을 매일처럼 챙겨야 했고, 총무님과 원장님의 걱정을 들어야 했고, 동네의 크고 작은 일들에 중재자가 되어야 했으니까. 거기에다 읍 교회 성가대의 지휘자가 되고부터는 자기 자신을 위해서는 잠시도 시간을 낼 수 없을 정도가 되고 말았다. 그런 날들이 벌써 일 년 이상 이어지고 있었다. 내가 가끔 그의 건강에 대해 염려를 하면 집사님은 빙그레 웃었다.

"그건 별 문제가 아니다만, 요즘은 책을 한 권도 읽지 못하고 보내는 달이 잦아져서 걱정이구나."

영진이 어머니가 그 얘기를 들으셨다면 아마 크게 고개를 끄덕이며 이렇게 말씀하셨을 것이었다. 그럼, 무엇보다 걱정스러운 건 바로 그런 문제들이지. 책을 읽지 않는다는 건 자신의 영혼을 돌보지 않겠다는 것과 같은 말이거든. 하지만 나는 책이나 영혼보다는 집사님의 건강에 더 많은 관심을 갖고 있었다. 집사님에게는 딸린 식구들이 많았고, 우리는 그날 그날의 삶을 위해 집사님의 건강한 손과 발을 더 필요로 하고 있었던 것이다.

그러던 어느 날, 싸락눈이 하얗게 내려앉은 아침, 집사님은 드디어 자리에 드러눕고야 말았다. 더 정확하게 말하자면 자리에서 일어나지 못하는 상황이었다. 식사시간이 지나도록 모습을 나타내지 않자 숙희 이모는 윤철이를 집사님 댁으로 보냈는데, 그는 집사님이 여전히 이부자리에 드러누운 채 떨고 있더라고 했다.

"집사님이 이마를 만져보래서 손을 얹었는데요, 화상을 입는 줄 알았어요. 과자를 구워도 좋을 만큼 뜨겁더라구요!"

숙희 이모는 소스라치게 놀라서 원장님께 보고를 했고, 원장님은 영암읍 병원의 내과과장이라는 분께 직접 전화를 넣어 왕진을 부탁드려야 했다. 의사선생님이 도착했을 때 집사님의 오두막은 우리집 아이들로 포위되어 있었다.

"뭐 크게 걱정하실 정도는 아닙니다. 지나치게 과로를 하신 모양이군요. 며칠 푹 쉬면 다시 거뜬해지실 겁니다."

진찰을 마친 의사선생님은 대수로운 일이 아니라는 듯 그렇게 말했다.

집사님의 몸살은 그러나 간단히 좋아질 만한 것이 아니었다. 성우가 병원까지 의사선생님을 따라가서 얻어온 해열제를 먹고도 마찬가지였다. 그는 겨우 숨을 고르며 잠에 빠져드는 듯싶었지만 서너 시간이 지나 약기운이 떨어지자 다시 땀을 뻘뻘 흘리기 시작했다.

총무님의 지시에 따라 이모들이 교대로 집사님의 병간호를 맡기로 했다. 낮 동안은 미정이 이모와 해자 이모가 차례로 자리를 지켰고, 밤시간엔 숙희 이모가 자원을 했다. 그런데 이모는 자기는 밤을 무서워하니까 누군가 한 사람이 더 곁에 있어야 한다고 말했다. 그리고 그 역할은 자연스럽게 내게로 떨어졌다.

취침점호가 끝난 후 나는 숙희 이모와 함께 어두운 밤길을 걸어 집사님의 집으로 향했다. 이모가 밤을 무서워한다는 건 미처 몰랐다는 생각을 하며, 집사님은 언제쯤이면 다시 팔팔하게 일어나서 교회의 성가대를 지휘할 수 있을까 생각하며. 이모는 얼마 되지도 않는 집사님 댁까지의 거리를 몹시도 재촉해서 걸었다. 내 이런 일이 있을 줄 알았어. 그러게 자기 몸

좀 아끼라고 그렇게 잔소리를 했는데. 애, 넌 거북이떠니? 무슨 걸음이 그렇게도 느리니?……

숙희 이모는 그날 밤 한숨도 잠을 자지 않았다. 뿐만 아니라 그녀는 잠시도 가만히 있지를 않았다. 세숫대야에 찬물을 떠다가 수건에 적셔서는 집사님의 이마와 팔다리를 닦아주었다. 대여섯 차례를 그런 다음이면 이미 미지근해진 물을 내다버리고 다시 찬물을 담아왔다. 그리고는 또 집사님의 이마와 팔다리를 정성스럽게 닦는 것이었다. 그 덕분인지 집사님은 별로 몸을 뒤채지 않고 편안하게 잠을 잤다. 이모는 내게는 아무것도 만지지 못하게 했으므로 나는 꾸벅꾸벅 졸다가 잠을 자다가 할 뿐이었다. 그런데 잠을 자다가 언뜻 눈을 떠보면 이모는 여전히 집사님의 이마와 얼굴을 닦아내고 있었다. 그 모습을 지켜보며 나는 문득 숙희 이모가 참 예쁘다는 생각을 했다. 왈왈한 성격 너머에 어떻게 저런 예쁜 이모가 숨어 있었을까. 이 다음에 내가 집사님 나이가 되어 집사님처럼 아픈 경우를 당하면 내 곁에서 저렇게 밤을 새워 간호해줄 사람이 있을까.

집사님은 낮이 되면 상태가 좋아지신다고 했다. 열도 많이 내려서 해자 이모랑 이런저런 이야기도 나눈다고 했다. 하지만 밤이 되면 다시 뜨거운 팥죽단지가 되어 땀을 흘렸다. 간혹은 이 사이로 신음 소리를 내보내기도 했다. 덕분에 나는 숙희 이모와 함께 두 번의 밤을 더 집사님댁에서 보내야 했다.

세번쨋날 밤 나는 몹시 지쳐 있었다. 별 하는 일 없이 잠만 잔 이틀이었지만 그래도 피로는 누적된 모양이었다. 여전히 물수건으로 집사님의 이마를 닦아내는 이모와 몇 마디 말을 건네다가 나는 거짓말처럼 잠에 떨어져버리고 말았다. 잠이 들고 있다는 것을 스스로 느낄 수 있을 만큼 무겁고 달고 감쪽같은 잠이었다.

처음 눈을 떴을 때 숙희 이모는 아직도 물수건으로 집사님의 이마를 닦아내리고 있었다. 몸놀림이 많이 느려진 게 이모도 지친 기색이 역력했다. 눈꺼풀도 무겁게 껌벅거렸고. 나는 이모도 잠을 좀 자야 할 텐데, 하는 걱정이 들었지만 어느 사인지 다시 잠에 빠져들고 말았다. 그렇게 얼마가 지났을까. 내가 두번째로 잠을 깬 것은 귓가가 시끄러워졌기 때문이었다. 누군가가 내 귓가에다 짜증스런 고함을 질러대고 있었던 것이다.

"……그러니까 나랑 결혼을 하잔 말예요. 그럼 이런 바보 같은 일도 없을 것 아녜요. 도대체 뭐가 대단하다고 그렇게 혼자서 뻐기느냐구요."

나는 그 소리를 피해 돌아누웠다. 그러나 잠시 후 두 눈을 동그랗게 떴다. 이건 무슨 홍두깨였을까? 결혼을 하자니!

아주 조심스럽게 주위를 둘러본 다음에야 나는 상황이 어떻게 된 것인지를 알 수 있었다. 내 곁에서는 숙희 이모가 잠을 자고 있었다. 이모의 얼굴은 바로 내 오른쪽 귀를 향하고 있었다. 자신도 모르게 잠에 떨어졌을 게 분명한 이모는 새우처럼 꼬부리고 누운 채 내 귓바퀴에다가 잠꼬대를 쏟아붓고 있었던 것이다.

"아직도 무슨 얘긴지 모르겠어요? 집사님! 내가 뭐 아무 남자한테나 결혼하자고 애걸하고 다니는 여잔 줄 아세요?"

이모는 꿈속에서도 자존심이 상했는지 인상을 찌푸리며 몸을 떨었다. 그러더니 기어코 울음을 터뜨리고 말았다. 흑흑 흑, 흑흑흑!…… 나는 도무지 분간을 할 수 없었다. 이모는 아직도 잠을 자고 있는 것일까. 그런데 그건, 울음까지도 모두, 꿈속의 잠꼬대에 해당하는 것이었다. 그렇게 십여초를 울먹이다가 이모는 불쑥 코를 골기 시작한 것이었다. 가느다랗게. 나는 혹시 그 잠꼬대를 집사님이 듣지는 않았을까 살펴보았지만 그럴 가능성은 전혀 없었다. 밤새 이모가 찬물로 닦아준 덕분에 정상 체온을 되찾은 집사님은 아주 평화로운 수면을 즐기고 있을 뿐이었다.

이튿날 아침 집사님은 이부자리에서 일어나셨다. 언제 자신이 아팠느냐는 듯 건강한 모습으로 세수를 하고 양치질을 했다. 핼쑥하던 볼도 이젠 뽀얗게 변해 있었고, 숙희 이모와 내가 곁에서 밤을 새웠다는 사실에는 깜짝 놀라기까지 했다. 그는 자신이 꼬박 사흘의 낮과 밤을 드러누워 있었다는 것을 믿기가 어려운지 휘파람을 불고는 앞장서서 성큼성큼 우리 집으로 향했다.

나는 그 일에 대해서는 아무에게도 이야기하지 않으리라 굳게 다짐을 한 터였다. 설령 누가 양념통닭 한 조각을 내 코 앞에 들이민다 할지라도. 그날 밤 잠에 떨어진 숙희 이모가 내 귓가에다 쏟아부었던 잠꼬대에 대해서는. 하지만 며칠이 지나면서 나는 입이 간지러워 견딜 수가 없었다.

"글쎄 그런 일이 있을 수 있다는 건 그때 처음 알았어요. 잠을 자면서도 눈물을 흘릴 수 있다는 건 말예요. 그리고 삼 초 후엔 다시 코를 골더라니까요…… 그것도 숙희 이모 같은 어른이. 형국이가 그랬다면 또 그럴 수도 있으려니 하겠지만……"

내가 비밀을 털어놓은 대상은 영진이 어머니였다. 영진이 어머니는 내가 이해할 수 없는 모든 어른스런 현상들의 상담

창구였다. 그녀는 내 이야기에 차분히 귀를 기울이더니 걱정
스런 표정으로 고개를 끄덕였다.

"그래서 그랬구나. 그래서 숙희 이모가 마음을 정하지 못
하고 힘들어했구나."

"무슨 말씀이세요?"

"두 주일쯤 전이었을 게다. 숙희 이모는 전주의 부모님에
게서 편지 한 통을 받았단다. 이제 고아원 보모일은 지겹도록
했을 테니 전주로 와서 함께 지내지 않겠느냐는 내용이었지.
마침 아는 사람이 유치원 보모도 한 명 필요로 한다고 하고,
또 숙희 이모를 만나보았으면 한다는 남자도 있고."

"결혼하고 싶어하는 남자라는 얘긴가요?"

"그런 사연이겠지."

나는 그만 눈앞이 캄캄해지는 느낌이었다. 이 무슨 갑작스
런 비보란 말인가. 숙희 이모가 떠난다면 우리집 아이들의 해
진 옷은 누가 다 기워준단 말인가. 집사님의 옷은 또 누가 알
뜰하게 두들겨빨며, 열이 오르면 그 간병은 누가 밤을 새워
할 것인가.

"이모는 그래서 전주로 간대요?"

"마음이 왔다갔다하는 모양이야. 이곳 생활이 벌써 구 년
째니 지긋지긋하기도 하지만 남아 있는 사람들 생각에 차마

발길이 떨어질 것 같지 않다는 거야. 게다가…… 아마 그런 사정 때문이기도 하겠지."

"그런 사정이라뇨?"

"집사님이 아직 결혼을 않고 있으니 선뜻 미련을 버리기가 힘든 것 아니겠니?"

"이모가 집사님이랑 결혼하고 싶어한단 말씀이세요?"

"네가 그러지 않았니. 잠꼬대까지 그렇게 했다고."

"그래요…… 그랬어요. 그건 제가 분명히 들었어요."

나는 콧잔등을 문지르며 생각에 잠겼다.

숙희 이모가 집사님께 관심이 많다는 건 우리집 식구라면 누구나 알고 있는 공공연한 비밀이었다. 나나 영진이 어머니를 놀라게 한 것은 그 관심의 정도가 우리 생각보다도 훨씬 깊고 절실했다는 점이었다. 잠꼬대로 청혼을 했을 정도로. 그리고 울음을 터뜨렸을 정도로. 그런데 나는 이 대목에서 단지 놀라움만으로 그쳐서는 안 된다는 어떤 사명감을 느꼈다. 숙희 이모가 집사님에 비해 무엇이 부족하단 말인가. 생김생김으로 보나, 몸무게로 보나, 우리집에서 필요로 하는 정도로 보나, 집사님은 부지런한 일꾼이긴 했지만 장대처럼 비쩍 마른 몸매를 갖고 있었고 더구나 서른하고도 여섯이 끝나가는 노총각이 아니었던가. 숙희 이모는 이제 겨우 스물일곱 봄꽃인데.

"만약에 말예요, 집사님이 숙희 이모에게 청혼을 한다면 이모는 전주에 가지 않고 집사님과 결혼할까요?"

"글쎄다. 아마 그렇게 하지 않겠니."

"그럼 우리가 이러고 있을 때가 아니잖아요!"

영진이 어머니는 그제서야 안색이 밝아졌다. 그래! ……우리는 의미 있는 눈짓을 교환했다.

영진이 어머니는 서두르는 것을 좋아하지 않았다. 늘 수필집을 겨드랑이 아래 끼고 다니는 것도 그런 까닭이었다. 하지만 일단 상황이 발생하면 그녀만큼 재빠르게 일을 처리하는 사람도 드물었다. 그녀는 나를 배석시킨 자리에서 숙희 이모를 불러들였다. 나는 빠져도 좋지 않겠느냐고 물었지만 그녀는 아이들 중에서도 누군가가 이 일에 함께 참여해야 하노라고 말했다.

숙희 이모와 마주 앉아 영진이 어머니는 아주 직설적으로 이야기를 꺼냈다.

"우린 말이야, 숙희 이모가 집사님과 결혼해서 오래오래 이곳 일을 돌봐주었으면 싶은데, 이모 생각은 어때?"

이모는 몹시 당황한 모습이었다. 이제껏 어느 누구도 그런 이야기를 이모 앞에서 꺼낸 적은 없었던 것이다. 이모는 내가 아직 한 번도 보지 못한 수줍은 얼굴로 더듬거렸다.

"그게, 무슨…… 말씀이세요?"

"그러니까 내 말은, 숙희 이모가 집사님과 결혼해서 살 생각이 있느냐고 묻는 거야."

이모의 두 볼은 복숭아처럼 발갛게 물들었다.

"결혼을 뭐 혼자 하나요…… 아니, 그게 아니라, 아직 그런 생각은 해본 적도 없어요. 결혼을 꼭 해야 하는 건지도 모르겠구요…… 그런데 왜 갑자기 그런 말씀을 하세요? 집사님이 뭐라고 하시던가요?"

"그 양반이 무슨 말을 했겠어. 결혼 얘기만 나오면 늘 꿀 먹은 벙어리인 양반인데. 오늘 동우랑 이런저런 이야기를 하다가 숙희 이모가 전주로 갈지도 모른다는 말을 했더니 글쎄 애가 그래서는 안 된다고 펄펄 날뛰는 거야. 숙희 이모는 집사님과 결혼을 해서 언제까지고 천사의 집을 보살펴주어야 하는 거라고 말이야."

이모는 그 말을 듣더니 나를 돌아보았다. 어쩐지 슬픔이 배어나오는 듯한 눈빛이었다. 아주 조용히 자리를 지키고 있었던 나는 혼란에 빠졌다. 영진이 어머니의 말처럼 펄펄 날뛰어야 하는 것일까. 영진이 어머닌 왜 하필이면 펄펄 날뛰었다는 따위 표현을 써서 내 스타일을 복잡하게 만드는 것일까. 수필을 그렇게도 많이 읽은 분이.

"하지만 결혼은 혼자 하는 게 아니잖아요."

숙희 이모는 이제 많이 차분해져 있었다.

"그래. 혼자 하는 건 아니지. 하지만 혼자서 대세를 거스를 수도 없는 게 결혼이야."

"대세라뇨?"

"동우의 얘기 말이야. 그건 숙희 이모만 빼고는 우리집 식구들 모두가 한결같이 생각하고 있는 일이야. 아이들도 그렇고, 나나 재희 엄마도 그렇고. 아, 숙희 이모가 집사님과 배필이 되어 이 집 살림을 맡아준다면 좀 좋겠어. 어차피 경리일은 모두 숙희 이모 차지였잖아. 게다가 집사님도 숙희 이모한테 호감이 없는 편도 아니고."

"그걸 어떻게 알아요?"

"동우가 그러던데. 집사님이 가끔 지나가는 말로 숙희 이모 얘기를 하더라고."

영진이 어머니는 음모를 함께 꾸밀 동업자로는 정말이지 위험한 인물이었다. 하지만 나는 원망만 하고 있을 틈이 없었다. 이모의 의심스런 눈길이 다시 나를 향하고 있었던 것이다.

"맞아요. 그런 적이 가끔씩 있었어요. 숙희 이모는 언제나 열심이라거나, 남편이 될 사람은 참 복이 많은 사람일 거라거나 뭐 그런 얘기를 했어요."

영진이 어머니는 얼른 한마디를 덧붙였다.

"나도 그런 얘기를 들은 적이 있는걸. 지지난주였던가, 숙희 이모가 장부 대차대조표가 맞지 않는다며 혼자서 밤을 새웠던 날 말이야. 물론 이모가 집사님과 결혼할 마음이 없다면 문제는 다르지. 이모는 아직 젊고, 전주로 가면 더 멋있는 도시의 남자들을 만날 수도 있을 테고……"

사람은 그래서 책을 읽어야 하는 모양이었다. 영진이 어머니의 머뭇거리는 듯한 말솜씨는 사실은 청산유수에 가까웠다. 얼마 지나지 않아 숙희 이모는 자신의 모든 마음을 열어 놓게 되었고, 우리 세 사람은 결혼추진위원회라는 일종의 비밀결사를 맺게 된 것이었다. 세 사람이 새끼손가락을 함께 걸 즈음 숙희 이모는 이미 평소에 내가 알고 있었던 솔직하고 괄괄한 이모로 돌아와 있었다.

우리 비밀결사의 첫번째 목표는 숙희 이모를 집사님 앞에서 보다 두드러지는 존재로 만드는 것이었다. 집사님이 이모의 존재를 좀더 선명하게 의식하도록 만드는 작업이었다. 아울러 이모가 여자라는 사실을, 그것도 예쁘고 사랑스런 여자라는 사실을 인식하도록. 그러기 위해서 이모는 몸치장에 신경을 쓸 필요가 있었다. 화장도 조금씩 하고, 목소리도 상냥하게 고치고.

이모는 그런 자잘한 교정들에 대해 회의를 보였다.

"이런 식으로 효과를 기대할 수 있을까요?"

"당장 큰 기대를 하기는 어렵겠지. 하지만 이건 말하자면 기초화장과 같은 거야. 숙희 이모에 대한 집사님의 기초인식을 만드는 거야. 그런 다음에 본격적인 작전을 시작하는 거지."

"영진이 어머니 말씀이 맞아요. 그리고 어쩌면 더 큰 효과까지 얻게 될지도 모르죠."

이모는 우리 결사의 의결에 따라 작업을 시작했다. 스스로의 이미지를 고치기 위해서. 나나 영진이 어머니는 틈이 날 때마다 이모의 세부사항들을 지적하기로 했다. 입술 화장이 너무 튄다거나, 걸음걸이가 다소곳하지 못하다거나. 특히 문제가 되는 것은 이모의 쩍 벌어진 팔자걸음이었다. 그 걸음이 치명적이라는 것은 이모 자신도 수긍을 했으므로 나는 그 부분에 아주 많은 신경을 쏟아야 했다.

"이모, 팔!"

아이들과 놀다가도 숙희 이모가 지나가기만 하면 나는 그렇게 소리쳤다. 때로는 작은 돌멩이 하나를 이모의 발치에다 던지기도 했다. 그러면 이모의 두 발은 다소곳이 모아졌다. 하지만 두 시간이 지나지 않아 나는 또다시 소리를 질러야 했다.

"팔!"

이모는 짜증을 내기도 했지만 대체로 우리의 지적에 귀를
기울였고, 개선하기 위한 노력을 아끼지 않았다. 덕분에 이모
는 조금씩 변모를 거듭했다. 우아하고 여성적인 방향으로. 나
는 이모의 모습이 만족스럽다고 느껴질 때면 슬그머니 집사
님을 끌고 와 지켜보게 만들기도 했다. 물론 그가 아무것도
눈치채지 못하도록 우연하게.

그러던 어느 날 우리는 아주 좋은 기회를 만나게 되었다.
크리스마스를 며칠 앞두고 우리집에서는 작지 않은 행사가
열리게 되었다. 영암읍의 높으신 어른 몇 분이 함께 선물을
준비해서 우리집을 방문하기로 한 것이었다. 군수님을 비롯
하여 농협조합장, 산림조합장, 축협조합장 같은 분들이. 그
분들의 행차에는 뒤를 따르는 수행원들도 적지 않았다. 원장
님께서는 그 방문을 더욱 빛내기 위해서 선물 전달을 일종의
의식으로 만들기로 하셨다. 군수님부터 시작하여 차례로 선
물을 전달하면 아동들 중에서 대표자가 한 명씩 나와 그 선물
을 받는다는 것이었다.

"각별히 신경들을 써서 준비하도록 해요. 이번 행사의 인
상이 좋아야 다음에 또 두 번 세 번 선물들을 들고 찾아오실
테니 말이오."

원장님은 총무님과 집사님을 불러 특별한 당부를 하셨다. 총무님은 이모들과 두 주방 아주머니들을 불러모아 일장연설을 했다. 방송을 통해서는 또 아이들에게 수십 가지의 주의사항들을 늘어놓았다. 집은 두 차례에 걸쳐서 대청소가 되었고, 선물 전달식이 있을 장소는 아주 세심하게 준비가 되었다. 그런데 그 행사가 우리 비밀결사에게 좋은 기회가 된 이유는 숙희 이모가 말쑥하게 차려입을 기회를 제공한다는 데 있었다. 그런 행사는 숙희 이모도 단장을 하고 예쁜 옷을 입으면 매력적인 숙녀로 변신할 수 있다는 사실을 집사님께 상기시킬 절호의 기회였던 것이다.

"하지만 이 일은 우리들 힘만으로는 곤란해요. 다른 이모들의 도움이 없이는 큰 성과를 기대하기 어렵다구요."

숙희 이모가 그날 입을 옷에 대해서 고민하는 동안 나는 영진이 어머니께 말씀드렸다.

"생각해보세요. 미정이 이모나 해자 이모가 덩달아 멋을 낸다면 숙희 이모가 아무리 예쁘게 치장을 해보았자 소용이 없을 것 아녜요. 더구나 미정이 이모는 이제 겨우 스물한 살이거든요."

영진이 어머니는 내 염려에 선뜻 동의하셨다.

"그렇구나. 그건 참 중요한 지적이구나."

"다른 이모들은 모두 그림에서 지워버려야 한다구요."

"불평들이 없어야 할 텐데……"

미정이 이모와 해자 이모는 우리 비밀결사의 속사정을 듣고는 제법 놀라는 모습이었다. 일종의 배신감마저 느끼는 듯한 표정이었다. 그런 일이 진행되고 있었다니! 그들은 잠시 자기네끼리 돌아앉아 소곤거리더니 단호한 선언을 했다.

"그런 중요한 날 청바지와 털 스웨터를 입고 손님들을 접대할 수는 없어요."

"그렇지만……"

영진이 어머니는 그녀들을 설득할 말을 찾으려 했다. 그런데 해자 이모가 한마디를 덧붙였다.

"하지만 한 가지 조건을 들어준다면 생각을 바꿀 수도 있죠."

"그게 뭐지?"

"우리 두 사람도 비밀결사의 회원으로 받아주는 거예요."

이모들은 그 대목에서 입을 가리고 깔깔거리기 시작했다. 영진이 어머니는 나를 돌아보셨다. 나는 고개를 끄덕여주어야 했다. 비밀결사의 조직원을 함부로 늘린다는 건 신중한 일이 못 되었지만 달리 어쩔 도리가 없었다. 다행히 이모들이 정식회원이라는 말은 하지 않았으니까 아주 긴 수습기간을 두어야지.

그처럼 아픈 양보를 한 덕분에 우리의 계획은 차질 없이 진행되었다.

행사가 있었던 날 숙희 이모는 가장 돋보이는 인물임에 틀림없었다. 이모는 도시로 영화 구경을 갈 적에나 입곤 하던 감색 투피스를 차려입고 굽 높은 자주색 구두를 신고 있었다. 게다가 이모는 그날 아침 미장원에서 머리카락까지 손질한 터였다. 이모가 걸음을 옮길 적이면 나는 어딘가에서 향수냄새가 날아오고 총각들의 휘파람 소리가 들려오는 것만 같았다. 그런 모습으로 숙희 이모는 마이크를 잡고 서서 식순을 읽었고 선물을 증정하는 분과 아동 대표의 이름들을 소개했다. 틈틈이는 청바지와 털스웨터를 입은 다른 이모들에게 손님들의 차 대접을 지시하기도 했다. 누가 뭐래도 이모는 그날 그 자리에서 가장 돋보이는 인물이었다.

"이숙희 선생, 오늘 정말 수고가 많았어요."

행사가 끝난 다음 손님들과 식사를 하기 위해 나가면서 원장님께서도 숙희 이모에게 한마디 치사하는 것을 잊지 않았다.

집사님이 나를 사무실로 부른 것은 바로 그날 저녁식사가 끝난 다음이었다. 집사님은 둘이서 조용히 상의할 일이 있다고 말씀하셨는데, 나는 내심 쾌재를 불렀다. 드디어 작전이 성과를 발휘하는구나! 드디어 집사님께서도 숙희 이모의 여성적인 매력에 눈을 뜨기 시작한 모양이구나! 아마 내게 숙희 이모에 대해서 어떻게 생각하느냐고 자문을 구하려는 것일 테지.

"오늘 행사는 참 순조로웠던 것 같아요. 말썽을 부린 아이들도 없었구요."

집사님의 말문을 쉽게 열어드리기 위해서 나는 먼저 약간의 양념을 뿌렸다. 집사님은 고개를 끄덕였다.

"그래, 그랬었지?"

"숙희 이모가 참 열심이었어요. 예쁘기도 했구요."

"그래, 숙희 이모는 오늘 정말 예쁘더구나."

이제 그 정도면 양념은 충분히 뿌려진 셈이었다. 나는 집사님의 속마음이 흘러나오기를 기다리며 내가 취해야 할 전략을 생각했다. 어떤 방법이 그의 결심을 더 단단하게 만들어줄 수 있을까. 무작정 박수를 칠까, 그렇잖으면 집사님의 결혼 가능성에 대해 회의를 걸까. 그런데 집사님이 잠시 머뭇거리다가 꺼낸 이야기는 내 짐작과는 전혀 동떨어진 내용이었다.

"요즘 기분이 어떠니? 두 달만 있으면 고등학생이 되는데."

"뭐 특별할 게 있겠어요. 실제로 달라지는 건 하나도 없는 걸요."

"그렇지 않을 수도 있어…… 지난달에 광준이가 다니러 왔
을 때 말이다, 그때 걔가 내게 한 가지 부탁한 일이 있었단다."

"광준 형이 집사님께 부탁을 다 했다구요?"

나는 짐짓 장난스럽게 대꾸했다. 집사님이 심각해지는 듯
보였기 때문이었다.

"내년 신학기부터는 자기가 널 데리고 있고 싶다는 거
야…… 널 광주에 있는 고등학교에서 공부시키고 싶다고. 영
암종고에서는 전교 수석을 한다고 해도 좋은 대학 들어가기
가 어려운 일이니까."

나는 더이상 장난스럽게 대꾸할 수 없었다. 이제는 내가 집
사님보다 훨씬 더 심각한 상황에 빠져들어 있었다. 이건 도대
체 무슨 소리였을까.

"아주 오래 전부터 생각해온 일이라더구나."

"그래서 뭐라고 대답하셨어요?"

나는 한참 만에야 그렇게 물었다.

"원장님 총무님이랑 상의를 했었단다. 어떻게 하는 편이
우리 모두에게 도움이 되는 것일까 하고 말이야. 원장님께서
도 선뜻 결정을 내리지 못하셨는데, 총무님이 이런 의견을 내
셨어. 먼저 광준이가 산다는 곳을 찾아가보고 주변 환경도 살

펴보는 게 순서가 아니겠느냐고. 그래서 지난 주말에 내가 광주엘 다녀왔단다. 다행히 광준이 사는 곳은 학교 주변의 깨끗한 동네더구나. 사람들도 나쁘지 않고."

"그래서요?"

"그래서, 원장님과 총무님과 나는, 네 의견을 들어보기로 결정했단다. 네가 반대하지만 않는다면 너를 광주의 광준이 곁으로 보내기로 말이다…… 물론 여러 가지로 불편한 점들은 있겠지. 매 끼니 밥을 챙겨주는 사람도 없을 테고, 빨래도 네 손으로 해야 할테고, 공부도 훨씬 더 많이 해야 할 테고, 새 친구들을 사귀는 것도 쉬운 일은 아닐 거야. 하지만 조금 더 먼 장래를 내다본다면, 그러니까 앞으로 네가 살아가야 할 긴 인생을 생각한다면 말이다, 지금 조금 고생을 하는 편이 장차 더 큰 결실을 맺게 하는 밑거름이 되지 않겠니?"

"그러니까 결정은 제가 내리는 거란 말씀이죠?"

내 목소리는 제법 딱딱하게 굳어 있었다.

"그거야 그렇지. 네 결심이 가장 중요한 변수가 되겠지."

"알겠어요. 고맙습니다."

나는 고개 숙여 인사를 하고 사무실을 빠져나왔다.

그 엉뚱하고 갑작스런 이야기를 듣고부터 며칠 동안 내게는 힘겨운 고민의 시간들이 이어졌다. 광주라, 공부라, 대학이라!

대학이라는 것은 아주 오래 전부터, 아마도 국민학교를 졸업할 무렵부터 나를 괴롭혀온 대상이었다. 예고도 없이 불쑥불쑥 나를 찾아와 머리를 무겁게 짓눌렀고, 그래서 나는 그 생각들을 피해다녀야 했다. 역대로 우리집 식구들 중에서 대학에 진학한 사람들은 다섯 손가락 안에 꼽을 만큼 적었다. 내가 아는 바로는 십 년쯤 전에 박은호라는 형이 있었고, 육 년 전에 정춘식 형이 있었고, 그리고는 연미 누나와 영순이 누나가 있을 뿐이었다. 영순이 누나는 영진이 어머니의 딸이었으니 엄격한 의미에서 우리집 식구라고 할 수는 없었다. 하지만 어쨌건 그렇게 네 명이 모두였다. 그 밖에 내가 모르는 사람이 한두 명쯤 더 있을지도 모르는 일이지만.

"공부를 하겠다고? 애야, 그런 건 큰 도시의 부잣집 아이들이나 하는 거란다."

오죽했으면 규호 아저씨는 틈만 나면 아이들에게 그렇게 얘기하고 다녔을까.

솔직히 말하자면 나는 언제부턴가 대학 진학이라는 꿈을 포기하고 있었다. 광준 형이 대학을 포기하던 무렵을 즈음해서였다. 나는 형이 대학에 무척 가고 싶어했고 또 그래서 공부도 몹시 열심이었다는 걸 알고 있었다. 그러나 형은 연미 누나를 위해서 스스로 먼저 포기를 했다. 집사님이 아무리 쫓아다니며 후원자들에게 사정을 한다 해도 한 해에 두 명씩이나 대학을 보낼 수는 없음을 잘 알고 있었던 것이다.

"남자는 말이야, 대학 따위는 가지 않아도 돼. 두 주먹을 불끈 움켜쥐고 자기 삶을 일으켜세우는 게 진짜 남자란 말이야."

교과서를 모조리 태워버리던 날 형은 그렇게 말했었다. 그리고 나는 그 말을 가슴 깊이 새겨두기로 했었다. 대학 진학의 꿈을 집어치우고서도 내가 계속 공부에 매달린 것은 달리 할 일이 없었기 때문이었다. 학생이라는 신분에 속해 있는 동안은 아무튼 공부를 해야 하는 것이리라 생각했기에. 대학을 가건 가지 않건. 그런데 형은 왜 난데없이 대학을 들먹이며 나를 광주로 데려가겠다는 것이었을까.

나를 힘겹게 만든 또 한 가지는 천사의 집을 떠나야 한다는 사실이었다. 집사님 곁도 떠나야 하고, 영진이 어머니께도 더 이상 인생상담을 받을 수 없게 되고, 식구들 모두와 작별을 고해야 하고, 게다가 경우와 성우와도 헤어져야 하고. 그런 커다란 이별을 과연 내가 감당할 수 있을까. 경우는 또 그 이별을 받아들일 수 있을까. 최근에 들어서야 걔는 내가 자신의 친형이라는 사실을 소중하게 여기기 시작했는데. 내가 없는 곳에서는 내 자랑을 하기도 한다던데. 성우는 과연 어떤 길로 자신의 삶을 끌고 가게 될까. 어차피 공부와는 담을 쌓은 형편이기는 하지만, 그래도 형이 옆에 있는 것과 그렇지 못한 것과는 큰 차이가 있을 텐데……

"애, 넌 무슨 생각에 그렇게 골똘히 빠져 있니?"

숙희 이모가 말을 걸어왔을 때 나는 뒤운동장의 나무의자에 앉아 그런 고민에 잠겨 있었다.

"내가 아무리 팔자걸음을 걸어도 지적해주지도 않고 말이야."

"그랬나요?"

"직무 태만으로 경고장을 발급할 거야."

"죄송해요, 이모. 전 지금 말 못 할 고민에 빠져 있어요."

"너도 고민에 빠질 때가 있니?"

"혼자만의 시간이 필요해요. 도와주시겠어요?"

이모는 석연찮은 표정을 짓더니 억지로나마 내 부탁을 들어주었다. 나중에라도 무슨 일인지 얘기해야 한다는 뜻으로 손가락질을 하며. 그러나 나는 여유롭게 혼자만의 고민시간을 가질 수 있는 팔자는 아닌 모양이었다. 몇 분이 지나지 않아 이번에는 집사님이 나타나신 것이었다.

"눈 덮인 산이 참 아름답구나. 소리개라도 한 마리 날면 더 분위기가 날 텐데."

나도 모르게 눈길을 들어 나는 멀리 산자락을 바라보았다. 집사님 말씀처럼 아름다운 모습이 펼쳐져 있었다. 마치 그때 그의 말에 따라 그 자리에 산이 솟아오르고 하얀 눈이 내려앉은 것처럼. 나는 왜 그제서야 그 아름다움을 느낄 수 있었을까.

"자연이란 건 참 이상하지. 저 산은 언제까지고 변함없이 저 모습으로 서 있을 것 같은데 봄이 오면 눈은 사라지고 파릇파릇한 신록이 우거진단 말이야…… 마치 우리한테 시간이 흐르면 모든 것은 변해야 한다고 말해주는 것 같거든. 철새들은 날씨를 따라 날아다녀야 하고, 사람들은 꿈을 좇아 부지런히 움직여야 하고."

나는 집사님의 방식에 너무도 익숙해져 있었다. 그가 무슨 말을 하고 싶어하는지를 단번에 알 수 있었다.

"하지만 꼭 사는 곳을 옮겨야 하는 건 아닐 테죠."

"아직도 결정을 못 내린 모양이구나."

"조금씩은 마음이 정해지는 것도 같아요."

"어느 쪽일까?"

"만약에 하느님이 한 사람 한 사람의 삶에 점수를 매긴다면 말예요. 집사님은 몇점이나 받으실 수 있을까요?"

집사님은 조금 난처한 표정을 지었다.

"글쎄다. 하느님의 채점이 얼마나 후하신가에 따라 다르겠지만…… 평균점수보다 떨어지지는 않지 않겠니? 난 언제나 최선을 다하려고 노력해왔으니 말이다. 그런데 왜 갑자기 그런 건 묻지?"

"저도 그렇게 생각해요. 집사님은 적어도 평균보다는 높은 점수를 받으실 거예요. 그래서 얘긴데요, 전 영암을 떠나지 않는 게 좋을 성싶어요."

"그게 무슨 상관이지?"

"전 이곳 천사의 집에 남아서 집사님 같은 사람이 되고 싶거든요. 그때가 되면 집사님은 아마 원장님이 되어 있으실 테죠."

집사님은 잠시 눈길을 먼 곳으로 돌렸다. 눈이 하얗게 덮인 월출산으로. 그런데 다시 말문을 열었을 때 그의 목소리는 화가 난 사람 같았다.

"여태까지 한 번도 그런 생각을 해본 적이 없었다만, 오늘은 어쩐지 네가 나를 실망시킬지도 모른다는 생각이 드는구나. 넌 세상살이라는 게 그렇게 간단한 일이라고 생각하니? 그냥 아무 곳에도 가지 않고 이곳에 눌러앉아 있으면 집사가 되고 총무가 되고 원장이 되는 거라고? 그렇다면 머지않아 우리 천사의 집에는 수십 명의 집사가 생기겠구나. 세상일은 그렇게 단순하지가 않아. 세상은 언제나 너를 바닥으로 끌어

내리려고 술책을 부릴 거야. 매일 한 걸음씩 앞으로 나아가지 않는다면 현재의 자리를 지키기도 위태로워지는 거야…… 솔직히 말하마. 난 네가 광주로 가기를 원한다. 가서 열심히 공부해서 서울의 일류대학에 진학하기를 바란다. 그리고 더 열심히 공부해서 많은 것을 배우기를 바란다. 그때라도 네가 정말 천사의 집을 지키는 파수꾼이 되고 싶다면 그렇게 할 수 있지 않겠니. 나보다 훨씬 더 유능하고 똑똑한 일꾼이 될 수 있겠지. 훨씬 더 많은 지식과 경험으로 아이들을 가르칠 수 있을 테고, 그래서 더 많은 훌륭한 일꾼들을 길러낼 수 도 있을 테고. 그게 우리가 너에게 거는 기대란 말이다……"

시간은 무척 빨리 흘러갔다. 특히 내가 집사님께 광주로 가겠노라는 약속을 드리고부터는 눈 한 번 깜박임에 하루가 지나갔다. 어느 사이 광주에서의 고등학교 추첨이 있었고, 영암 중학교는 졸업식을 마쳤다. 나는 마음이 바빠 어쩔 줄을 몰랐다. 숙희 이모의 결혼 추진을 맹세한 비밀결사의 작업은 아직 아무런 성과도 얻어내지 못하고 있었다.

"아무래도 내가 너무 큰 욕심을 내었나봐. 집사님은 나 같은 건 염두에도 두지 않고 있는데 말이야."

숙희 이모는 풀이 죽어 그렇게 말하곤 했다. 그나마 이모의 성격이 밝고 솔직해서 다행이었지 그렇지 않았다면 자살 소동이라도 벌어졌을 것이었다. 하지만 이모의 말은 정확한 것은 아니었다. 내 예민한 안테나에 포착된 집사님의 심경은 그 무렵 평안하지가 못했다. 조금씩 조금씩, 우리가 계획했던 대로, 숙희 이모의 존재를 의식하고 있음이 분명했다. 이모가 근처에 있으면 집사님은 전에 없이 어색해지고 부자연스러워지곤 했다. 헛기침의 횟수도 늘어났고, 한마디 한마디에 품위를 지키려는 노력도 엿보이곤 했다. 단지 문제는 그같은 변화의 속도가 너무 느리다는 데 있었다. 도무지 집사님은 자신이 무엇을 원해야 하는지를 모르고 있었던 것이다!

"어쩌면 어차피 그렇게 되어야 할 일인지도 몰라. 이 많은 아이들을 사랑하기에는 내 성격이 너무 급한 편이거든. 동우네가 광주로 갈 즈음에는 나도 짐을 싸서 전주로 올라가야지. 가끔은 널 만나러 갈게. 전주에서 광주까진 고작 한 시간 거리밖에 안 돼."

이모는 거의 포기단계에 이르고 있었다. 나는 내 인생에서 그때처럼 절실히 시간의 부족을 느껴본 적이 없었다. 아주 조금만 더 여유가 있다면 모든 건 우리 뜻대로 이루어질 게 분명했는데…… 그러다가 나는 문득 그 시간 부족을 극복할 수 있을지도 모를 한 가지 방법을 생각해내었다. 일종의 비상수단이었다. 집사님을 막다른 골목으로 몰아넣어 그가 무언가를 선택하지 않을 수 없도록 만드는 것이었다. 나는 곧 그 방법의 구체적인 실행계획을 생각해내었고, 이모들과 영진이 어머니와 더불어 상의했다.

"집사님 같은 분께는 비상수단을 쓰지 않을 수 없어요. 여자 문제만 나오면 태엽이 느려지거든요. 그리고 제 느낌으로는 일이 잘될 것 같아요. 요즘 숙희 이모를 보는 집사님의 눈길이 많이 달라졌잖아요."

"그래. 괜찮은 생각인데. 사실 집사님은 너무 오랫동안 숙희 언니에게 익숙해져왔어. 언니가 해주는 건 뭐든지 당연한 일이 되고 말았다구. 빨래두, 밥두, 병간호두. 그러니 언니의 가치를 알 수가 있겠어? 이번 기회에 그게 얼마나 고마운 일인지를 깨닫게 해주어야 해. 그럼 아마 집사님도 눈을 새롭게 뜨고 대오각성하시게 될 거야."

미정이 이모는 즉각적인 찬성을 보였다.

영진이 어머니는 반대는 아니었지만 약간의 우려를 표시했다.

"하지만 그건 좀 위험한 방법 아니니? 만약 그게 성공하지 못한다면 말이다, 그러니까 집사님이 그런 막바지에서도 머뭇거리기만 한다면 결국 숙희 이모는 떠나는 도리밖에 없지 않겠니?"

"그렇기는 하지만……"

그 결과도 생각하지 않은 것은 아니었지만 나는 머뭇거려졌다. 그런데 숙희 이모가 담담하게 말을 받았다.

"제 의견을 말씀드리자면 아주 좋은 제의 같아요. 언제까지고 이렇게 끌 수만은 없는 일이니까요. 그리구 만약 그 상황에서도 집사님이 결정을 못 내린다면 전 깨끗이 단념하고 떠나겠어요. 그게 저한테도 훨씬 도움 되는 일일 테니까요."

우리는 그 계획을 투표에 의해서 결정하기로 했다. 그것은 정말이지 신중해야 할 필요가 있는 일이었기에.

투표 결과는 가결이었다. 찬성이 셋, 반대가 하나, 그리고 기권이 하나. 기권은 영진이 어머니였고, 반대는 해자 이모였다. 해자 이모는 무슨 일이 있어도 숙희 이모가 천사의 집을 떠나서는 안 된다는 주장을 되풀이하던 터였다. 하지만 미정이 이모는 더 중요한 것은 숙희 이모 자신의 삶이라는 믿음을 갖고 있었다.

그날 저녁 숙희 이모는 집사님께 전주 부모님으로부터의 편지에 대한 말씀을 드렸다. 새 직장과 이모를 만나고 싶어한다는 남자에 대해서도. 그리고 닷새간의 휴가를 신청했다. 직접 전주로 가서 둘러보며 생각할 시간을 갖고 싶다고.

숙희 이모가 떠나 있는 동안 나는 매일처럼 집사님을 밀착 관찰해야 했다. 그가 그 일에 대해서 어떤 생각을 갖고 있으며 어떤 심리상태를 맞이하고 있는가를 알아내기 위해서. 하지만 나는 많은 것을 얻을 수는 없었다. 집사님은 말수가 없어져서 심지어는 내게조차도 속마음을 열려 들지 않는 것이었다. 다만 이따금씩 초점 없는 눈길로 창문 너머 눈 덮인 산봉우리를 바라볼 뿐이었는데, 그럴 때 집사님은 그처럼 싫어하던 등산이라도 갑자기 가고 싶어진 사람 같았다. 나는 어쩐지 일이 잘못되어가고 있다는 느낌을 지울 수가 없었다.

닷새는 아주 빨리 지나갔다. 숙희 이모나 집사님께서는 그 시간이 힘에 부칠 정도로 긴 것이었을지도 모르지만 적어도 내게는 너무 빨리 지나가는 시간들이었다.

숙희 이모는 낯선 사람이 되어 돌아왔다. 불과 닷새 동안이었지만 살이 많이 빠진 것 같았다. 볼도 예전처럼 통통하지 않았고 허리도 잘룩했다. 부모님이 새로 사주셨는지 멋진 자주색 털코트를 입고 있었다. 그리고 이모는 내가 굳이 코치를 하지 않아도 좋을 만큼 우아한 걸음걸이를 하고 있었다.

"새 사람이 됐는걸. 역시 부모님 곁이 좋은 모양이야."

집사님이 멋쩍은 농담을 하셨다.

숙희 이모는 정결방에 여행가방을 가져다둔 다음 집사님
이 기다리시는 사무실로 들어갔다. 나는 창문 밖의 은밀한 곳
에서 귀를 기울였다.

"어떻게 됐어? 좋은 소식을 가져왔겠지?"

집사님은 아주 따뜻한 목소리로 물었다. 하지만 그건 우리
비밀결사가 기대했던 종류의 목소리는 아니었다. 거기에는
숙희 이모를 꼭 붙잡아두고 싶다는 욕심 따위는 담겨 있지 않
았던 것이다. 그렇다면 숙희 이모가 할 수 있는 대답은 한 가
지밖에 없었다.

"여긴 어떻게 하죠? 새 사람을 구하려면 시간이 걸릴 텐데.
물론 누가 들어오더라도 저보다야 잘해내겠지만."

"그렇지 않아. 숙희 이모만큼 잘할 사람은 다시 구하기 힘
들 거야. 그 동안 정말 고마웠어."

"그런데 제가 정말…… 떠나도 괜찮은 걸까요? 하느님께
벌을 받지는 않을까요?"

숙희 이모의 목소리는 아주 가늘게 떨리고 있었다. 아직 떨
쳐버리지 못한 미련을 느낄 수 있을 정도로. 그러나 집사님은
그런 것을 감지하기에는 너무 느렸다.

"무슨 소릴 하는 거야. 하느님께서도 감사하고 계실 거야. 숙
희 이모가 그 동안 우리집 아이들에게 쏟은 노력과 희생만으로

도 말이야. 이젠 자기 삶을 찾아갈 때도 되었지. 아니, 벌써 많이 늦었는지도 모르지…… 가능한 한 빨리 떠나야겠지?"

"네."

"며칠 내로 모든 정리를 마치도록 해요. 경리관계는 해자 이모에게 인계하고. 오는 주말쯤엔 송별회를 열어야겠군."

그것으로 끝이었다.

나는 정말이지 이런 식으로 마무리되는 것은 원하지 않았다. 이제 이 엄청난 비극을 어떻게 할 것인가. 내게로 쏟아질 비난들은 또 어떻게 감당할 것인가. 그러나 숙희 이모는 생각 밖으로 담담했다. 이모는 오히려 나를 위로하려 했다.

"어쩔 수 없는 일이야. 너한테 책임이 있는 일은 더더욱 아니야. 오히려 난 네게 감사하고 있어. 조금이라도 일찍 모든 걸 정리할 수 있도록 도와줘서 말이야. 산다는 게 다 그런 것 아니겠니?"

숙희 이모가 전주로 떠난다는 소문은 순식간에 모든 아이들에게 퍼지게 되었다. 전주로 간다더라, 유치원 선생님이 된다더라, 결혼도 한다더라, 오래 전부터 이모를 짝사랑해온 남잔데 돈이 아주 많은 부자라더라. 그뿐만 아니라 소문은 갖가지 과장들을 만들어내기도 했다. 알고 봤더니 그 유치원은 그 남자가 숙희 이모를 위해서 만든 것이어서 숙희 이모는 그곳의 원장님이 되기로 했다든가, 남자는 숙희 이모 때문에 자살 소동까지 벌인 적이 있었다든가 뭐 그런 식이었다. 아이들은 이모가 왜 여태까지 그 사람과의 결혼을 미뤄왔는가를 의아해할 정도였다.

집사님도 그즈음에는 마음을 달랠 벗이 필요해진 모양이었다. 이따금씩 내게 대화를 나누고 싶다는 신호를 보내곤 했던 것이다. 하지만 나는 냉정하게 무시했다. 집사님과는 아무런 얘기도 주고받고 싶지 않았다. 아무리 많은 얘기를 해보았자 아무런 효과도 나타나지 않는 희망불능자와 도대체 무슨 대화를 나눌 수 있단 말인가. 더구나 모든 일이 결정되어진 상황에서.

이제 남은 일이라면 숙희 이모의 송별회를 초라하지 않게 꾸미는 것뿐이었다. 먹을 것도 많이 장만하고, 노래랑 춤이랑 장기자랑도 하고, 구질구질하지만 송사 같은 것도 한 대목쯤 집어넣고, 그래서 지난 구 년 동안의 이모의 노력이 조금은 보답을 받을 수 있도록.

송별회 준비를 담당하게 된 사람은 미정이 이모였다. 미정이 이모는 나와 비슷한 생각을 갖고 있었다. 이왕 가는 사람이라면 떠들썩하게 보내야 한다는 생각이었다. 그런데 이모는 구태여 머리를 쥐어짜면서 많은 고민을 할 필요가 없었다.

장기자랑대회에 참가할 사람을 공모했더니 스무 명도 넘는 아이들이 앞다투어 자원해온 것이었다. 노래를 하겠다, 춤을 추겠다, 모창을 하겠다, 우스갯소리를 하겠다. 그건 정말 특별한 일이었다. 여느때 자선단체에서 위문을 와서 장기자랑을 열면 서너 명의 참가자를 뽑는 데도 며칠이 걸리곤 했는데.

마침내 마지막 날이 왔다. 일요일 오후, 교회에서 돌아온 아이들은 식당으로 모여들었다. 열외자가 한 명도 없는 보기 드문 모임이었다. 게다가 아이들은 명사초청강연 때와는 달리 서로 앞자리를 차지하려고 다투었다. 숙희 이모는 감색 투피스를 예쁘게 입고 오른쪽 맨 앞줄에 앉아 있었는데 그 시간이 지나면 다시는 이모를 볼 수 없게 된다는 사실을 믿기가 어려웠다.

숙희 이모와의 작별은 아이들 모두에게 슬픈 일이었지만 특히 우리 비밀결사 조직원들에게는 한층 더한 아픔이었다. 미정이 이모는 송별회의 진행을 맡고 있었으므로 내색하지 않으려 애썼지만 해자 이모는 눈가가 빨갛게 젖어 있었다. 나도 별로 다를 바가 없었다. 솔직한 심정으로 나는 송별회 따위의 자리에는 앉아 있고 싶지도 않았다. 영진이 어머니는 그 자리에 나와 있지 않았다. 나는 그녀가 아마 나와 같은 심정이리라 생각했고, 그녀를 부러워했다.

송별회는 차례를 밟아 진행되었다. 과자와 음료수가 나누어졌고, 미정이 이모는 숙희 이모가 떠나야 하는 이유를 설명했다. 과자라면 잠을 자다가도 두 눈에 불을 켜는 우리집 아이들이었지만 그때만큼은 조용히 미정이 이모의 이야기에 귀를 기울였다. 그리고는 몇 가지 장기자랑들이 이어졌다. 떠나는 이모에 대한 아이들의 선물이었다. 충성방에서는 단체로 나와 합창을 했고, 온유방의 회진이와 정해는 에어로빅 비슷한 춤을 추었다. 우리를 제일 처량하게 만든 것은 형국이와 성철이, 준석이 경우 등이 함께 부른 〈즐거운 나의 집〉이라는 노래였다.

즐거운 곳에서는 날 오라 하여도, 내 쉴 곳은 작은 집 내 집 뿐이리……

그것은 바로 숙희 이모가 빨래방망이를 두드리는 틈틈이 아이들에게 가르쳐준 노래였다. 그 노래를 이제 형국이와 성철이 준석이 경우 들이, 옷을 더럽힌다고 숙희 이모에게 가장 많은 야단을 맞으며 자란 아이들이 부르고 있었던 것이다.

장기자랑 순서가 끝나고 미정이 이모는 숙희 이모가 한마디를 해야 할 시간이라고 말했다. 원래는 총무님의 말씀과 아이들 쪽의 송사가 있을 예정이었지만 숙희 이모의 요청에 따라 아주 간단한 식순으로 바꾸었다고. 숙희 이모는 자리에서 일어났다. 아이들은 숨을 죽였다. 그런데 숙희 이모가 단상으로 올라섰을 때 뜻밖에도 입구 쪽에서 영진이 어머니의 목소리가 울렸다.

"숙희 이모, 전화 받아요!"

그건 정말이지 분위기를 깨는 목소리였다.

숙희 이모는 고개를 갸웃거리며 사무실로 갔다. 그 뒷모습을 지켜보던 나는 영진이 어머니가 혼자 빙그레 웃고 있는 것을 보았다. 무언가가 잘못되었음이 느껴졌다. 아니, 잘되었음이라고 해야 할까.

"말해봐요, 무슨 일이 있죠? 그렇죠?"

나는 영진이 어머니의 옷자락을 움켜쥐고 물었다. 그녀는 내게만 겨우 들릴 정도로 아주 살짝 말했다.

"총무님이 말이야, 그 영감이 글쎄 아무짝에도 쓸모가 없는 줄 알았더니 그렇지가 않았어. 사실은 그 사람이 더 속이 달아 있을 줄이야 누가 알았겠니."

"그럼 총무님이 집사님 마음을 돌리셨단 말인가요?"

"돌린 게 아니라 용기를 준 거지."

거기까지로 충분했다. 영진이 어머니께 듣고 싶었던 얘기는. 나는 얼른 사무실로 달려가 좁게 열린 문틈을 들여다보았

다. 그곳에는 아주 진지하고 경건한 모습의 집사님이 있었고
안색이 하얗게 변한 숙희 이모가 있었다. 집사님은 어설프게
두 손을 내밀어 숙희 이모의 손을 감싸쥐었다. 이모는 더 놀
란 표정이었지만 손을 빼지는 않았다. 갑작스레 뜨거워진 방
안의 열기는 내 얼굴을 화끈거리게 할 정도였다. 나는 살그머
니 문을 밀어 닫아주었다.

잠시 후 집사님이 나와서 숙희 이모는 떠나지 않기로 하셨
다는 발표를 했다. 아이들은 특식이 나왔다는 소식을 들었을
때보다 열 배는 더 큰 함성을 질렀다. 식탁을 두드리고 발을
굴리고 휘파람을 불기도 했다. 성철이와 준석이는 단상으로
뛰어나가 엉덩이춤을 추었다. 그리고는 재빨리 정신들을 차
려서 식탁 위의 과자를 먹어치웠다.

사흘 후 나는 광주로 이사를 했다. 광준 형이 자취하는 방
으로였다. 그러나 한 달 후에 있은 집사님과 숙희 이모의 결
혼식은 놓치지 않았다. 광준 형과 함께 커다란 꽃다발을 사들
고 참석했는데, 숙희 이모는 세상에서 가장 행복한 신부가 틀
림없었다.

결혼식이 끝나고 열흘쯤 후 나는 영진이 어머니로부터 편
지 한 통을 받았다. 최근에 읽은 수필집으로부터 옮겼을 게 분
명한 갖가지 아름다운 표현들을 늘어놓으며 숙희 이모와 집

사님의 신혼생활을 묘사한 다음 그녀는 이렇게 적고 있었다.

'하지만 아무래도 네가 필요한 것 같아. 숙희 이모는 이제 누가 뭐래도 팔자걸음을 고칠 생각을 않는단 말이야. 아무에게나 고함을 질러대고. 글쎄 집사님이 그러는 편이 더 어울린댔다나 어쨌다나……'

천사 파이팅!

광주에서의 삼 년은 내 어린 시절을 마감하는 시간이었다. 그런데 그것은 나의 모든 어린 시절을 통하여 가장 평화로웠던 시간이기도 했다. 그 삼 년 동안 나는 다른 무엇에도 신경쓸 필요가 없었다. 공부만 하면 되었다. 아침이면 가방을 들고 학교로 갔고, 학교가 끝나면 독서실로 자리를 옮겼다. 집으로 돌아오는 것은 자정이 가까워서였다. 일찍 돌아와서 저녁 준비를 한다거나 청소라도 할라치면 광준 형으로부터 어마어마한 꾸중을 들었다.

공부를 하는 것 외에는 일 주일에 한 번씩 내 옷가지를 빨래하는 것과 한두 달에 한 차례씩 영암 천사의 집을 방문하는것이 전부였다. 영암에서는 언제나 집사님이 반갑게 맞아주셨다. 성우와 경우도 건강한 모습으로 나를 맞이하곤 했다. 경우는 공부도 열심히 하고 있었다. 집사님이 용기를 많이 넣어주시는 모양이었고, 나름대로 꿈도 만들기 시작하는 것 같았다. 나는 만약 서울의 대학으로 진학하여 자리를 잡는다면 그애를 데리고 살리라 생각하고 있었다. 성우는 형편이 달랐다. 성우는 공부에는 아무런 뜻이 없었다. 그러나 역시 자기 방식으로 자신의 인생을 설계하고 있었다. 겨우 중학생인 애가 원양어선을 탄다거나 기술을 익혀서 일본으로 건너가겠다거나 하는 식으로 돈벌이를 궁리하고 있었다. 애써 공부를 외면하는 것이 내심 못마땅했지만 나는 그애의 방식도 인정해야 하리라고 생각했다.

덕분에 나는 마음을 편안히 먹고 공부에만 열중할 수 있었다.

단 한 차례, 내가 마음 편안히 공부에만 열중할 수 없었던 적이 있기는 했다. 그건 내가 광주로 옮겨가고 몇 달이 지나지 않아서의 일이었다.

광준 형은 그 무렵 두암동에 있는 자그마한 석공예 회사에서 일하고 있었다. 석회암이나 대리석을 쪼개어 비석이나 상석 따위를 만드는 회사였다. 때로는 빗돌에다 지명이나 다리 이름을 쪼아넣기도 했고, 숙련된 기술자들은 돌하르방을 만들기도 한다고 했다.

"형은 왜 사무실에서 양복 입는 일을 하지 않고 그렇게 힘든 일을 하는 거예요? 선태 형은 일요일마다 어깨가 아파 드러눕진 않잖아요?"

광준 형에게 내가 그런 질문을 한 것은 들은 이야기가 있어서였다. 형이 졸업할 무렵 집사님은 어렵게 수소문을 해서 형의 일자리를 구해주었다. 썩 좋은 자리는 아니었지만 몸을 혹사시키면서까지 일할 필요는 없는 곳이었다. 장래성도 있었고. 그런데 형은 집사님께 은구 형을 대신 부탁드리고 자신은 석공예 회사를 찾아갔다는 것이었다.

"그런 어정쩡한 자리는 싫어. 고작해야 가진 사람들 뒤치다꺼리나 할 뿐이란 말이야."

"그럼 명호 형 상태 형이랑 함께 일하는 건 어때요? 그 형들은 자유직이면서도 수입이 괜찮은 모양이던데?"

명호 형과 상태 형은 그 무렵 계림동의 체신청 부근에서 구두수선일을 하고 있었다. 계단 옆의 움푹한 곳에 함석판과 비닐로 바람막이집을 만들어두고서. 그 형들은 모두 우리와 같은 집에서 자취를 하고 있었는데 그러잖아도 광준 형을 들쑤시고 있는 터였다. 함께 일을 하자고. 대원호텔 쪽에 한 자리가 더 날 것 같으니까 터를 잡는 게 어떠냐고. 그러나 광준 형은 고개를 저었다.

"그런 일은 장래성이 없어. 언제까지고 구두나 닦을 뿐이야. 남자는 말이야, 기술을 배워야 해. 어떤 종류건 한 가지 기술을 잡아서 그 분야에서 최고가 되어야 해. 두고 봐. 내가 옳았다는 걸 알게 될 날이 올 테니까."

자기의 장래에 대한 광준 형의 신뢰는 아주 단단해 보였다. 그런데 문제는 장래까지 도달하기에는 아직도 많은 시간이 남아 있었다는 사실이었다. 형의 주변에는 끊임없이 무언가를 요구하는 현재들이 많이도 서성거리고 있었던 것이다.

그 무렵에 형에게 가장 많은 것을 요구하고 있었던 한 가지 현재는 연미 누나의 존재였다.

연미 누나는 대학생이 되고서 엄청난 변신을 한 터였다. 어떤 고급 백화점의 값비싼 변신 로보트도 누나만큼 많은 사람들의 감탄을 자아낼 수는 없었을 것이었다. 영암의 집에서 고등학교에 다닐 적까지만 해도 누나는 그저 빼빼 마르고 여드름투성이인 수많은 여고생들 중의 한 명에 불과했다. 특별히 공부를 좋아해서가 아니라 달리 할 일이 없어서 책이나 파고드는 부류로 보였을 만큼. 그런데 대학생이 되고부터 누나는 새로운 모습으로 태어나기 시작했다. 여드름도 사라졌고, 필요한 곳에는 적당한 분량의 살점도 붙게 되었다. 기다랗게 자란 흑갈색 머리카락은 어깨 위로 우아하게 드리워졌다. 그러자 문득 연미 누나는 어느 곳에서도 쉽사리 찾아보기 힘든 매력적인 여대생이 되고 만 것이었다. 명호 형 얘기로는 학교에서 누나 뒤를 쫓아다니는 남자애들만도 네댓 트럭은 될 거라고 했다.

그런 누나가 그런데 일요일 아침이면 어김없이 광준 형과 내가 잠들어 있는 방의 문을 두들기곤 하는 것이었다.

"일어들 나! 몇신데 아직도 자는 거야!"

그 즈음 누나는 대학교의 기숙사에서 생활하고 있었다. 그 전해까지는 우리집 바로 근처에서 다른 누나 두 명과 자취를 했다고 들었는데 학교 부근 패스트푸드 가게에서 아르바이트 자리를 얻으면서 기숙사로 옮겨들게 되었다는 것이었다. 시간을 아낄 작정으로. 누나가 근처에서 자취를 하던 무렵에 광준 형의 시달림은 아마 말도 못 할 지경이었으리라.

"열까지 세고 들어간다. 하나, 둘, 셋……"

몇 차례 경고장을 날린 다음 누나는 막무가내로 밀고 들어왔다. 방 안을 치우고, 빨랫감 문제로 광준 형과 티격태격하고, 김치찌개나 된장찌개를 끓이기도 했다. 그리고는 형에게 데이트를 요구했다. 어디든 함께 바람이나 쐬러 나가자고. 아니면 함께 나가서 만화책이라도 빌려 오자고.

나는 형이 주말마다 주택복권 일등상에 당첨되는 기분일 거라고 생각했다. 어김없이 미인 여대생의 시중과 데이트 요구를 받을 수 있었으니. 그러나 형은 그런 인상이 아니었다. 오히려 누나의 출현을 성가셔하는 편이었다. 형은 누나에게 삼학년이나 되었으면 공부할 시간도 모자랄 텐데 왜 자꾸 놀 생각만 하느냐고 야단치기도 했고, 다 큰 처녀가 남자들만 사는 곳에 자주 오는 게 아니라는 엉뚱한 소리를 늘어놓기도 했다. 도무지 나는 광준 형의 성격구조를 이해할 수가 없었다.

그러던 어느 날, 드디어 광준 형은 연미 누나에게 아주 심한 말을 했다.

"이젠 더이상 이 집에 발을 들여놓지 마. 네가 오는 걸 반가워하는 사람 아무도 없으니까."

연미 누나는 자기 귀를 믿을 수 없었는지 멍한 표정을 지었다.

"너, 지금 나한테 한 말이니?"

"그럼 너지 누구겠어. 다들 불편해하잖아. 동우녀석 공부도 방해되는 것 같고."

그건 전혀 사실이 아니었다. 누나의 출현은 우리집 식구들 모두가 한 주일 내내 기다리는 청량음료 같은 것이었다. 내게는 더더욱 그랬다. 나는 누나를 볼 때마다 공부를 열심히 하면 누나 같은 미인들이 많은 대학에 들어갈 수 있다는 희망을 다지곤 했던 것이다.

옆에서 듣고 있던 형들이 놀라서 한마디씩을 거들었다. 무슨 소리를 하느냐, 우리 중에서 누가 불편해한다고 그러느냐, 연미가 오지 않으면 무슨 재미로 주말을 기다린단 말이냐, 햄버거는 누가 가져다주고, 만화책은 누가 빌려준단 말이냐…… 하지만 누구도 광준 형의 고집을 꺾을 수는 없었다. 나도 몇 마디를 거들었지만 마찬가지였다. 결국 그날 연미 누나는 눈가가 빨갛게 상기되어 돌아가고 말았다.

"형이 누나에게 왜 그러는지 이유를 알 수가 없어요. 누나가 뭐 잘못한 거라도 있어요?"

나는 형을 상대로 심각한 질문을 던졌다. 그러나 형은 들은 척 만 척이었다.

"누나가 잘못한 거라도 있냐구요."

"난 걔가 근처에서 얼쩡거리는 게 싫어. 그것뿐이야."

"다른 여자친구가 생긴 거예요?"

"쓸데없는 소리 하지 마. 난 내 일만으로도 머리가 빠개질 것 같으니까. 너도 앞으로 연미에게 좀더 냉담해져. 전화도 걸지 말고 찾아와도 다정하게 굴지 마."

"그건 또 왜요?"

"글쎄 그러라면 그렇게 해. 그런데 넌 어떻게 된 애가 이렇게 참견이 많니? 공부는 어느 세월에 하려는 거니?"

다른 사람들은 결코 광준 형의 태도를 이해할 수 없었을 것이다. 나까지도 거의 그럴 뻔했으니까. 그처럼 오랜 세월 가까이서 형을 경탄해온 나까지도. 그러나 시간이 흐르면서 나는 한 가지 사실을 생각해낼 수 있었다. 보기와는 달리 광준 형은 겁이 많은 편이기도 하다는 사실이었다. 정이 많고, 그래서 이따금은 혼자서 눈물을 삼키는 경우도 있다는 사실이었다. 그때 아마 형은 일종의 두려움을 느끼고 있었던 게 아닐까. 연미 누나와 자기 사이에는 이미 너무 커다란 거리가 생기고 있다는 생각, 자신의 존재가 누나에게 짐이 될 수도 있다는 생각, 그리고 나아가서는 결국 자신이 커다란 상처를 입게 될지도 모른다는 두려움……

그러나 연미 누나는 형이 염려하듯 가벼운 생각으로 이렇게 저렇게 마음을 뒤집고 다니는 성격은 아니었다. 비록 형의 태도 돌변에 상처를 입기는 했지만 여전히 멀어지려고 하지 않았다. 집으로 찾아오는 대신 누나는 토요일 저녁만 되면 독서실로 나를 찾아오기 시작한 것이었다. 아르바이트 가게에서 남은 햄버거를 잔뜩 싸들고, 우리집 식구들에게 가져다주라면서.

"하지만 광준인 손도 대지 못하게 해."

"이렇게 빵을 많이 가져오면 직장에서 쫓겨나지 않아?"

나는 누나가 걱정스러워질 지경이었다. 누나는 빙그레 웃었다.

"아니야. 어차피 하루가 더 지나면 팔지 못할 빵들이니까 괜찮아."

"그런데 말이야, 광준 형이 무슨 이유로 누나한테 그랬을까?"

나는 누나의 반응을 떠보기 위해 슬그머니 말했다.

"이유는 무슨 이유가 있겠어. 괜히 심술이 난 거겠지."

"그냥 심술 같지는 않던데?"

"사실은…… 나도 생각을 거듭하는 중이야. 개가 왜 갑자기 그랬을까?"

"혹시 두 사람이 싸우지는 않았어?"

"싸움이야 만날 했지. 너도 늘 봤잖아."

"그런 것 말고, 진짜 싸움. 내가 없는 곳에서 데이트를 하다 가라든가."

"그럴 기회라도 있었으면 좋겠다."

연미 누나는 한숨을 내쉬었다. 그건 내가 충분히 이해할 수 있는 일이었다. 남자와 여자의 관계라는 건 언제나 아주 많은 한숨으로 이루어진다는 걸 나는 집사님과 숙희 이모의 전쟁에서 터득하고 있었던 것이다.

"그런데 누난 왜 광준 형을 좋아하는 거야? 내가 보기에는 아주 매력적인 남성상은 아닌 것 같은데. 키도 크지 않고, 야성적이지도 않고, 그렇다고 대단한 미남인 것도 아니고. 학교에서 누나 뒤를 쫓아다닌다는 남학생들이 더 근사하지 않아?"

누나는 아주 한참 만에야 입을 열었다.

"넌 내가 대학에 가지 못할 뻔한 사실을 알고 있니?"

"내신성적 때문에 말이야? 보결 학생인지 유령 학생인지 뭐 그런 것 때문에?"

"그것도 그랬지만, 너도 알다시피 우리집 사정이 공부를 잘한다고 모두 대학에 보내줄 수 있는 형편은 아니잖아."

"그렇지만 누나는 집사님이 후원자를 구해주셨잖아."

"그게 그렇게 간단한 일이 아니었어. 후원자라고 해봤자 숫자도 빤하고 낼 수 있는 돈도 빤한데 갑자기 큰돈이 만들어질 수가 있겠니? 게다가 그 무렵 우리집에서는 대학을 갈 수 있는 사람이 두 명 있었어. 나하고 광준이였지."

"광준 형은 스스로 대학을 가지 않겠노라고 선언했는걸?"

"처음엔 그러지 않았어. 집사님은 우리 두 명을 모두 대학에 진학시키려고 무척 애를 많이 쓰셨어. 나주와 광주와 목포까지 뛰어다니시며 뜻있는 후원자들을 찾아내려 하셨어. 그렇지만 그건 쉬운 일이 아니었어. 우리집에서 두 명씩이나 대학에 보내려 한다는 걸 알고서 사람들은 고개를 갸웃거렸대. 너무 욕심을 내는 것 아니냐고 말이야. 더구나 그중 한 명이 여자애라는 걸 알고는 모두들 손을 내저었대. 여자애는 적당한 사람 찾아서 시집이나 보내면 되지 대학은 무슨 대학이냐구…… 그러자니 차츰 나는 대학에 갈 가능성에서 멀어지게 되었어. 후원자들은 한결같이 광준이 쪽으로 돈을 대겠다고 약속했지…… 그런데 그 사정을 알고 광준이가 불쑥 대학엘 안 가겠다고 선언한 거야. 걘 내가 대학 진학을 얼마나 절실히 원하는지 알고 있었거든."

광준 형이 대학을 갈 수 있었는데도 스스로 포기했다는 사실을 알고 있는 사람은 많지 않았다. 집사님과 이모들과 은구 형 명호 형, 그리고 나 정도가 고작일 것이었다. 그런데 나조차도 그 이유를 정확하게 알고 있었던 것은 아닌 셈이었다. 나는 다만 한꺼번에 두 사람분의 후원금을 모을 수가 없음을 알고 광준 형이 스스로 물러난 것이라고만 알고 있었는데 실지로는 광준 형이 자신의 자리를 연미 누나에게 선물한 형편이었던 것이다.

"조금 더 일찍 그런 사정을 알았더라면 내가 먼저 포기하고 광준이를 대학으로 밀어넣었을 거야."

누나가 광준 형에게 그처럼 많은 애정을 보이는 것은 이제 자연스러운 일로 여겨졌다.

연미 누나는 꾸준히 나를 찾아왔다. 주말이면 언제나 햄버거가 가득 든 봉투를 들고서. 때로 아르바이트 가게에서 남는 빵을 구할 수 없을 적이면 다른 종류의 빵이나 과일 등을 사다주기도 했다. 그런 것을 받아오는 나를 광준 형은 번번이 나무랐지만 나는 묵묵히 전령의 역할을 계속 했다.

그러던 어느 토요일 누나는 전혀 다른 것을 들고 나를 찾아왔다. 케이크가 들어 있는 큼직한 종이상자였다.

"오늘은 아주 특별한 날이야. 무슨 날인지 알겠니?"

"글쎄……"

나는 혹시 누나가 그 소식을 들은 건 아닐까 생각해보았다. 내가 지난달 시험에서 반 수석을 차지했다는 소식을. 광주로 옮겨오고 몇 달을 고생하던 끝에 드디어 나는 공부에 자신감을 붙이고 있었던 것이다. 광준 형은 너무 기쁜 나머지 동네방네 중계방송을 하고 다녔는데, 혹시 연미 누나도 그 소식을 전해들은 건 아니었을까. 하지만 그건 지나친 지레짐작이었다.

"요 맹추야, 오늘은 너네 광준이 형이 세상으로 빠져나온 날이야."

"그랬었구나."

나는 실망과 놀람이 엇갈리는 기분이었다. 그런데 그 소식을 발표한 누나의 표정은 어쩐지 쓸쓸해 보였다.

"그렇다면 오늘은 누나가 직접 가야겠는걸. 사실 그 동안 햄버거나 과일을 전달하면서 형한테 얼마나 많은 야단을 맞았는지 몰라. 생일 케이크까지 대신 받아다준다면 아마 형은 나를 영암으로 쫓아버릴 거야."

"요즘도 그러니?"

"그렇다니까……"

나는 말꼬리를 맺기가 어려웠다. 누나의 눈빛이 한결 더 쓸쓸해진 까닭이었다.

"하지만 대단한 건 아니야, 그냥 괜히 그래보는 거겠지 뭐."

"일찍 들어가봐. 난 또 가게로 돌아가야 해. 아르바이트 학생을 한 명 내보내서 훨씬 더 바빠졌어."

누나는 여느 날보다 일찍 돌아갔다. 다른 때처럼 내 곁에 쪼그리고 앉아 꼬치꼬치 캐묻지도 않고. 지난 한 주일 동안은 별일 없었니? 양말이랑 속옷이랑은 매일매일 갈아입니? 광준이는 건강하니? 그 인간은 왜 아프지도 않는지 몰라. 폐렴이라도 확 걸려서 두세 주일쯤 드러누워봐야 인정이 얼마나 그리운 건지 알 텐데. 다른 기집애가 근처를 얼쩡거리지는 않지? 그래, 그런 재주도 없는 애라는 건 나도 잘 알아……

케이크를 받아든 나는 난감한 기분이었다. 연미 누나에게 한 말은 거짓이 아니었다. 광준 형이 나를 영암으로 되쫓아버릴지도 모른다는 건. 그렇게까지는 하지 않을지 몰라도 야구 방망이 정도는 족히 집어들 것이었다. 바로 전 주말에도 형은 다시 한번 연미 누나에게서 무엇이든 받아온다면 내 엉덩이에 물집이 오를 것이라고 선언했던 것이다. 만일 내가 언제나 남자다워지려고 노력하는 남자가 아니었다면 아마 나는 그곳 독서실에서 케이크를 뜯어 아이들과 나눠먹고 말았을 것이었다.

집에서는 조촐한 술자리가 벌어지고 있었다. 상태 형 명호 형 은구 형 들이 광준 형과 함께 둘러앉아 삼겹살을 굽고 있었다.

여느때 같았다면 나는 젓가락부터 집어들고 고기판 앞으로 다가앉았겠지만 그날은 사정이 달랐다. 나는 생일 케이크를 머뭇머뭇 광준 형 앞으로 내려놓았다. 명호 형과 은구 형은 내게 무슨 돈이 있어서 그런 걸 샀느냐고 한마디씩 던졌지만 광준 형은 그 케이크가 누구로부터 왔는가를 단박에 알아차렸다.

"너 또 연미 만났구나!"

나는 고개를 끄덕일 수밖에 없었다. 형은 케이크 상자를 집어던지듯 내 쪽으로 밀쳤다. 상자는 내 발에 부딪히며 한쪽 모서리가 찌그러졌다.

"내가 몇 번이나 말했어. 다시는 개 만나지도 말고 주는 것도 받아오지 말라고 했잖아."

나는 묵묵히 상자를 내려다보며 서 있었다. 나는 광준 형이 그런 반응을 보이리라는 걸 알고 있었지만 왜 그러는 것인지는 이해할 수 없었다. 왜 목청을 올리며 애꿎은 케이크 상자를 집어던져야 하는 것일까. 그렇게까지 할 필요가 있었을까.

"애가 무슨 잘못이 있나. 연미가 찾아와서 주니까 받아오는 것뿐이지. 자, 자, 그만 하고 술이나 한잔 더 받아. 동우도 이리 와서 앉으려무나."

상태 형이 분위기를 무마하려 했다. 상태 형은 광준 형보다도 세 살이나 위인 선배였다. 그런데 광준 형은 상태 형의 말에도 아랑곳없이 다시 내게 소리를 질렀다.

"뭘 하고 서 있는 거야. 그거 어서 돌려주고 와! 아니면 골목 밖 쓰레기통에 처박아버리든지."

나도 이제는 분노가 치밀었다.

"그럴 것까진 없잖아요. 연미 누나는 바쁜 중에도 일부러 독서실까지 찾아와서 주고 갔는데."

"아니, 이 자식이 어디서 목소리를 높이고 그래."

"이런 케이크 하나를 사려면 누나가 며칠 동안 아르바이트를 해야 하는지 알기나 해요?"

광준 형은 자리에서 벌떡 일어났다. 나는 얻어맞을 각오를 하고 광준 형을 쏘아보았다. 어디서 그런 용기가 나온 것이었을까. 그런데 형은 선뜻 나를 때리지 않고 마주 노려보기만 했다. 은구 형이 일어나서 광준 형을 붙잡았다. 그 틈에 나는 얼른 정신을 되찾고 케이크 상자를 집어들고는 방을 나와버렸다.

케이크 상자와 나는 마냥 걸었다. 영암과는 달리 광주의 밤거리에는 불빛들이 많았다. 가로등불도 많았고 하늘에는 별빛도 많았다. 그러나 나를 위해 밝혀진 불빛은 아무 곳에도 없었다. 케이크 상자도 마찬가지 신세였다. 몇 개의 색깔 고운 양초들이 대롱대롱 매달려 있었지만 아무도 성냥불을 그어주려 하지 않았다.

아주 짧은 시간을 걸은 것 같았는데 어느새 나는 연미 누나가 일하는 가게 앞에 도착해 있었다. 창유리 너머로 들여다보니 누나는 바쁘게 움직이고 있었다. 손님의 주문에 따라 계산기를 두드린 다음 돈을 받고 거스름돈을 내주고, 그리고는 몇 가지 버거와 감자칩을 집어들어 쟁반에 얹었다. 커다란 컵에

음료수를 담아서 건네주고는 다음 손님에게 물었다. "주문하시겠어요?" 그런데 누나의 그런 모습을 보고 있자니 왜 자꾸 옛날 생각들이 떠오르는 것이었을까. 내가 아직 어렸을 때, 그래서 연미 누나와 광준 형 은구 형 들이 모두 함께 살고 있었을 때, 언제나 배가 고파서 먹을 것만 찾아 두리번거려야 했을 때. 그때도 우리는 매일매일 투닥거리기는 했지만 오늘처럼 외롭지는 않았었는데.

행여 누나에게 들킬까봐 나는 길을 건너갔다. 건너편에 쪼그리고 앉아서도 바쁘게 움직이는 누나의 모습은 충분히 지켜볼 수 있었다. 나는 누나를 거쳐가는 손님들의 숫자를 세기 시작했다. 그러나 서른 명인가 서른한 명인가에서 셈을 놓쳐버리고 말았다. 다시 처음부터 시작해서 서른 명을 더 세었을 때 나는 계산기를 두드리는 사람이 바뀌었음을 깨달았다. 연미 누나는 이미 그 가게 안에 없었다.

돌아가는 길에 나는 케이크 상자를 버리려고 했다. 광준 형의 말대로 골목길 어느 쓰레기통 속에나 처박아버리려고. 그러나 그럴 수가 없었다. 영암으로 쫓겨 돌아가는 일이 있더라도 그 케이크 상자를 버릴 수는 없었다.

"아직도 안 버렸어?"

다른 날 같았으면 벌써 잠자리에 들었을 시간이었지만 광준 형은 아직 자지 않고 있었다. 꽤 취한 듯했지만 저녁때처럼 화가 난 모습은 아니었다. 나는 아무런 대꾸도 하지 않았고, 형은 조금 더 부드러워진 목소리로 물었다.

"너 저녁은 먹었냐?"

나는 고개를 저었다.

"그럼 그거 열어봐…… 배는 채워야 잘 것 아냐."

"형이 열어요. 이건 형 선물이니까."

나는 케이크 상자를 광준 형 앞으로 밀었고 형은 피식 바람 새는 미소를 지었다.

"그래, 동우가 열라면 열어야지. 그 고집을 어떻게 당하겠어."

형은 스카치테이프를 뜯고 포장지를 벗겨내었다. 그런데 상자 위에는 예쁜 꽃이 그려진 분홍색 봉투 하나가 놓여 있었다. 형은 봉투를 집어들더니 그 속에서 생일축하 카드를 꺼냈다. 카드 뒷면에는 연미 누나의 글씨가 깨알같이 촘촘히 박혀 있었다. 형이 그 사연을 읽는 사이 나는 카드의 그림을 구경했다. 장난꾸러기 고양이가 꼬랑지로 얼음낚시를 하다가 상어에게 물리는 그림이었다.

형이 카드 한 장을 읽는 사이 나는 아마도 불경을 서너 권은 욀 수 있었을 것이었다.

"무슨 얘긴데 그렇게 오랫동안 읽어요?"

"아니, 오래는 무슨…… 기집애, 글씨 좀 크게 쓰면 어디 덧나나. 야, 너 배고프다고 하지 않았어? 어서 케이크나 먹어. 남으면 나도 한 조각 주고."

"무슨 얘기냐구요. 같이 좀 읽어요."

"케이크나 먹어, 짜식아. 쬐끄만 게 꼭 어른들 일에 끼어들려고 해."

광준 형은 괜히 목소리를 높이더니 담배를 피워물었다. 그리고서도 형은 그 카드를 한 시간 쯤은 더 읽었을 것이었다. 드러누워서, 엎드려서, 벌떡 일어나 앉아서……

이튿날 광준 형은 열시가 못 되어 이부자리에서 일어났다. 그건 정말 드문 일이었다. 일요일의 기상시간은 보통 정오 무렵이었던 것이다. 그런데 나를 더 놀라게 한 일은 형이 목욕을 갔다는 사실이었다.

비누와 수건을 챙겨들며 형은 혼자서 겸연쩍어했다. 나는 아무 말도 하지 않았는데.

"뭘 보니, 나 목욕 가는 거 처음 보니?"

"예."

그로부터 두 시간 후 광준 형은 집을 나섰다. 제법 윤이 나게 닦은 구두를 신고, 휘파람까지 후후거리며. 나는 모자를 눌러쓰고 몰래 형의 뒤를 밟았다. 얼마 지나지 않아 나는 형의 행선지가 내 짐작대로였음을 알 수 있었다.

연미 누나의 가게 근처에서 형은 꽃집 하나를 만났다. 처음엔 무심히 지나쳤던 형은 다시 돌아와서 몇 가지 꽃들을 기웃거렸다. 꽃잎을 뒤집어보기도 하고, 멋쩍게 냄새를 맡기도 하고. 그러다가 노란 장미 한 송이를 집어들었다.

연미 누나의 가게 바로 앞에서 광준 형은 또 약간의 시간을 머뭇거렸다. 가만히 창유리 너무를 들여다보더니 심호흡을 하는 것이었다. 옷매무새를 고치기도 했고 머리카락을 쓸어넘기기도 했다. 그러다가는 드디어 돌진을 했다. 형은 용감히 문을 밀고 들어가 누나가 일하는 곳 정면의 탁자에 자리를 잡고 앉았다. 이번에는 내가 망설여야 할 시간이었다. 나도 용감하게 숨어들어가야 할 것인가, 그러잖으면 밖에서 살펴보는 것으로 만족해야 할 것인가. 그런데 망설임이 끝나기도 전에 나는 살그머니 가게 안으로 기어들어가고 있었다. 모자를 더 깊숙이 눌러쓰고서. 그처럼 중요한 장면을 원시적인 무성영화로 볼 수는 없는 노릇 아니겠는가.

나는 형을 비스듬히 등지고 앉았다. 유리문에 비친 그림자들은 내게 가게 안의 모든 움직임을 보여주고 있었다.

연미 누나가 카운터를 빠져나온 것은 이삼 분이 지나서였다. 누나는 형의 앞자리로 다가가 앉았고, 형은 이십 분을 고민해서 고른 노란 장미를 내밀었다. 누나의 얼굴은 장미꽃보다 화사하게 밝아졌다. 형이 말했다.

"너무 무리하는 것 아니야? 얼굴이 많이 야윈 것 같아."

"야위었을지도 몰라. 하지만 이유는 따로 있지."

누나의 말에 형은 콧잔등을 문질렀다.

"점심시간 언제야? 내가 맛있는 거 사줄게."

"정말?"

"그래."

"십 분만 있으면 돼. 여기서 꼼짝 말고 기다려. 이거 잠시 보관해주고."

연미 누나는 장미를 형에게 맡긴 다음 다시 카운터로 돌아갔다. 나는 괜히 기분이 좋아져서 벙긋거렸다. 역시 연미 누나는 고단수야. 생일카드 한 장으로 KO승을 거둬버렸잖아. 저렇게 무너질걸. 광준 형은 무슨 말도 안 되는 배짱을 부렸담. 그런데 어떡할까. 점심식사 장소까지 몰래 뒤따라가서 놀라게들 해줄까. 아니면 오늘만큼은 조용히 물러나줄까.

내가 한참 그런 고민에 잠겨 있을 때였다. 가게의 문이 열리고 서너 명의 청년들이 들어섰는데 그들은 곧장 연미 누나에게로 몰려가는 것이었다.

"주연미씨, 수고가 많으십니다. 식사시간은 아직 멀었나요?"

"앞치마를 두르고 있으니까 더 예쁜데. 연미야, 너 우리 엄마한테 언제 인사드릴 거야?"

"야, 야, 넌 좀 기다려. 찬물에도 순서가 있는 법이야. 우리 엄마가 먼저지, 그지?"

연미 누나의 대학 친구들인 모양이었다. 두 명은 신사복을 입고 있었고 또 두 명은 한눈에도 비싸 보이는 면남방과 재킷을 걸치고 있었다. 하나같이 멀끔하고 깨끗한 멋쟁이들이었다. 누나는 그들의 출현에 당황한 눈치였다.

"너희들 웬일이야?"

"웬일이냐니? 설마하니 너 그새 잊어버린 건 아니겠지? 오늘 점심때 모여서 세미나 준비하기로 했잖아."

"어머, 그랬었니? 어떡하지? 나 오늘 안 되는데."

"무슨 소릴 하는 거야?"

"약속이 있어, 아주 중요한 약속. 미안해."

누나는 변명도 하고 사정도 하고 강짜도 부렸다. 하지만 그 멀끔한 멋쟁이들은 물러설 줄을 몰랐다. 자기들도 이미 누나 때문에 충분히 미뤄왔다는 것이었다. 더 늦어졌다가는 세미나 준비에 차질도 있을 거고. 그리고 그들은 온갖 맛있는 메

뉴를 들먹이며 누나의 점심식사를 유혹했다. 물론 그런 유혹 앞에서 약해질 누나는 아니었지만 일은 자꾸 복잡해졌다.

들어올 때처럼 살그머니 광준 형이 일어난 것은 그때쯤이었다. 형은 아주 가만히 움직여 출구로 걸어갔다. 그 모습을 보며 나는 누나를 둘러싼 대학생들과 광준 형을 비교해보지 않을 수 없었다. 그들은 모두 크고 밝고 당당하기 그지없었다. 그러나 광준 형은 키도 작았고 밝거나 당당하지도 않았다. 게다가 형은 회사에서 지급해준, 돌가루가 사방에 박힌 감청색 잠바를 입고 있을 뿐이었다. 내가 형의 자리에 있었더라도 아마 나는 그렇게 조용히 빠져나갈 수밖에 없었을 것 같았다.

십여 초가 지난 다음에야 연미 누나는 광준 형의 실종을 알아차렸다. 누나는 깜짝 놀라서 출구로 달려나갔지만 이미 형의 모습은 어디에도 보이지 않았다. 누나는 실의에 잠겨 돌아와서는 탁자 위에 남아 있는 노란 장미를 집어들었다. 누나의 친구들이 물었다.

"무슨 일이야?"

"왜 그래?"

"모두 나가, 어서! 난 세미나 따위는 하지 않을 거야!"

누나는 소리를 지르고는 앞치마를 벗어던지고 가게 밖으

로 사라졌다.

다행스러운 일은 그날 누나가 곧장 우리집으로 찾아와 광준 형과 화해를 했다는 사실이었다. 누나는 충분한 사과와 설명을 했고 형은 그것을 너그럽게 이해했다. 그래서 두 사람은 다시 쿵짝거리는 사이가 되었다. 그런데 그날의 사건은 내게 아주 깊은 인상을 남기고 있었다. 나는 좀처럼 그 기억으로부터 벗어날 수가 없었다. 모든 일을 처음부터 끝까지 지켜본 사람이 나 혼자뿐이어서였을까.

나를 가장 아프게 만든 것은 광준 형의 초라한 차림새였다. 키가 작은 거야 천사의 집 출신이니 어쩔 수 없는 일이었다. 아침마다 삼십 분 씩 철봉대에 매달려봤자 텅 빈 배로는 키가 클 수 없는 것이다. 하지만 옷차림까지 그렇게 초라할 건 뭐람. 형은 이제 사회생활도 이 년이 넘어선 당당한 월급쟁이였는데. 은구 형이나 명호 형 들까지도 그럴듯한 양복 한두 벌씩은 갖고 있는데.

내가 좀처럼 그 장면을 지울 수 없었던 건 바로 나 자신이 형의 초라한 차림새의 원인이었기 때문일지도 몰랐다. 형은 그 무렵 생활비를 제외한 모든 돈을 내 뒤에다 밀어넣고 있었던 것이다. 점심값, 저녁값, 버스비, 독서실비 등등. 영암의 집사님도 형편이 되는 대로 얼마씩 돈을 보내주셨지만 나는 거의 전적으로 광준 형의 혹이라고 할 수밖에 없었다.

그로부터 이어지는 며칠 동안 나는 아무런 집중도 할 수 없었다. 수학책을 펴면 상업시간에 배운 대차대조표가 어른거렸고 과학시간이 되면 빵공장의 제빵기술자가 되는 꿈을 꾸었다. 국어시간엔 혼자서 이런 작문을 했다. 혹시 나는 지나친 욕심을 내고 있는 건 아닐까. 섣부르게 대학이니 뭐니 하면서 다른 사람의 짐이 될 게 아니라 마음을 돌려야 하는 건 아닐까. 그래서 광준 형처럼 기술자가 될 작정이나 해야 하는 게 아닐까. 아직 늦지 않았을 때 현명한 결정을 내려야 할 텐데…… 그럴 때면 옛날옛적에 윤식이 형이 들려준 회전목마의 원리라는 게 나타나서 나를 더욱 의기소침하게 만들었다. 우리집 식구들의 등에는 모두 한 가닥씩 굵은 쇠파이프가 박혀 있어서 아무리 열심히 달려보았자 제자리를 빙글빙글 돌 뿐이라는 이야기였다. 하지만 나는 아무래도 공부를 그만두는 결심까지는 갈 수 없었다. 대학에 간다는 것은 이미 내 생애의 목표가 되어 있었다. 뿐만 아니라 만약 내가 기술자 어쩌고 하는 소리를 광준 형 앞에서 꺼낸다면 아마도 형은 돌절구를 휘두르며 쫓아올 게 뻔했다.

일 주일째 되던 날 나는 결정을 내렸다. 공부를 해야 한다고. 그래서 광준 형이 원하는 서울의 일류대학에 합격해야 한다고. 그러나 그전에 먼저 할 일이 한 가지 있었다. 광준 형에게 그럴듯한 양복 한 벌을 만들어주는 것이었다. 연미 누나랑 데이트할 때 입을.

나는 명호 형을 만나 정식으로 부탁했다.

"한 달간만 형 밑에서 일할 수 있도록 해줘요."

명호 형은 그 무렵 대원호텔 앞의 새 자리로 옮겨 혼자서 일하고 있었다. 말하자면 독립이었다. 체신청 쪽은 상태 형이 다른 아이 하나를 새로 데려다 쓰며 영업하고 있었고.

"짜식아, 어느 회사의 골 빈 사장이 한 달짜리 신입사원을 뽑아 쓴다더냐?"

"정식사원이 아니라 아르바이트라니까요. 매일 저녁 두 시간씩. 요즘은 어떤 사업을 하든지 아르바이트를 써야 한다구요. 연미 누나가 아르바이트를 하면서 그 패스트푸드 가게에 손님이 얼마나 많아졌는지 알아요?"

"아르바이트 같은 소리 하고 있네. 광준이가 알면 널 절구통에 넣고 빻아버릴 거다."

"광준 형한테는 비밀로 해야죠."

"나까지 함께 절구통에 들어가잔 말이냐?"

"절대로 탄로나지 않을 거에요. 형, 내가 지난달에 반에서 일등한 거 알죠? 광주에선 공부라는 게 식은 죽 먹기라구요.
이럴 때 인생공부라도 해두어야죠. 월급도 아주 쬐금만 주면
되요."

"얼마나?"

"십만원만요."

"이런 젠장, 되게도 쬐금이네. 일 없어."

명호 형의 허락을 받아내기 위해 나는 며칠 동안 유령처럼
그를 들볶아야 했다. 단 한 달 동안의 아르바이트라는 사실을
수십 번도 넘게 주워섬겼다. 그러자 마침내 명호 형도 진지한
질문을 했다.

"너 도대체 무슨 일로 십만원이 필요한 거야. 말해봐. 정말
필요한 상황이면 내가 줄게. 여자친구 배에 문제가 생겼니?"

기가 막힐 노릇이었지만 나는 이유를 말해줄 수는 없었다.
그냥 돈을 받는다는 건 더더욱 용납할 수 없는 일이었다.

"남자 대 남자로서 부탁할게요. 이유는 묻지 말고 한 달간
만 일을 시켜주세요."

"안 돼!"

이튿날부터 나는 바빠졌다. 학교수업이 끝나고 독서실에
서 공부를 한 다음 여덟시만 되면 대원호텔 앞으로 나가 있어

야 했다. 시간을 지키기 위해서 때로는 라면 한 그릇의 저녁 식사도 걸렀다. 남자 대 남자의 거래인 만큼 출퇴근 시간은 엄수해야 한다는 게 명호 형의 조건이었고, 나도 그 조건에 전적으로 동의했던 것이다. 덕분에 배가 고픈 밤이 잦아졌지만 저녁식사비를 아낀다는 건 아주 나쁜 일은 아니었다.

구두를 닦고 명호 형의 잔심부름을 하는 일은 생각보다 힘들었다. 독서실에 앉아서 졸음을 쫓는 일보다 서너 갑절은 더 힘들었다. 명호 형은 하루분의 일을 모조리 모아두었다가 내게 떠맡기는 것 같았다. 그 기회에 내게 인생살이의 고달픔을 가르쳐주려고 작정한 것이었을까. 그렇지만 나는 그 시간이 재미있었다. 새로운 일인 까닭도 있었을 테고, 광준 형의 양복이라는 뚜렷한 목표가 있어서이기도 했을 것이다. 일이 끝나면 가게문을 닫고 나는 다시 독서실로 돌아갔다. 독서실의 세면장에서 휘발유와 비누로 구두약을 말끔히 닦아낸 다음 책을 펴들었다. 그러나 나도 모르게 스르륵 잠에 빠져들기 일쑤였다.

그날들 동안 가장 힘들었던 일은 광준 형이 눈치채지 못하도록 하는 것이었다. 만에 하나라도 형이 알게 된다면 명호 형의 말처럼 나를 절구통에 넣고 빻아버릴지도 모를 일이었다. 다행히 내가 돌아갈 시간에 형은 늘 코를 골며 잠들어 있었으므로 아주 위험하진 않았지만.

시간은 빨리빨리 흘러가주었다. 구두닦이 일에 이력이 붙을 즈음 어느새 나는 한 달이 차버린 것을 알았다. 명호 형은 십만원이 든 봉투를 건네주며 내일부턴 코빼기도 보이지 말라고 소리쳤다. 다른 아이를 구했노라고. 물론 나도 그 일을 계속할 생각은 없었다.

다음날 나는 학교수업이 끝나기를 목 빠지게 기다렸다. 그리고는 신사복 전문점으로 달려갔다. 명호 형이 준 십만원과 지난 한 달 동안 저녁값을 아껴 모은 돈 만이천원을 더 들고서. 나는 양복들이 진열된 매장을 스무 바퀴쯤 맴돌았을 것이었다. 그러나 결과는 대실망이었다. 십일만이천원이라면 대단히 큰돈이리라 생각했는데 브랜드가 붙여진 양복들 앞에서는 휘파람도 불 수 없는 금액이었던 것이다.

더러는 한쪽 귀퉁이에 칠, 팔만원짜리 양복이 없는 것도 아니었다. 하지만 그런 옷들은 도무지 정이 가지 않았다. 연미 누나가 다니는 대학의 학생들이라면 거저 줘도 거들떠보지 않을 것 같은 옷들이었다. 내가 조금이라도 만족할 만한 선물감은 십오만원이나 십육만원을 넘어서고 있었다. 나는 오만원을 더 구해야 한다고 결정했다.

"정말이에요. 다시는 이런 소리 하지 않을 거예요. 영암에

계신 집사님의 명예를 걸고 맹세하죠. 반달만 더 일하게 해주세요."

내가 매달릴 수 있는 사람은 명호 형밖에 없었다.

"안 돼."

"딱 반달만 더요."

"안 된다니까."

명호 형의 거절은 이번에는 더욱 단호했다. 형은 숫제 나하고는 얘기도 하지 않으려 했다. 그날 가게 문을 닫을 시간이 되어서야 비로소 형은 내게 각서를 쓰도록 했다. 사나이 명예를 걸고 두 번 다시 그런 소리는 하지 않기로. 아울러 그로부터 발생할지도 모를 모든 문제에 대한 책임은 내가 지기로. 그러고서야 겨우 반달 동안의 아르바이트를 허락했다.

그런데 그렇게 시작된 반달 동안은 몇 가지 불안한 일들이 있었다.

첫째는 내 성적이 눈에 띄게 떨어졌다는 사실이었다. 하루 두세 시간씩의 외출은 고스란히 시험결과에 반영되었다. 나는 별 차이가 없으리라고 믿었지만. 그래서 도시는 영암과는 다른 모양이었다.

"사등이면 지지난 달과 같은 성적이구나…… 너무 조바심을 내진 말아라. 또 금방 좋아질 테지."

광준 형은 그렇게 말했다. 조바심을 내지 말라는 사람이 나보다 더 조바심을 내고 있다는 걸 나는 충분히 느낄 수 있었다. 나는 내심 양복만 사고 나면 곧 다시 일등으로 올라서리라고 다짐했다.

두번째는 언제부턴가 광준 형이 수상쩍은 냄새를 맡기 시작한 일이었다. 아침이면 형은 사냥개처럼 내 이부자리 근처를 킁킁거리곤 했다.

"이게 도대체 무슨 냄새지? 석유 냄새 같기도 하고 휘발유 냄새 같기도 하고. 한여름에 누가 석유난로를 때는 건 아닐 텐데."

그러면 나는 형을 따라 킁킁거리는 시늉을 했다.

"냄새는 무슨 냄새요. 난 아무 냄새도 안 나는데. 혹시 지난 밤에 마신 술냄새가 남아 있는 것 아녜요?"

"벌써 일 주일째 술은 입에도 대지 않았어. 명호랑 상태 형 몸에서 나는 냄새 같기도 한데."

"그럴지도 모르겠네요."

"그런데 너 요즘 몸이 좋지 않니?"

"왜요?"

"아침에 일어나는 걸 너무 힘들어하잖니. 예전엔 안 그랬는데."

"제가요? 공부가 힘든 모양이죠."

처음 한두 번은 그렇게 얼버무려 넘길 수가 있었지만 나는 점점 불안해졌다. 어수룩한 척했지만 광준 형의 눈치도 보통은 넘었다. 적어도 그는 천사의 집에서 십삼 년을 산 경력이 있었으니까. 나는 냄새를 없애기 위해 더 조심하며 하루빨리 반달이 끝나기를 기도할 수밖에 없었다.

십사 일째 되던 날 저녁 나는 연미 누나를 찾아갔다.

"누나, 내일 저녁에 잠깐만 시간 내줄 수 있어요?"

"무슨 일인데?"

"그건 비밀이에요. 한 시간, 아니 삼십 분이면 될 거예요."

누나는 고개를 갸웃거렸다.

"글쎄…… 안 되겠는데. 난 내일 세미나 준비가 있거든."

"아이 참, 그러지 말구요. 삼십 분만요."

"안 돼. 무슨 일인지도 모르면서 세미나 준비를 빠질 수는 없어. 손님 주문하시겠어요?"

누나가 고단수라는 걸 나는 다시 한번 인정해야 했다.

"무슨 일인지 얘기하면 시간 내는 거예요?"

"꼭 필요한 일이면."

"비밀을 지킬 수 있어요?"

"그건 약속하지."

"양복을 한 벌 골라야 해요."

나는 사정 설명을 간단하게 했다. 갑자기 돈이 좀 생겼다. 어떻게 생긴 돈인지는 묻지 말아달라. 하지만 나쁜 짓 해서 번 돈은 아니니까 안심해라. 나는 그 돈을 광준 형의 양복 한 벌을 사기로 했다. 형의 옷들이 얼마나 형편없는지는 누나가 더 잘 알 것이다. 그런데 도무지 디자인을 정할 수가 없다. 아무리 봐도 그게 그거다. 그래서 누나에게 도움을 청하는 것이다. 형에게는 절대 비밀로 해야 한다.

"정말 내가 몰라도 되는 돈이니? 어떻게 생겼는지?"

"사나이 명예를 걸고 맹세해요!"

사나이 명예를 좀 자주 팔아먹는 경향이 있었지만 어쩔 수 없었다. 그제서야 누나는 고개를 끄덕였다. 우리는 다음날 밤 열시에 대의동의 신사복 전문점 앞에서 만나기로 약속을 정했다.

바로 그날 밤 그런데 대원호텔 앞에서는 약간의 사고가 발생했다. 한쪽 다리를 건들거리며 네 명의 어깨들이 찾아온 것이다. 그들은 명호 형에게 당장 보따리를 싸서 떠나라고 명령했다. 그곳은 원래 자기네 조직이 관리하던 터라고. 명호 형은 그런 협박 따위에는 왼쪽 새끼발가락도 떨 사람이 아니었다. 조직으로 따지더라도, 명호 형이 소속되어 있는 조직도 두려울 게 없었다. 천사의 집 출신들이 줄줄이 자리잡고 있었으니까. 그래서 그 자리에서는 약간의 전쟁이 벌어졌다. 네 명의 어깨들과 명호 형과 내가 구두약 통과 솔을 집어던지며 한데 엉켰다. 물론 결과는 우리 쪽의 참담한 패배였지만.

그들이 돌아가고 보니 명호 형과 나는 똑같이 왼쪽 눈언저리에 멍이 들어 있었다.

"이제 어떡하죠?"

"뭘?"

"내일부터 말예요. 또 찾아올 게 뻔한데."

"그렇지 않아. 쟤네는 맛이 가고 있는 조직이야. 두목급도 모두 들어갔고. 괜히 열 받으니까 한바탕 휘젓고 떠나려는 거야."

나는 고개를 끄덕였다.

"그럼 걱정할 건 없겠군요."

"걱정할 건 없어."

"그런데 형, 모자 하나 사 쓰지 않을래요?"

"모자는 왜?"

"똑같이 눈가에 멍이 들었으니 창피하잖아요. 그래도 형은 이 거리의 대빵인데."

"그렇군, 모자를 하나 사야겠군."

명호 형은 그 길로 시장통으로 달려가 등산모자 하나를 사쓰고 돌아왔다. 나는 조금 안심이 되었다. 명호 형과 내가 똑같이 멍이 든 사실을 광준 형이 알게 할 수는 없었던 것이다.

마침내 마지막 날이 밝았다. 그리고 저녁이 어두워졌다. 나는 다른 날보다 삼십 분쯤 일찍 출근 도장을 찍었다. 연미 누나와의 열시 약속을 위해서는 삼십 분쯤 일찍 일을 마치고 구두약을 씻어버릴 필요가 있었다. 명호 형은 옆에서 자꾸만 캐물었다. 도대체 무슨 일을 하려고 그러느냐. 무슨 사고가 생긴 것이냐. 비밀은 지키겠다. 얘기하지 않으면 돈을 주지 않겠다. 광준이에게 얘기해버릴지도 모른다…… 그러나 나는 형이 약속한 돈을 내놓으리라는 것을 잘 알고 있었다.

아홉시가 넘어서고 이제 슬슬 일을 정리해야 하리라고 생각하던 때였다. 한 사람이 내 앞의 의자로 걸터앉아서는 발판 위에 구두를 올려놓았다. 어서 옵쇼! 나는 건성으로 소리쳤다. 그런데 구두가 낯익어 보였다. 단골손님 같기도 했지만 느낌이 좋지 않았다. 단골손님이라면 가죽이 반질반질해야 할 텐데 구두는 반년 넘어 광을 낸 흔적이 없었던 것이다. 나는 가만히 눈길을 들어 그 구두의 주인을 쳐다보았다. 그랬더니, 맙소사! 대머리독수리처럼 매서운 눈으로 나를 노려보고 있는 사람은 광준 형이었다. 떨어진 성적, 휘발유 냄새, 눈 뜨지 못하는 아침, 눈가의 시퍼런 멍, 그런 증거들의 집합이 마침내 광준 형에게 실마리를 잡게 한 모양이었다.

나는 그 자리에서 멱살을 잡혀 집으로 끌려갔다. 그리고는 수십 대를 정신없이 맞았다. 광준 형은 그때껏 한 번도 그런 식으로 나를 때린 적이 없었다. 손바닥으로 뺨을 때린 적도 없었고 발길질을 한 적도 없었다. 그렇지만 그날은 모든 방식이 총동원되었다. 새로운 역사가 창조되는 날이었다.

맞는 사람이나 때리는 사람이나 모두 진이 빠질 즈음이 되어서야 형은 손발을 멈추었다. 나는 마당 한가운데 무릎을 꿇고 앉았다.

"얘기해봐."

무슨 얘기를 할 수 있겠는가. 그저 고개를 숙이고 기도할 수밖에. 어서 그 시간이 지나가주기를. 짧지 않은 삶을 살아오는 동안 나는 그때만큼 간절히 시간의 흐름을 바랐던 적이 없었다.

"어서 얘기해봐."

광준 형은 툇마루에 걸터앉아 담배를 피웠다. 이따금 생각난 듯 내게 해명하기를 재촉하면서. 그러는 사이 명호 형이 들어왔고 상태 형이 돌아와서 말을 붙였다. 그러나 광준 형은 들은 척도 하지 않았다. 내가 입을 열지 않는다면 며칠이라도 그렇게 기다릴 태세였다. 나는 눈물을 삼키기 위해 종종 밤하늘을 올려다보아야 했다. 초여름 밤하늘에는 쏟아져버릴 것처럼 많은 별들이 반짝이고 있었다. 큰곰자리, 작은사자자리, 목동자리, 사냥개자리, 거문고자리……

열한시 삼십분 쯤, 연미 누나가 집으로 찾아왔다. 나는 누나를 까맣게 잊고 있었는데 누나는 아마 그때까지 신사복 전문점 앞에서 기다리고 있은 모양이었다. 마당을 둘러보고 나와 광준 형의 모양새를 보고서 누나는 광준 형에게로 다가갔다.

"할말이 있어. 잠깐만 나와봐."

연미 누나와 함께 밖으로 나간 광준 형은 한 시간이 넘어서야 돌아왔다. 형은 비틀거리고 있었고 입가에서는 소주 냄새가 물씬 풍겼다.

"들어가, 자."

연미 누나는 물수건으로 내 얼굴의 상처들을 닦아주었다. 그런데 왜 누나의 눈가에는 얼룩이 번지고 있었을까.

광준 형이 잠에 떨어진 것을 확인한 다음 나는 명호 형네 방으로 건너가서 반달치 봉급을 요구했다. 명호 형은 기가 막힌다는 듯 혀를 끌끌거렸다. 이 자식도 참 큰일 낼 놈이야. 벌써부터 돈 맛은 알아가지고.

광준 형이 다시 내게 친절해진 것은 두 달 반이 지나서였다. 6월과 7월의 평가고사에서 내가 계속 일등을 놓치지 않은 덕분이었다. 6월엔 시큰둥한 눈으로 바라보던 형은 7월에도 같은 결과가 나오자 기쁨을 참을 수 없었는지 동네 사람들에게 자랑을 늘어놓았다. 그 자식이 말이에요, 그래도 한다면 하는 놈이에요. 두고 보라구요. 서울대학교라도 문제없이 들어가고 말 거니까. 그리고 형은 동네 식당으로 나를 데려가 삼겹살을 사주었다. 두 달 반 만에 따뜻한 말을 건넸고 콜라도 한 잔 따라주었다. 형은 또 이제야 집사님 볼 면목이 섰다면서 기뻐했다.

그로부터 며칠 후 나는 연미 누나와의 오랜 약속을 이행했다. 대의동 신사복 전문점 앞 약속이었다. 누나는 광준 형이 또 화를 내면 어떡하느냐고 걱정했지만 어쨌건 나는 양복을 샀다. 그 돈은 그렇게 쓰여지기 위해 번 것이었으니까. 다행히 형은 같은 일로 두 번 화를 낼 만큼 속이 좁지는 않았다. 내게 두 번 다시 이런 일은 하지 않겠다는 맹세를 시켰지만 우리를 위해 기꺼이 새 양복을 입어보여 주었다.

이년 반이 더 지났을 때, 나는 광준 형과 작별을 고해야만 하게 되었다. 그토록 오랫동안 원하고 준비했던 서울에서의 대학 생활이 나를 기다리고 있었던 것이다.

마지막 날 밤 형과 나는 동네의 단골 삼겹살집을 찾아갔는데, 이번에는 내 잔에도 콜라가 아닌 소주가 부어졌다.

"새 직장은 어때요?"

"아주 나쁜 편은 아니야."

광준 형은 괜한 겸손을 부렸다. 그 얼마 전 형은 고등학교를 졸업할 때부터 마음속에 그렸던 일자리를 얻은 터였다. 호텔에서 초대형 얼음조각을 만드는 일이었다. 돌깎기로부터 시작하여 형은 마침내 예술과 기술이 어우러진 얼음조각 전문가가 된 것이었다.

"혹이 없어져서 이젠 홀가분하겠어요."

"혹을 하나 더 가져올까 생각중인걸…… 이건 오래 전부터 생각한 건데 말이다, 경우를 데려오는 건 어떻겠니?"

"그건 안 돼요."

"왜?"

"경우는 제가 데려갈 거거든요. 그러지 말고 형은 새로운 곳에서 찾아보는 게 어때요?"

"새로운 곳이라니?"

"이를테면 연미 누나의 뱃속이라든가."

"끔찍한 소릴 하는구나."

"조만간 결혼식을 올려야 할 것 아녜요."

연미 누나는 이제 어엿한 국민학교 선생님이 되어 있었다.

"글쎄다, 그것도 아주 나쁜 생각은 아니다만……"

그해 봄 광준 형과 연미 누나는 결혼행진곡을 울렸다. 영암 천사의 집에서, 원장님 총무님 집사님들과 다른 모든 식구들이 지켜보는 가운데. 그리고 일 년 후엔 귀여운 딸을 낳았다.

경우를 서울로 데려오기 위해 영암으로 가는 길에 나는 광준 형네에 들러 아기를 안아보았다. 부모를 닮아서 고집이 아주 셀 것 같았다. 두 달밖에 안 된 눈에서 광채가 번득이고 있었다. 그래, 그래야지. 고집이라도 없으면 이 험한 세상을 어떻게 살아가겠니.

광준 형과 연미 누나와 그들의 아기를 보면서 나는 문득 그런 생각을 해보았다. 이제는 몇 마리 목마들이 회전의 굴레를 벗고 나왔다고 얘기할 수 있을까. 등짝에 박힌 단단한 쇠파이프를 끊고 스스로의 삶을 찾아나섰다고. 집사님이나 영진이 어머니는 그 질문에 대해 어떤 대답들을 하실까.

업둥이와 사생아들의 세계에서
―386세대가 쓴 사회존재론의 연작동화

한 기(문학평론가)

1

채영주는 왜 하필 '고아원' 얘기를 썼던 것일까.

사람들은 종종 그에게 "고아가 아니냐"며 물었다고, 작가는 말한다. 스스로 고아의식에 사로잡히는 데 대한 자문자답에 불과한 말이었지만, 그가 기억하는 한 그는 언제나 '가족의 울타리'에 단단하게 보호되어 있었다. 그렇다면 그는 왜 그렇게 많은 사람들로부터 '고아 아닌가'라는 식의 오해 아닌 오해를 받고, 또 스스로도 그런 오해를 즐기는 것처럼 깊은 환각과 자기 최면 속에 자주 빠져들곤 했던 것일까. 작가의 다음 고백은 이런 점에서 우리가 유심히 들여다볼 만한 참

조사항들을 거느리고 있다.

　　한때는 그런 소릴 듣는 게 과히 기분 나쁘지 않은 시절도 있었다. 사람들에게는 교활한 허영이라는 게 있어서 자기 이외의 어떤 존재로 비춰지는 것을 즐길 때가 있는 법이다. 하지만 이제 나는 그게 결코 축복받은 일도 즐길 일도 아니라는 사실을 잘 알고 있다. 아무리 힘주어 고개를 내저어도 내가 고아가 아니라는 증거는 어디에도 없는 까닭이다. 고아인 것과 고아가 아닌 것의 차이, 스스로를 고아라고 생각하는 것과 고아가 아니라고 믿는 것의 차이…… 그 차이는 과연 어디에 있을까. (328~329쪽)

　　위 문장을 주의 깊게 읽어내린다면, 그 속에 이상(異常)한 문장 하나가 도드라져 가로놓여 있다는 것을 우리는 알아차릴 수 있다. "아무리 힘주어 고개를 내저어도 내가 고아가 아니라는 증거는 어디에도 없"다니! 이 문장은 옳은 문장인가, 틀린 문장인가? 만약 틀린 문장이라고 한다면, 그 오류는 고의적인 것인가, 아니면 무의식적으로 발동되었을 뿐인가?

　　앞에서 분명히 작가는, "내가 기억하는 한 나는 언제나 가족의 울타리에 단단하게 보호되어 있었다"고 했다. 그리고선 그에 이어진 문단에서, "아무리 힘주어 고개를 내저어도 내가 고아가 아니라는 증거는 어디에도 없"다고 말하는 것은 아무래도 모순이 아닐 수 없다. 아무리 고개를 내저어도, 내가 고아가 아니라는 증거는 어디에도 없다니! 요컨대, '내가 고아가 아니라는 증거는 어디에도 없다'! 그리고 이 이중부정의 문장이 갖는 논리학적 의미는 결국 평서문으로, '나는 고아이다'로 될 터이다. 그렇다면 이 복잡한 이중부정의 수사학적 문장이 어찌 오류가 아닐 수 있을 것인가. 만약 그렇다고 본다면, 이 이중부정의 논리적 오류는 왜 발생하게 된 것일까.

더 주의해 살핀다면, "고아인 것과 고아가 아닌 것의 차이, 스스로를 고아라고 생각하는 것과 고아가 아니라고 믿는 것의 차이…… 그 차이는 과연 어디에 있을까"라고 작가는 묻고 있다. 이 문장이 묻고 있는 세부적 차이를 대범하게 무시하고 문장 전체의 수사학적 의미를 간단히 간추린다면, "스스로를 고아라고 생각하"든, 혹은 "고아가 아니라고 믿"든 별 차이가 없다는 뜻이 될 것이다. 고쳐 말하면, 스스로 고아라고 생각하거나, 또는 고아가 아니라고 믿거나 간에, 그 차이는 미미한, 백지 한 장 정도의 차이가 있을 뿐이며, 단독자적 실존, 곧 고아적 실존이라는 인간 존재의 근본 여건은 본질적으로 변할 수 없다는 점을 작가는 피력하고자 한 것이 아니었을까. 이처럼 단독자적 자아로서의 인간 존재에 대한 실존론적 이해, 곧 현상학적 해석학의 기초 존재론적 이해가 '고아'의 자기 의식에 대한 해명의 과정에서 명백한 논리학적 실수의 의미론적 과실을 낳은 배면적 요인으로 작용한 것은 아닐까. 그렇다면 문맥의 흐름 속에서 따지게 되는 논리학적 오류나, 의미론적 과실이 말 그대로 단독자적 문장 차원에서의 과실이라고는 할 수 없으며, 오히려 그 자신의 명백한 존재론적 이해가 이 외면적 과실의 문장 속에 반영되어 있다고 할 수 있다. 결국 고아가 아니면서 고아 의식에 침윤될 수밖에 없었던(혹은 침윤되기 쉬웠던) 작가 의식의 실재를 우리는 여기서 발견할 수 있는 셈이며, 작가가 '고아원'을 소재로 쓴 소설쓰기의 근본 동기는 따라서 이와 같은 존재론적 차원에서 연유했다고 할 수 있다. 그렇다면 이 '고아'의 실존감각 속에 투영된 존재론적 세부 의식의 면모는 또 어떻게 구획되고 설명될 수 있는지 좀더 나아가 살펴보기로 하자.

2

이처럼 채영주는 고아들의 존재와 그 의식세계에 대해 깊은 친화감을 가지고, 이들의 내면세계와 특수한 역사적 상황 속의 자아를 사회존재론적으로 조회, 문학적으로 각인시킬 필요를 느꼈다. 그리고 그 의식(작가 의식)의 근저에는 '고아'로 표상되는 사회적 존재에 대한 동정과 연민의 감정, 곧 말을 바꾸어 '수난'의 자기 의식이 기초가 되어 있는 것을 부인할 수 없으며, 다른 한편 이는 박쥐처럼 날개를 접는 '선민 의식'과도 깊은 연대와 우호를 형성하며 자기를 형성해가는 의식적 기초인 것을 알 수 있다. 이런 의미로 수난 의식과 선민 의식은 삼쌍둥이 같은 이형동질의 형제 감정임을 역사학자 피에르 비달-나케는 유대인을 예로 들어 설명하고 있거니와(『Les assassins de la memoire』), 소설학자 마르트 로베르 역시 근대소설의 원형적 뿌리라 할 '가족소설'을 분석하여 그것이 크게 '업둥이'이거나, '사생아'가 아니면 씌어질 수 없는 감정적 기초의 성격을 지닌 것임을 밝히고 있다.[1] 이렇게 본다면 채영주의 작가로서의 전회는 무엇보다 업둥이 또

---

1) 마르트 로베르, 『기원의 소설, 소설의 기원』(김치수 · 이윤옥 옮김, 문학과지성사, 1999) 2장 참조.

는 사생아의 의식에 침윤됨으로써 결정적으로 사회과학도의 길을 버리고 문학으로의 길을 선택해 나오게 되었다고 볼 수 있고, 이런 뜻에서 『목마들의 언덕』과 그 시작 편인 「천사 가출」은 채영주의 전기적 도정과 그 의식적 행방을 살피는 데도 결정적인 준거의 작품이 된다고 할 수 있다. 이런 뜻에서 『목마들의 언덕』은 작가의 의식적, 무의식적 기초의 자기 이해와 현대 한국에서의 삶에 대한 사회과학적 이해가 집합적, 연속적으로 함께 작용, 투영됨으로써, 자기 시대 삶에 대한 사회존재론적 축도의 건설, 혹은 그 문예학적 범형의 구출이라는 야심찬 기획 의도가 마침내 결실을 맺은, 오랜 각고의 산물임을 알 수 있다. 채영주 문학의 적지 않은 탑재 속에서도 유난히 이 작품이 독자의 반응을 지속적으로 불러모으고, 비평가들로부터도 가장 안정된 작품이라는 호명을 불러일으키게 된 배경이 이와 같은 맥락 속에서 설명될 수 있을지 모른다. 이 작가의 문학적 내질로 굳어지게 된 그 나름의 독특한 수난 의식과 선민 의식, 그리고 업둥이 또는 사생아의 의식 등이 그렇다면 어떤 식으로 이 작품의 세부 속에서 모습을 드러내고 있는지 좀더 면밀히 관찰해둘 필요가 있겠다.

2-1

우선 이 작품에 배열된 인물들의 의식세계를 주목해본다고 할 때, 가장 먼저 우리의 주목을 끄는 인물은 이 작품의 화자이자 보이지 않게 작품 전반을 위요하며 관찰자의 역할을 드러내고 있는 '동우'라는 인물이다. 그는 첫째 작품인 「천사 가출」에서부터 거의 맨얼굴을 드러내지 않는 일인칭 화자로 등장, 작품의 숨은 지배자인 진술자의 역할을 수행하면서 작품집의 최종 국면인 「결혼, 그리고 이별」, 그리고 마지막 작품인 「천사 파이팅!」에 이르러 겨우 맨얼굴을 드러냄으로써 소설세계의 참주인공임을 과시하는, 선지자 유형의 지적 지도자 격 성격이라고 할 수 있다. 첫째 작품인 「천사 가출」의 주인공인 '성우', 그리고 그 동생인 '경우'와 함께 형제를 이루는 이 인물은 그러니만치 자신의 출생 이력에 대해서도 누구보다 잘 알 수 있는 위치와 조건에 있지만, 웬일인지 작품집 내내 자신의 출생, 혹은 부모와 관련된 어떤 비밀사항이나 주석의 내용도 우리에게 가르쳐주는 바가 없다. 가령 이 작품집의 가장 흥미로운 인물 중 하나인 작품 「명수」의 주인공 '상두'의 경우, 그 아버지의 존재와 관련된 이야기가 시시콜콜 밝혀지고 있음에 반하여, 또는 둘째 작품 「상처」의 주인공

'형국'의 경우에도 희미하게나마 그 출생의 비밀이 토로되고 있음에 반하여, 혹은 그 밖에 「아름다운 나라」의 주인공 '원희 누나'의 경우에도 그 출생에 얽힌 비밀이 어렴풋이나마 토설되고 있는 사정인 것에 비추어,―물론 이 양상들은 그 작품의 내적 필요상 그리 되었다고 할 수는 있다―작품집 전체로 편집자적 주석과 논평의 역할을 수행하는 작중 화자 '동우' 자신이 자신의 출생 비밀에 대해서 일언반구, 언급의 흔적을 남겨놓지 않고 있다고 하는 것은 어딘지 이상하다고 밖에는 할 수 없지 않을까. 최종의 작품 「천사 파이팅!」을 통해 대학 진학을 성취하는 거의 유일한 남자 고아원생으로 그려지는 이 인물은 그런 만큼 작가의 분신이라 해도 좋을 만한 흡사한 성격의 기질과 지적 능력을 부여받은 인물이라 할 수 있는데, 그렇게 자기 자신의 내력에 대해서 알고자 하면 얼마든지 알 수 있을 위치와 능력 소유의 이 인물이 자기 자신에 대해서 아무런 설명도 부가하지 않고, 또한 그 점에 대해 어떤 의문도 제기하고 있지 않다는 사실이야말로 우리가 말하는 의미에서 '업둥이'로서의 작가 의식을 투영하는 바의 양태라고 하지 않을 수 없을 것이다. 이 업둥이의 고아원생이 최종적으로 거의 유일하다시피 한 남자 대학생으로 자라나게 된다는 점에서 그 업둥이의 '수난 의식'과 출세 지향의

'선민 의식'이 기실 본질적으로 하나의 의식 형질임을 다시금 확인시켜준다고 할 수 있거니와, 연작의 출발점을 이루는 첫째 작품 「천사 가출」속 주요 수난의 인물, 즉 주인공이 다름아닌 화자의 동생 '성우'로 설정되어 있다는 점에서 선민 의식의 바탕이 '수난 의식'과 한 궤에 있음을 긴절히 암시하고 있다고 할 수 있다. 고아원을 벗어나 새로운 세계를 경험하고자 하는 동생 '성우'의 '탈출' 행각은 주인공 화자인 형과 그 밖의 고아원생 모두에게 뼈아픈 수난의 의식을 안기지만, 원천적으로 속박된 존재라는 실존론적 이해, 혹은 기초존재론적 이해와, 그럼에도 불구하고 그 속박된 세계에서의 탈출을 꿈꾸지 않을 수 없다는 자유의 비상 욕구의 실천은 전적으로 '형제는 용감하였다'의 감각으로 나누어진 두 형제의 인물에 배분된 배역의 성격임을 우리는 확철히 확인할 수 있다. 이 작품의 의미론적 핵자 진술의 부분이면서, 형제간 우애의 가장 밀도 있는 교감 표현의 문단으로 제시되어 있는 작품 「천사 가출」의 마지막 대목 속에서 우리는 세계 연출자(작가)가 지닌 이러한 연출감각을 은밀히 확인해볼 수 있다. 작품집 전체의 주제 확인을 겸해서 여기서 음미해보도록 하자.

　"어떤 형이 그러는데 우리 등에는 단단한 쇠파이프가 하나씩 박혀 있대."

(……)

"비바람 치는 들판이 싫어서 번개는 자꾸만 앞으로 달리지. 아버지 어머니도 보고 싶고 따뜻한 집도 그립고 맛있는 것도 먹고 싶고…… 하지만 언제나 제자리를 맴돌 뿐이야. 번개는 단단한 쇠파이프에 등이 찔린 회전목마거든…… 그래서 내 말은…… 우리도 번개처럼 어디로도 달아날 수 없는 목마라는 거야."

(……)

해야 할 말이 더 있을 것 같았지만 사실은 나 역시도 모르는 일이 많음을 새삼스레 깨닫고 있었다. 이를테면, 가도 가도 조그만 동그라미를 벗어나지 못하는 번개가 왜 힘겹게 달리기를 멈추지 않는지도 나는 모르고 있었다. 혹은 그것이 멈추지 않는 것인지, 아니면 자신의 힘으로는 멈출 수 없는 것인지 따위도.

"난 다른 아이가 되고 싶었어."

성우의 중얼거림이 조그맣게 귓전으로 흘러들었다.(36~37 쪽)

‘업둥이’ 의식과 함께 작가 의식의 또다른 면이라 할 ‘사생아’ 의식과 관련해서는 작품 「명수」가 그 시사점을 폭넓게 드러내고 있다고 할 수 있다. ‘명수’ (상두)는 “마음을 먹으면 엄마 뱃속에 있는 아기도 훔쳐낼 수가 있”는 도둑놈 명수이며, “주먹으로 한 대 치면 도갑사 길목에 있는 느티나무가 흔들”릴 정도라고 전해지는 괴력의 주먹쟁이이기도 하다. 마치 그는 한때 대한민국을 떠들썩하게 했던 ‘대도’ 조세형이나 신창원에 비견할 만한 신출귀몰의 명 양상군자인 셈이다. 그런데 어린 고아원생의 하나였을 뿐인 어린 ‘상두’는 어떻게 해서 이런 명수의 대도로 자라나게 된 것일까.

소설은 ‘명수’ 의 내력을 설명하기 위해 그 아버지의 이야기를 먼저 전해준다. 그러니까 상두의 아버지는 다른 것은 말고라도 여자 다루기에 있어서 천재적인 명수였던 셈. ‘전쟁이라는 지옥’ 에서 ‘고삐 풀린 망아지’ 처럼 풀려나자 그는 전국 방방곡곡을 돌아다니며 행상꾼으로 점두를 차리곤 했던 것인데, 이때부터 그가 뿌린 것은 잡동사니 물건만이 아닌 생물의 남성으로서 뿌린 씨앗이기도 했던 것. “그는 전국 각지에서 여자를 만났고 그를 만난 여자들은 또 그의 아이를 만들었다." 이렇게 해서 만들어진 아이들을 여자들은 "큼직한 집 대문간에 버"리거나, 혹은 "전쟁중에 갓 만들어지기 시작한 고아원 앞에" 내동댕이쳐버리고 말았다. 그렇게 해서 그의 아이들은 전국 각지의 고아원이나 길거리에 흩어지게 되었는데, "그 숫자가 정확히 얼마나 되는지는 아무도 몰랐다". 우리의 명수, 상두는 그렇게 해서 버려진 전쟁 고아, 곧 사생아 중 한 아이였던 셈이다.

그렇게 해서 버려진 씨앗들을 두고, 잊어버릴 만하면 생각난 듯 찾아와서, 소란을 피우며 자식 자랑을 늘어놓는 인물이 또 한 사람의 명수, 곧 상두의 아버지이기도 하다. 이처럼 찾아와서 속만 썩일 뿐인 '아버지'에게 두 손 두 발 다 들고, 자위책을 벌이게 된 행각이 상두의 저 신출귀몰, '대도' 행각이었다는 설명이다. 그리고 이번에는 아버지 '최씨'가 떠나고 난 뒤, 어디선가 바람처럼 나타난 상두가 그 아버지의 빈자리를 메우며, "과연 그 아버지의 아들답게" 애비를 도마 위에 올려놓고 조롱조의 사설을 늘어놓는 내용이 다음 구절이다. '사생아' 의식이란 무엇인가에 대한 우리의 해답을 이런 데서 찾을 수 있지 않을까.

"그 사람이 제일 처음 나를 찾아왔을 때 뭐라고 말했는지 아니? (……) 나는 꾹 참고 그에게 어머니에 대해서 물어보았지.
우리 어머니는 어떤 사람이었나요? 그는 내 어머니가 그냥 수
수한 농가의 딸이었다고 대답했어. 얼굴은 동글동글하게 예쁜
편이었고 머리는 언제나 기다랗게 땋아 다녔다고. 그런데 재미
있는 건 그뒤로 내가 가끔 물어볼 때마다 어머니에 대한 그의
설명이 달라졌다는 거야. 한번은 부잣집 외동딸이었는데 자기
를 따라나섰다가 신세를 망친 여자라고도 했고."(169~170쪽)

"우리 어머니는 어떤 사람이었나요?"라고 묻는, 아니 묻고
싶은, 그런 형언할 수 없는 그리움의 감정이 여기 '사생아'
의식의 기초가 된다는 것을 알 수 있다. 애비는 아무리 개차
반 인생일망정 어머니는 그래도 '신데렐라'가 아니었을까,
'백설공주'가 아니었을까 꿈꾸는 것이 말하자면 '사생아'의
식의 기초라는 것이다. 눈앞에 나타나서 행패 부리는 애비를
부정할 수 없다면, 필시 그 애비에게 납치당해 팔자를 고치지
못하고 살았을 에미만은 그래도 좋은 가문의 귀티나는 신부
였다고 믿고 싶고, 그마저도 여의치 않다면 이 사생아 감정은
조만간 업둥이 의식으로 발전하게 되는 것이다. 애비에 대한
반감, 즉 부정의 감정이 자연스레 에미에 대한 상상적 사랑,
즉 대상적 성질의 허구적 사랑으로 발전하게 되지만, 이마저

도 불가능한 상황에 처하게 되면 이 사생아적 감정, 충동은 조만간 업둥이의 그것으로 전환된다는 설명이다. 업둥이 의식과 사생아 의식은 결국 종이 한 장 차이, 오십 보 백 보의 관계에 있다는 설명인 것이다. 결국 한쪽만 부정하든, 양쪽 모두를 부정하든, 자신의 초라한 기원 앞에서 순식간에 부정의 의지에 말려드는 어린아이는 규범으로부터의 일탈과 탈선행위를 반복함으로써 '교도소의 담장 위를 걷는' 범죄꾼이 되거나, 거짓말을 밥 먹듯이 하는 허언의 대가가 됨으로써 나중 작가로 자라날지도 모른다. 범죄자, 광인의 의식과 소설가, 작가의 그것이 겨우 한 뼘의 차이에 불과하다는 사실을 다시금 여기에서 확인할 수 있다. 하지만 어쩔 것인가. 죄는 죄대로 가고, 뿌린 대로 거두리라고 율법서들은 말하고 있지 않은가. 아무리 벗어나려고 애써도 그러면 그럴수록 옭죄어만 가는 '올가미'처럼, 세상만사 속일 수는 없다는 것을, 호적을 감출 수는 없다는 사실을 소설은 또 수갑처럼 옭죄어 말한다. 저항하면서 닮는다는 말처럼, 세상만사 결국은 핏줄의 원리 속에 있다는 사실을 소설은 다음처럼 조용히 말한다.

"상두는 그러면서 자기가 그 사람의 아들이 아니라고 주장했어. 하지만 우리가 보기에 적어도 그 점만은 움직일 수 없는 사실이었지. 그가 그 사람의 핏줄을 타고났다는 점 말이야."
(171쪽)

이처럼 '움직일 수 없는 사실'의 사태로서 '핏줄'의 관계가 명백함에도 어린이는 (그리고 작가 역시) 끊임없이 애비를 부정하고픈 욕구에 사로잡힌다. 애비에의 부정 의지란 현실의 추(醜)함에 대한 인식, 즉 기원에 대한 인식으로부터 발로된다는 점을 앞서 말했거니와, 사생아적 감정구조, 의식구조에 있어서 추하지 않은 이상적 상태의 욕구가 말하자면 모성에 대한 희구의 양태로 발로된다고 설명될 수 있는 것이다. 부정되고 극복되어야 할 것으로서의 부성적 현실과 모성적 측면이 이렇게 해서 뚜렷이 문학 속에 대립, 각인되는 문학적 현상이 노정되는데, 선과 악의 이원화된 세계 인식이 여기에 결합됨으로써 흔히 멜로드라마 식의 극적 세계관이 구조화된다고 할 수 있다. 이처럼 부성적 세계를 악마적 세계로 인식하고 모성적 세계를 선의 세계로 인식하는 작가 의식의 특이한 면모가 작품 「마지막 진실」 속에서 두드러진 구조화의 양세로 포착된다고 할 수 있는데, 이는 사생아 의식의 또다른 변형양태라 할 것이다.
　「마지막 진실」은 순전히 형식적 측면에서만 보면, 전체적으로 아이러니의 형식이라 할 것이다. 다른 과실은 몰라도 '거짓말'만은 절대 용납할 수 없다는 사상을 지닌 '영진이 어머니'가 오히려 그 자신의 사상으로 말미암아 큰 곤욕을 치른다는 에피소드가 이 작품의 주요 화소를 이루고 있는 양세이기 때문이다. 하지만 이와 같은 서사구조의 양태에도 불구하고 작품의 전언 자체는 전혀 변하지 않는다는 특이한 주제 구현 양상을 이 작품은 보여주는데, 자신의 아들 영진이가 검열관들 앞에서 토로한 '마지막 진실' 때문에 심한 곤욕을 치루고도, 거짓말만은 결코 용서할 수 없다는 자신의 사상을 마지막까지도 유지하는 그런 '아름다운 설복'의 이야기, '바보 온달과 평강공주' 같은 이야기 구조가 이 작품의 주된 메시지 구현 양상이기 때문이다. 업둥이 기질로부터 발출한 연작 속의 한 소설답게 이 작품 속에서도 (영진이) 아버지의 모습은 거의 가려져 희미하다거나, 혹은 흘깃 지나치는 정도로 가볍게 묘사되어 있을 뿐이라고 우선 말할 수 있는데, 그에 비하여 문학적, 혹은 언어적 감수성이 뛰어나게 발달하여 틈날 때마다 책읽기를 좋아하는 이 고급한 문학소녀 취향의 (영진이) '어머니'의 초상은 세상 어떤 어머니, 부모의 초상에 비겨서도 강하면서 동시에 풍부하고 세련된 인간성의 면모로 나타난다. 그녀가 그렇게 '거짓말'에 대해서 닭살 돋는 듯한 이질감을 가지게 된 배경도 따지고 보면 다 어줍지 않았던 그녀 남편의 불성실한 인격적 측면과 무관하지 않은 사정 속에 있음을 소설은 다음처럼 흘깃 지나가는 말로 설명한다. 그러나 이것뿐이다. 더이상의 설명을 우리는 찾아볼 수 없는데, 애비에 대해 무관심한 업둥이의 그것과 이와 같은 무심의 태도는 얼마나 같고 다른 것인가.

그녀가 거짓말에 대해 그처럼 몸서리를 치는 것은 죽은 그녀의 남편이 수없는 거짓말로 그녀의 속을 썩였던 까닭이라는 말도 있었다. (131쪽)

이처럼 애비에 대한 무심이거나 혹은 강렬한 적의의 태도, 그리고 모성에 대한 그리움이거나, 미화, 이상화를 향한 예술적 의지의 발동양상 등은 '업둥이'거나, '사생아'들의 그것에 비견되는 작가(들)만의 독특한 설화 지향적 감정구조, 그 상상력의 내면구조를 설명해줄 수 있는 모태의 성-심리적 배분 양상이라고 할 수 있다. 특별히 사생아적 감정구조에 침윤된 작가에게 있어서 그 문학의 현실 부정성과 강렬한 유토피아 지향성은 부성-모성, 혹은 남성-여성의 대립된 성적 배분의 양상으로 전환되어 그 일반화된 형태를 드러냄을 우리는 자주 관찰할 수 있다. 융의 아니마, 아니무스 개념이 이런 설명틀 속에서 보다 쉽게 이해, 적용될 수 있겠거니와, 현실의 이론 속에 갇혀서 안주하기 쉬운 사회과학도에의 길을 버리고 부정적 현실을 드러냄과 함께 우리가 지향해야 할 이상 사회의 마련을 함께 꿈꿀 수 있는 소설가에의 길로 과감히 자신을 전신해나갈 수 있었던 작가의 고독한 실존적 결단의 배면 이유도 이와 같은 의식-무의식적 성심리의 상관 작용 구조 속에서 헤아려질 수 있다고 하겠다. 현실 운동의 실천가, 혹은 사회과학의 이론가가 되기에는 여성적 섬세함의 요소를 너무 많이 간직하고 또 아니마적 취향의 요소를 너무 많이 간직하였던 작가가 '업둥이' 들과 '사생아' 들의 세계 자체인 '고아원' 의 세계에 한번 발을 들여놓자, 이런 세계를 구출하지 않으면 안 된다는 모성적, 유토피아 지향의 강박의 감정과 동시에 이런 현실적 부조리를 낳는 세계의 억압과 싸워야 한다는 남성 본연의 아니무스적 감정이 충돌함으로써 내부 모순과 균열이 낳아지고, 이런 열병의 오랜 갈등 끝에 그는 두 세계의 화해로운 조화와 공존을 꿈꾸는 문학의 세계로 거침없이 달려나가게 됐다고 할 수 있는 것이다. 고아원을 주무대로 삼은 이와 같은 연작 형식의 허구적 모험 전체가 같은 뜻으로 추한 현실(애비)에의 길항과 유토피아적 모성에의 갈구를 은밀히 짜깁기하여 보여주는 성적 배분의 상징 놀음적 성격을 간직하게 된 것도 이와 같은 내면 의식의 구조에 따른 바라고 할 수 있다. 세상에 대한 욕망과 적의의 상징적 교직 놀음이라고 다시 표현될 수 있는 이와 같은 내면-글쓰기의 상관관계, 그 구조적 원천 형질이 나머지의 작품들에서 어떤 변이형태들로 두드러지게 나타나고 있는지, 조금만 더 주의를 기울여 살펴보기로 하자.

3

두번째 작품 「상처」가 저 80년 '광주 사태'가 남긴, 생채기 같은 '상처'를 기표하기 위해 특별히 주조된 작품임을 금방 알 수 있듯이, 여기 실린 연작동화의 작품들 중에서 유난히 (역사적) 현실정황의 어떤 유비를 위해 구축된 우화적 성격의 작품들, 그러니까 보편적이거나 특수한 것이거나 집단적 생존 현실의 어떤 문학적 호명, 혹은 환기를 위해 알레고리의 형식성이 더욱 추상적으로 강화되어 구축된 작품 사례들 또한 적지 않음을 우리는 확인할 수 있다. 전남 영암 소재의 한 고아원 공간이 실제의 역사적 공간으로서 이 작품의 주무대를 꾸미고 있다는 점에서는 투철한 리얼리즘의 문예정신이 이 작품의 심부를 꿰뚫고 있는 것이라 볼 수도 있지만, 한편으로 '알레고리즘'(아직 정착된 용어는 아닌 것 같으나)의 문예정신이 이 작품의 외부를 따뜻하게 감싸고 있다고 볼 근거는 이런 관점, 시야에서 주어진다. 가령 권력관계나 계급적, 계층적 위계질서의 현실 속에서 오늘의 우리 삶이 운영되고 존치되고 있음을 보이기 위해「염소와 돼지」를 위시한 이 작품집 중심부의 몇몇 우화성 짙은 소설들이 창조되었다고 할 수 있을 터이며, 오늘날 학교사회의 부조리를 꼬집기 위해 제출된 것으로 보이는 조금 엉뚱한 성격의 작품「유령의 집」이나, 또는 여덟번째 소설「아름다운 나라」를 볼작시면, 이와 같은 소재, 주제들의 건설이 얼마나 치밀하게 구상된 일관 구축의 작업 의도 속에서 기획된 것인가를 알 수 있게 한다. 리얼리즘의 전형성 개념을 넘어 우리네 삶의 집합적 현실에 대한 축도의 알레고리를 구축하고자 했다는 평가는 이래서 가능한 것이다. 우리들 인간의 존재, 운명이 원천적으로 사회적으로 결정된다고 보는 사회존재론의 시야에서 이 작품 전체가 집필되었다고 판단할 수 있는 근거 또한 이러한 맥락에서 주어지는 것이다.

　물론 이와 같은 기획 의도가 의도만큼 훌륭하게 작품을 통

해 관철되고 구현되었는가의 문제는 별개의 문제로 볼 수도
있다. 가령 「아름다운 나라」 후반부가 보여주는 스토리 전개
와 같은 것 — '원희 누나'의 남편이 갑자기 '반미' 시위에 연
루되어 잡혀들어가고 이로 인해 뜻하지 않게 파산을 맞이하
게 된다는 식의 이야기 — 은 작가가 의도한 만큼 그다지 생생
한 실감으로 전해져오지는 않는다는 점을 우리는 말해두어
야 하며, 스토리 구성상의 이와 같은 약점이나 한계는 그것이
동화의 나이브한 형식을 취하고 있는 만큼 이 작품집 전편을
통해 미만해 있는 양상이라고도 할 수 있지만, 적어도 동화
연작의 형식을 취한 현대 한국에서의 삶의 포괄적인 존재론
적 알레고리 구축이라는 기획 의도만큼은 우리가 높이 평가
하고 사주어서 손색이 없는 의의를 지니는 것임을 또 우리는
이 자리를 빌려 다시금 확인해둘 수 있겠다. 단순히 흥밋거
리, 낯선 소재의 탐색이라는 안목에서만 발출된 것이 아니라,
우리네 삶의 사회존재론적 현존을 투시하겠다는 나름대로
야심찬 기획 의도와 한국문학의 내력 있는 연작소설 형식이
동화적 각색의 형태로 만나, 저러한 '리얼리즘과 알레고리즘
의 교합'이라는 이색적 소설세계의 창출로 몸을 빚게 된 것
으로 볼 수 있는 것이다. 한국 연작소설집의 대명사, 조세희
의 『난장이가 쏘아 올린 작은 공』이 그러니까 당대의 난쟁이

노동 현실을 알레고리화하여 구현하기 위해 환상적 동화 형
태의 이색적 창출 양상을 빚어내게 되었던 것처럼, 당대의 사
회역사적 현실과도 구체적으로 교접하고, 나아가 작품집 전
체로 우리네 삶의 닫히고 공동화된 현실을 일종의 사회존재
론적 축도의 형태로 반영해보겠다는 그런 거창한 문학적 기
도가 작용함으로써 오히려 이처럼 소박하고 순진한 형태의
알레고리즘 문학양식이 창출되기에 이르렀지 않았나 볼 수
있다는 뜻이다. 작품집 전체를 통하여 가장 단단하고 집약적
인 의미론적 구조를 보여주는 「천사 가출」이 이 작품집의 맨
선두자리를 차지하고 있다는 점에서 그와 같은 형식적 면모
와 기획 의도가 선명히, 뚜렷이 확인될 수 있거니와, 앞에서
살핀 고아 의식의 의지적, 무의식적 형질 발현의 면모와는 또
다른 사회존재론의 팽만한 의식적, 인식론적 발출 의지가 이
작품집 전체를 형성한 얼개의 구조적 동인 중 하나임을 우리
는 이런 시야, 맥락에서 다시금 확인할 수 있다. 대학 시절 한
때나마 사회과학의 이론체계에 깊숙이 몸을 담가보기도 하
고, 자기 세대가 주도한 시대정신의 핵자에 은밀히 코를 담가
보기도 했던 이 작가가 자신의 사회과학적 상상력을 발동하
여 구축할 수 있었던 문학적, 소설적 인식능력의 최대치가 이
러한 양상임에 대하여 이제 하나의 연대가 지나가고, 세대의

단위로는 벌써 수차례의 문화 감수성의 혁명을 겪은 것처럼 호들갑을 떨어대는 이 시대에 어느 만큼의 공감의 폭과 응향으로 독자들이 그에 반향할 수 있을지 한편으로 무척 궁금함과 함께 두려움조차 앞선다. '고아원'을 그래도 우리의 일부처럼 가까이서 겪으며 자라났던 우리 세대와 달리 어쩌면 이 동화의 이야기들이 먼 나라의 이역 아이들 이야기처럼 낯선 풍정으로 다가설지도 모르지만, 그래도 여기에서 내뿜어지고 있는 사회과학적 인식론의 안목, 안광과 유토피아 지향의 뛰어난 내면적 열기의 발출이 다름아닌 작가의 세대, 즉 80년대산 386세대의 그것임은 아무도 부인할 수 없을 것이다. '몸으로 (혹은 발로) 쓴다'는 한국문학 특유의 내력 있는 르포르타쥬 문예정신(리얼리즘)과 사회존재론적 축도를 그린다는, 사회과학적 상상력의 '알레고리즘' 문예정신이 적절히 투영되고 가미됨으로써 이런 식의 교합, 교직 양태를 이룬 동화 연작의 형식이 창출되었다는 것은 문예학적 관심의 학적 인식 시야 속에서도 주의 깊게 관찰해 둘 만한 사실이 아닐 수 없다.

물론 작품집 전체로 보아서, 첨예한 역사인식의 구현이나 구조적 현실의 모순 폭로 의지보다는 지나치게 따뜻하고 현실을 긍정하려는 의지에 포괄됨으로써 이 세대 특유의 날카로운 현실비판 감각이 무뎌지고 있다는 점은 또 한편으로 지적돼야 할 사항이라고 하겠다. 순진성의 동화적 형식을 취한 데서 원천적으로 발로되고 있는 한계의 국면이라 해야겠지만, 이처럼 투쟁보다는 화해, 갈등보다는 협상의 미덕을 앞세워 세상을 응시하고자 했다는 점에서 이 작가는 어쩌면 자기 세대 내부에서도 타자의 위치에 머무를 수밖에 없는 기질의 작가였는지도 모르고, 이런 장점과 한계의 이 작가다운 특성이 이 작품집 전체를 통해서 고스란히 배어나오고 있다 할 수 있다. 세상의 때 묻지 않은 순진성의 소년 시야로부터 우리네 삶의 일반구조를 길어내고 갈무리해보겠다고 한 이 작가의 맑고 어린애 같은 의식, 충동이 오히려 치기만만한 것이라 배척될 수 있을지는 모르지만, 이처럼 맑고 따뜻한 시선으로 세상을 응시하고 탈출구를 제시해보겠다고 한 그 순진성의 의욕 자체가 문학적인 것이고, 바로 그와 같은 온유의 성질 때문에 그가 사회과학도로서의 현실주의적 삶을 포기하고 문학의 길로 나오게 되었다는 것은 우리가 잊어버려서는 안 될 전기적 요목의 사항이라고 하겠다. 그처럼 순진성의 소년, 소녀들의 세계에서 깊은 도덕적 친화감과 도타운 연민의 정을 나누어 가지고 있었다는 것은 때로 위악적이며 악동적인 기질로 자신을 위장하고 나오기도 했었지만, 이 작가 내부의 깊은 영혼에 간직된 어찌 할 수 없는 순수성에의 동화 의지를 말해주는 것일지 모른다. 이를 두고 피터팬, 혹은 피노키오 콤플렉스라 한다면, 이 작가의 최종 작, 그리고 최후의 유작으로 남겨진 장편소설『무슨 상관이에요』(2002), 그리고『바이올린맨』(2003) 등을 통해서도 확연히 확인되는 작가적 본질의 면모라 하겠거니와, 이처럼 집착을 모르는 소년적 무구성의 감각으로, 이리저리 흘러들면서 경험하고 관찰하는 여행자의 시선으로, 그 서브노트와 같은 기록의 기억창고에서 자신의 소설 소재와 이야기들을 길어 갈무리해낸다는 그다운 창작방법 역시 이 작품집 전체를 통하여 여실히 확인되는 바라 할 수 있다. 또 이처럼 소년 주인공의 아이러니컬한 시선에 의해 세상이 관찰되고, 또 여행자의 순수하고 낯선, 집착 없는 감수성에 의존해 삶과 세계의 실존이 씌어진다는 점에서, 한국문학의 풍토에 깊이 밴 저 농민적(벤야민) 뿌리의 이야기 전통과는 담을 쌓은 채 유리되기 쉬웠고, 그런 연장의 비평 풍토 속에서 또한 이질의 나이브한 문학쯤으로 밀쳐지기 쉬웠던 것이 그의 생전 채영주 문학의 운명이었다고 할 수 있지만, 이제 탈농경, 탈산업사회의 단계도 지나 새로운 유목민적 감수성의 문화, 문명 의식을 꽃피워야 될 앞으로의, 아니 현세대의 존재감각 속에서라면 채영주의 이러한 애조 띤

동요풍 가곡, 혹은 낭만적 비가, 연가의 노래들이 퍽은 세련되고 우아한 또하나의 선구적 모던 의식 표출의 사례로 자리매김될 수 있지 않을까 기대된다. 세상에 변하지 않는 것이 없다는 의미로 '제행무상(諸行無常)'이란 말도 있는 것이니, 이미 작가가 유명을 달리한 지금, 그 세상의 바뀜만큼 독자도, 독자의 감수성도 바뀌고 바뀜이 필연 아니겠는가. 고집불통의 한국문학 판에서 결국 너무 일찍 세상을 차고 오른 탓으로 퍽은 쓸쓸하고 고단하게 홀로 문학에의 길을 걷다가 또 너무 일찍 세상을 마음대로 버려버린 이 작가에게 무슨 위로의 말이 이 자리에서 가합할지 모르겠다. 다만 명복을 빌고 싶다. 살아 있었다면 이따위 군더더기의 말을 그는 결코 원치 않았으리라. 그의 고결함이 나는 두렵다.

작은 사랑

사람들은 종종 내게 고아가 아니냐고 묻는다. 조금 덜 직선적인 사람들은 부모형제가 있느냐고 묻는다. 대학 때 알았던 어떤 여학생은 혼자서 내가 고아임에 틀림없다는 단정을 내리고 접근해온 적도 있다. 그런데 그건 어처구니없는 일이다. 내가 기억하는 한 나는 언제나 가족의 울타리에 단단하게 보호되어 있었으니까.

역시 내게 부모형제가 있느냐고 물었던 한 후배는 이런 말로 나를 위로하려 했다. 그건 축복받은 일이에요, 형 몸짓 어디에도 가족의 흔적이 남아 있지 않다는 건 말예요. 나는 고개를 저었다.

한때는 그런 소릴 듣는 게 과히 기분 나쁘지 않은 시절도 있었다. 사람들에게는 교활한 허영이라는 게 있어서 자기 이외의 어떤 존재로 비춰지는 것을 즐길 때가 있는 법이다. 하지만 이제 나는 그게 결코 축복받은 일도 즐길 일도 아니라는 사실을 잘 알고 있다. 아무리 힘주어 고개를 내저어도 내가 고아가 아니라는 증거는 어디에도 없는 까닭이다. 고아인 것과 고아가 아닌 것의 차이, 스스로를 고아라고 생각하는 것과 고아가 아니라고 믿는 것의 차이…… 그 차이는 과연 어디에 있을까.

세상은 자꾸 얽혀들고 있다. 천체물리학자들은 우주의 시작에 빅뱅이 있었고 우주의 끝에는 빅크런치가 있을 것이라고 주장한다는데 나는 그들의 학설에 전적으로 동의한다. 요즘처럼 세상이 얽혀들어 가까워지다보면 결국 모든 물질과 영혼은 하나의 꼭지점으로 수렴될 수밖에 없을 것이다.

한 가지 재미있는 일은, 그런 세상에서는 작은 것과 큰 것의 차이가 아무런 의미를 지닐 수 없게 되리라는 사실이다. 아무리 작은 존재도 세상 전체와 맞닿게 되며, 세상 전체를 위협할 파괴력을 지니게 되기 때문이다. 파괴력은 이미 성급한 시범을 보이고 있다. 어느 이스라엘인 정신병자는 이백오십여 명의 팔레스타인 이슬람교도에게 총기를 난사하여 모

든 이슬람 민족운동단체들이 대 이스라엘 보복을 맹세하게
하였다. 베어링 사의 투자전문직원 한 명은 이른 봄날의 꿈으
로 이백 년 전통과 수천억원 자본의 회사를 날려버렸다. 덕분
에 세계의 증권가는 강도 높은 지진을 겪었다.

그런 세상의 입구에서 나는 고민하게 된다. 이제 우리에게
소중한 일은 무엇일까. 혹시 작은 것을 사랑하는 일은 아닐
까. 구석구석의 작은 존재들을 끌어내어 햇빛에 말리는 일.
작은 것을 팽개치고는 어떤 커다란 전망도 기약할 수 없는 세
상이 온게 아닐까.

그해 가을 고아원 생활을 가능하게 해주셨던 분들께 감사
드린다. 그곳에서 내게 친절했던 분들에게도. 그 무렵부터 지
금까지 늘 내게 힘이 되어주는 예술운동 친구들에게도 감사
드리며, 문학동네 여러분께도 고마운 마음을 전한다.

1995년 5월

채영주

문학동네 장편소설
목마들의 언덕
ⓒ 채영주 2003

1판 1쇄	1995년 5월 24일
1판 2쇄	1995년 7월 18일
개정판 1쇄	2003년 9월 15일
개정판 3쇄	2009년 1월 9일

지은이	채영주
펴낸이	강병선
펴낸곳	(주)문학동네
출판등록	1993년 10월 22일 제406-2003-000045호

주소	413-756 경기도 파주시 교하읍 문발리 파주출판도시 513-8
전자우편	editor@munhak.com
전화번호	031) 955-8888
팩스	031) 955-8855

ISBN 89-8281-718-2 03810

www.munhak.com